COLLECTION FOLIO

Christophe Tison

Te rendre heureuse

Gallimard

Christophe Tison a publié des essais dont un sur la vitesse, *L'ère du vite*, un livre humoristique redéfinissant notre quotidien en quelques mots-valises, *Nos vies formidables*, et des récits parmi lesquels figurent *Il m'aimait*, histoire d'une enfance marquée par la pédophilie, ou *Résurrection*, relatant son combat contre l'addiction. Il est également l'auteur de *Temps de cerveau humain disponible*, chronique (très) légèrement romancée de ses expériences à la télévision, et *Te rendre heureuse*, roman qui met en scène un homme en proie aux leurres amoureux d'une époque dominée par la culture du plaisir instantané.

Mon âme est parmi les lions.

Psaumes

Dans les yeux des fées
Descendues sur la ville
Le vide

KIMURA TOSHIO

PREMIÈRE PARTIE

I

Je me souviens comme nous étions beaux. Personne n'a été beau comme ça après nous. Ce soir-là, j'ai à nouveau ce sentiment en entrant avec elle dans le restaurant. La chaleur est toujours là, intacte.

C'est en s'asseyant à la terrasse qu'elle dit :

— Tu as eu une aventure avec Alexandra ? Je veux dire, avant moi.

— Non... Pourquoi ?

— Je sais pas, comme ça.

— Je te jure que non.

C'est la vérité mais dans ces cas-là je ne parviens pas à contrôler ma voix. On dit que personne n'a l'air plus coupable qu'un innocent et je dois avoir cet air-là. Je jure encore et elle sourit et la sono diffuse ce tube idiot « *Voilà l'été, voilà l'été...* ». Elle commande un bitter Campari, moi de l'eau pétillante, et puis on parle d'autre chose.

Nous ne mentons jamais à ce sujet. Lara me fait confiance et elle a raison. Enfin, jusqu'à aujourd'hui.

Quand Fred et Alexandra arrivèrent, une famille endimanchée avait envahi la salle derrière nous. Certains chantaient à pleine voix, se moquant éperdument de l'image chic de ce restaurant. Frères, sœurs, cousins, enfants fêtaient une paire d'ancêtres étourdis de bonheur. On se battait pour porter un toast, le bâclait aussitôt, et on retombait sur sa chaise dans un éclat de rire et des éclaboussures de vin blanc. En bout de table, le vieil homme rayonnait et la vieille trempait ses lèvres dans son verre en fermant les yeux comme pour ne pas perdre une goutte de cet instant.

Plus tard, à l'entendre rire dans notre dos, on aurait juré qu'elle allait s'envoler, et nous aussi. Il y avait là une joie si intense, une telle facilité à se laisser aller au bonheur, que notre bouderie s'était depuis longtemps évanouie.

— Tu crois qu'on s'aimera comme ça quand on sera vieux ? dit-elle.

— J'espère, Lara. C'est sûr, même. En tout cas, ce soir, je t'aime infiniment.

Elle se serra contre moi, on fit une place à Fred et Alexandra, étonnés que ces noces d'or ou de diamant nous plaisent tant, et on tenta d'arrêter les serveurs débordés pour commander des pâtes.

Avec la nuit, un vent d'orage s'était levé et les passants marchaient désormais le nez au ciel pour attraper dans le col un peu de fraîcheur. L'ambiance qui régnait ici était contagieuse. On parla d'avenir, du projet que j'avais avec Fred. Cette fois c'était sûr, on s'y mettait la semaine prochaine, dit-il, si ça marchait avec les Japonais. Je crus qu'il pensait à *1848*. Je me trompais.

Comme d'habitude Lara s'enthousiasma et Alexandra se moqua : ça faisait deux ans qu'on allait s'y mettre et rien n'avançait.

Elle en profita pour lancer son jeu préféré, celui des listes. D'abord la liste des projets dont on a rêvé et jamais réalisés. Ensuite, celle des anciennes célébrités dont on ne sait jamais si elles sont mortes ou vivantes, puis celle des chefs-d'œuvre qu'on se promet toujours de lire et qu'on ne lit jamais. Alexandra conclut avec celle des films qu'elle prétendait avoir vus à l'époque où elle a rencontré Fred, pour le séduire et ne pas avoir l'air idiot.

Chacun en avait une, une liste de séduction tirée de la poussière des mensonges qui rendent beau.

Après les aveux d'Alexandra et de Fred, Lara s'est tournée vers moi :

— Moi, dis-je, je te jure que j'ai vraiment vu *Les bronzés font du ski*. Je n'ai pas dit ça uniquement pour t'épater ou me faire mousser.

Je m'en tirais toujours par ce genre de pirouettes et Lara fit la même chose. Impossible de révéler de tels secrets.

— Vous n'êtes pas ensemble depuis assez

longtemps, dit Alex en riant. Mais c'est vrai que les mensonges les plus ridicules sont les plus difficiles à avouer, comme les petites hontes.

Le serveur posa enfin nos penne all'arrabbiata sur la table et Alex dit :

— J'ai oublié le plus important ! Ce matin je suis allée chez une voyante. Oui, une voyante. Elle m'a dit qu'aujourd'hui je rencontrerai quelqu'un qui changera ma vie.

— Alors ?

— Ben... j'attends toujours ! dit-elle.

Tout le monde rit, on regarda l'heure.

— Minuit moins vingt. Ça va être dur.

Lara avait une hypothèse :

— Si ça se trouve, tu l'as croisé dans la rue et tu ne sais pas encore que c'est lui, le mystérieux inconnu.

— Ou c'est ton banquier... Il t'a mise sur liste rouge cet après midi : tu reçois la lettre demain.

— Non : tu as gagné au Loto... C'est le Chinois qui t'a vendu le billet.

— Je ne joue jamais, dit Alexandra. Remarquez, ça ne m'empêche pas de rêver de ce que je ferais avec tout ce fric si je gagnais.

— Mais, si tu joues jamais...

On était déjà en train d'acheter des appartements et des tours du monde en première, quand Fred dit :

— Ta voyante, en tout cas, elle n'a pas besoin

de jouer pour gagner. Avec toi c'est jackpot tous les jeudis...

Il vit nos mines et se radoucit :

— Espérons seulement que le type qui va changer ta vie est dans ce restau et qu'il va enfin te proposer un vrai boulot, mon amour.

Elle ne répondit pas. Lara serra ma main sous la table.

Fred haussa les épaules et me regarda les yeux grands ouverts comme pour dire : « J'ai fait quelque chose de mal ? » Je fis une moue complice : « Qu'est-ce que tu veux ! » et je me sentis lâche.

Alexandra finit par blaguer pour qu'on pardonne à son mari.

— Il est tendu en ce moment et puis c'est vrai que j'en ai marre de mon boulot qui ne rapporte rien...

Alexandra avait toujours pour Fred les mêmes excuses. Quand nous en parlions, je disais « elle l'aime » et Lara répondait « non, elle a honte ».

Derrière nous, la noce s'égailla et envahit le trottoir en chantonnant encore et on s'embrassa et on s'étreignit comme si on ne devait plus jamais se revoir. Un grand chauve qui semblait avoir résisté à l'alcool installa le vieux couple à l'arrière d'un taxi, cria une adresse et ils s'en furent entamer une nouvelle décennie d'or ou de diamant l'un contre l'autre avec un sourire béat.

Le chauve se retourna, mit son chapeau et cria au patron qui regardait la famille s'éloigner avec soulagement :

— Au revoir, chef, et merci pour les excellents surgelés. Parfaitement choisis !

Les clients piquèrent du nez dans leurs assiettes et les filles éclatèrent de rire.

Puis il dit :

— Voici ma critique gastronomique : « Malheur à ceux qui ajoutent des maisons aux maisons. Et qui joignent des champs aux champs, jusqu'à ce qu'il n'y ait plus d'espace. Car il n'y aura plus pour vous de demeure ni de pays et ces maisons seront dévastées et des bêtes grasses se nourriront dans les ruines où elles étaient jadis étrangères. »

— Malheur à toi si tu te barres pas tout de suite, répondit le patron en s'avançant vers lui.

Et l'homme s'enfuit en riant.

Il avait fini par nous faire peur. « Un cinglé », dit Fred. Je demandai s'il parlait de nous : des bêtes grasses obligées de paître dans les ruines, mais la conversation était retombée au niveau zéro comme entre gens placés au hasard dans un dîner. On parla des restaurants qui servent des plats tout faits, et de la chaleur. C'était inhumain, cette chaleur. Alexandra soutint qu'elle transpirait beaucoup plus en hiver avec les écarts de température entre le bus et la rue et entre la rue et le bureau. Les filles comparèrent les déodorants, les antiperspirants et rirent des fesses qui laissent des traces de buée sur les sièges et de la honte que c'est quand on se lève.

Quand les cafés arrivèrent, c'était redevenu un dîner banal, une soirée improvisée pour se dire adieu avant les vacances. Dans quelques jours Lara partirait au bout du monde. Un bout du monde à quatre heures d'avion, corrigea Lara, mais une retraite coupée de tout où elle allait chaque année. Il n'y avait là-bas ni portable, ni internet, ni mail, ni télé, mais une boîte aux lettres et un téléphone à l'épicerie du village et ça me faisait peur. L'été dernier, on s'était envoyé une carte par jour, quelques mots griffonnés dans l'instant : « Je bois un café et je t'aime », « Je passe l'aspirateur et je t'aime », « Je vais dormir et penser à toi », des cartes postales comme des *sms* pour se prouver qu'on s'aime. Alexandra sourit, dit : « Vous êtes vraiment mignons », et regarda Fred qui guettait l'orage.

II

— La game boy ? demanda le patron.

C'est au bar, en tendant ma carte de crédit, que la question est revenue, « Tu as eu une aventure avec Alexandra ? », revenue comme ces tubes idiots qui vous trottent en douce dans la tête. On croit avoir chassé leur ritournelle puis on se prend soudain à chantonner le refrain et quelques notes s'envolent malgré vous dans un instant de distraction : « *Voilà l'été, voilà l'été... Tu as eu une aventure avec Alexandra ?* »

Je jetai un œil à notre table sur la terrasse. Depuis l'histoire de la voyante, Alexandra n'avait cessé de parler. Ça faisait des années que je ne faisais plus attention à cette fille. Et pourtant, ce soir-là, elle avait les épaules nues, les bras nus, les jambes nues, et c'est vrai qu'elle était infiniment désirable. Bien plus qu'à l'époque où elle était une jeune stagiaire timide et volontaire qui me souriait chaque matin en arrivant au bureau. Elle avait déjà cette petite goutte de sueur qui perlait entre les seins et cette peau parfaite, lisse et humide comme si elle ne devait jamais vieillir. Au fond, ça me flattait que Lara ait des doutes. Comme si je pouvais séduire qui je voulais, jusqu'à cette fille tellement sage et effacée.

Oui, nous aurions pu avoir une aventure et nous le savions, mais ça ne s'était jamais fait, tout simplement. C'était trop compliqué et nous n'avions pas osé. Puis Fred l'avait embarquée, il l'avait aimée, lui avait offert une vieille Triumph Herald et elle lui avait donné une fille dont ils étaient fous. Elle m'avait alors souri différemment. Un jour, elle avait quitté le bureau, je la voyais avec Fred et j'avais peu à peu oublié de la regarder comme si je n'y avais jamais fait attention. Mais la vérité est que, ce soir comme sans doute tous les soirs, elle était infiniment désirable.

Là-bas, Alexandra a levé les yeux vers moi comme si elle avait senti mon regard sur sa peau. J'ai plongé les miens dans l'addition. Lara tourna la tête et vit ma précipitation. En rentrant elle me poserait des questions : je regardais Alexandra comme si j'avais quelque chose à cacher.

La machine à carte indiqua « code erroné », je dus recommencer, me concentrer et j'eus ce sentiment que le tragique arrive toujours par la petite porte, injuste et ridicule. À leurs gestes, je compris enfin qu'elles se demandaient ce que je faisais depuis si longtemps et j'ai agité la machine.

La lumière s'éteignit dans notre dos, nous fûmes les derniers clients. Lara prit sa voiture et je la suivis à scooter pour rentrer chez nous.

Je me souviens que c'est sur les grands boulevards qu'il s'est mis à pleuvoir. Des gouttes grosses comme des sauterelles se sont écrasées sur mon casque. La pluie battait si fort que je n'y voyais plus. J'ai fait signe à Lara de continuer et me garai le temps que ça se calme.

À l'abri sous l'auvent d'un cinéma, j'ai chantonné *Voilà l'été, voilà l'été*, puis j'ai pris mon portable et dans le vent j'ai composé le numéro d'Alexandra.

Sur le répondeur j'ai dit :

— Je sais qui va changer ta vie : c'est moi.

Au feu rouge un couple traversa la rue. Serrés l'un contre l'autre. Un parapluie pour deux dans la tempête.

III

— Mais qu'est-ce que tu fous, dit Fred, ça ne va pas ?

Il se pencha sur mon ordinateur et fit une grimace. J'avais à peine corrigé quelques lignes de la présentation pour *Cellia Games.* Il se redressa et parla fort.

— Tu te souviens qu'on a rendez-vous à quatre heures, j'espère ?

— T'inquiète pas, ça va mieux. J'aurai fini... pas de problème, tu sais bien.

En le sentant dans mon dos, j'avais sursauté comme un élève qu'on surprend à regarder des photos pornographiques sous la table et eu juste le temps de retourner mon portable pour cacher le texto que j'étais en train d'écrire. J'aurais pu lui dire que j'envoyais un message à Lara mais il avait peut-être aperçu le prénom de sa femme : « Alexandra, désolé pour le message d'hier : il pleuvait et j'avais le cerveau rouillé... »

Fred s'éloigna, se retourna pour me regarder et disparut dans le couloir qui menait à son bureau. Je n'aimais pas ce ton de patron ami et vanneur qu'il prenait parfois avec moi quand ça n'allait pas. J'avais les mains moites. Je ne savais pas s'il avait vu quelque chose. J'enregistrai le message pour Alex dans les brouillons et me mis au travail. Je lui ferais des excuses plus tard sans perdre de temps à faire de l'humour.

Nous sommes montés dans le taxi à l'heure où nous aurions dû arriver. Fred appela pour prévenir que nous serions en retard et ne dit plus un mot. À chaque feu rouge, il poussait un soupir. C'était ma faute. Endormi trop tard et réveillé trop tard, les idées pas claires et la tête ailleurs. Dans la nuit, j'avais tout imaginé des conséquences de ce message stupide : Alexandra l'avait fait écouter à Fred. Pour rire. Et pour rire encore, elle allait en parler à Lara, qui elle ne trouverait pas ça drôle...

La nuit n'a pas de murs et dans le noir les histoires se dévident toutes seules comme des tapis lancés à toute vitesse et sur lesquels on est obligé de marcher en parlant sans cesse, et qui ne mènent nulle part, hormis au petit matin.

Dans le miroir de l'ascenseur je vis que je n'étais pas rasé. Pas eu le temps non plus. J'avais l'air sale et fripé. En haut, les Japonais nous attendaient depuis vingt minutes. Courbettes, sourires impeccables, et commentaires sur la circulation difficile. Ils étaient chaleureux mais je savais que ce retard nous serait décompté le moment venu. Cette fois, le directeur général de *Cellia Games* était là, accompagné du beau-père de Lara qui nous avait mis dans la course pour ce projet. Je leur glissai les exemplaires du dossier que j'avais complété ce matin et Fred répondit à leurs questions. Il fut brillant. Enfin, je crois. Le beau père de Lara m'avait lancé un tel regard en entrant que je n'arrivais pas à me concentrer.

Cela faisait trois ans que nous travaillions sur ce projet et nous n'étions plus que deux concurrents. D'après ce que je savais, les Hollandais étaient aussi avancés que nous et tout ne dépendait plus que d'obscures raisons politiques. Si le contrat nous échappait, ça serait à cause de quelques détails, répétait Fred. Des détails comme vingt minutes de retard, pensai-je, ou un menton mal rasé. Manque de rigueur, manque de respect.

Fred m'avait engagé spécialement pour développer ce projet. À l'époque il ne voulait plus entendre parler de moi et c'est Lara qui l'avait convaincu. Lara et son beau-père bien sûr qui avait hésité lui aussi.

Quand il m'avait reçu dans ce même bureau, la première fois, ma seule préoccupation était déjà mon costume, je n'en avais qu'un, trop étroit, avec des revers pointus et démodés.

Une pauvre chose à la couleur incertaine qui disait clairement d'où je venais. Le beau-père m'avait fait signe de m'asseoir et s'était forcé à sourire. Il avait parlé de la famille, c'était quelque chose qui comptait pour lui, sa femme, sa belle-fille. Je n'osais rien dire. Il m'avait demandé si j'allais mieux, si j'avais compris. J'avais dit oui, que tout était fini. Il avait hoché la tête en me fixant : bien, très bien. Puis il avait expliqué que Fred n'avait rien à lui refuser, qu'il me ferait embaucher sur un projet qu'ils avaient ensemble. J'allais le remercier mais il m'avait arrêté. Il n'avait guère d'illusions sur moi, dit-il, et faisait ça pour Lara et pour elle seulement. J'avais écouté son sermon en serrant sur mes genoux le sac qui contenait tout ce que je possédais, et avec une envie terrible d'égorger ce vieux tyran. Au bout de dix minutes, il m'avait congédié et averti : « Si tu recommences, je ne pourrai plus rien pour toi. »

La semaine suivante, je commençais à travailler avec Fred et six mois plus tard j'emménageais à nouveau avec Lara.

Trois ans pendant lesquels je m'étais tenu à carreau et où j'étais arrivé pile à l'heure. Je disais même *ma* boîte en parlant de Focus Vision, une entreprise qui n'était ni la mienne ni celle de Fred ou du beau-père de Lara. Focus appartenait depuis quelques années à une compagnie basée à Redwood, en Californie. Par confort et pour garder Lara, j'avais peu à peu accepté l'idée d'être un de ces nouveaux salariés *motivés, impliqués*, et dont le désir personnel est le même que celui de leur patron et des actionnaires : gagner de l'argent, vendre et faire rêver. Avec l'envie sourde que Fred et le beau-père m'aiment et me le montrent.

Aujourd'hui, ce n'était plus mon costume d'occasion qui prenait toute la place mais un léger retard et une barbe mal rasée. Comme si cette nouvelle vie n'avait été pour moi qu'un bref tour de manège, un chemin qui se mord la queue et me redépose au point de départ.

Dans une cour d'école quelque part, l'heure de la récréation sonna et les cris des enfants montèrent jusqu'ici. J'aurais voulu être parmi eux, libre et insouciant. Une de ces petites vies emportées dans l'élan des balançoires multicolores.

IV

Rien. Il ne s'était rien passé de ce que j'avais imaginé. Poignées de main et à nouveau courbettes sur le trottoir, les Japonais s'éloignèrent dans leurs costumes gris, brillant au soleil comme des calamars. Fred était optimiste et le beau-père de Lara nous confirma que l'affaire était bien engagée. On sablerait le champagne à Noël. Pas un mot sur mon retard ou ma tenue. C'est plus tard que j'ai appris qu'il s'était emporté et ne me pardonnerait plus ce genre d'erreur.

Rentrer à pied me fit du bien : l'ombre des marronniers, les nuages immobiles, un peu de vent dans les feuilles.

C'est un avertissement, il faut appeler Lara et lui dire que je serai là plus tôt, que je m'occupe de tout et que je l'aime. Acheter chez le bon primeur une de ces salades rouges qu'elle aime tant, des pignons à griller, des échalotes. Et aussi me raser, prendre une douche. Ne pas oublier non plus d'être heureux et de sourire. Je ne suis pas assez doux avec moi-même.

Je m'exerçai bêtement dans la rue, relevai la tête, redressai les épaules et traversai le parc avec mon naïf sourire.

Oui, je l'ai échappé belle tout à l'heure. Ou alors je me suis monté la tête. C'est un avertissement, tu n'es pas guéri, n'oublie pas.

Au loin, les avions prenaient dans le ciel leur élan et leurs traînées blanches se dispersaient en immenses routes pommelées. Dedans, des cadres d'entreprises s'envolaient vers un bureau aussi anonyme que celui d'où ils venaient, leurs caleçons sales et leur tube de dentifrice serrés contre leurs dossiers.

Lara aussi allait partir et elle me manquerait. Son sourire, son amour et ses fautes de français. Elle partait pour elle mais aussi pour nous, disait-elle, pour que nous puissions nous aimer encore. J'eus les larmes aux yeux et puis honte comme si je l'avais trompée vraiment. Je ne comprenais plus pourquoi j'avais rêvé d'une aventure, d'une vie parallèle. C'était absurde et tellement banal. Oui, j'avais appris ça : me méfier de ce désir d'évasion qui est le lot commun, un lot dont j'avais eu plus que ma part.

Devant le magasin de télévisions, une femme avec des sacs plastique d'où dépassaient des poireaux regardait les images de banquiers qui faisaient leurs cartons à l'autre bout du monde.

Sur les écrans des chaînes d'information, des messages urgents disaient « Wall Street en forte baisse », « New York : faillite de Lehman Brothers ». Peut-être regardait-elle simplement le prix des écrans plats. Plus loin, un homme parlait en marchant, le téléphone collé à l'oreille, agitait sa main libre comme si son interlocuteur était devant lui, marchant à reculons. C'était drôle. Aussi drôle que moi avec mon sourire.

Personne n'est vraiment là, hormis dans les moments exceptionnels de danger ou de plaisir, et c'est pourquoi nous les désirons si ardemment. Entre-temps, chacun traverse la vie en songeant à autre chose, en étant à la fois ici et ailleurs.

Tout était donc normal. Il fallait seulement que je me rappelle à l'ordre de temps en temps pour voir combien le ciel est bleu en été, combien l'air est transparent et qu'il est doux d'être aimé quand on est aimé depuis longtemps. Surtout quand on est aimé depuis longtemps.

Je souris au marchand de légumes, je souris à la vieille caissière dont le badge disait « Wassima à votre service ». Être là, pensai-je. Dehors, appuyé contre le congélateur bariolé de la boutique, un enfant lèche une glace. Elle coule sur ses doigts et il ne regarde qu'elle. Oublie Alexandra, les mensonges et les doubles vies qui, tu le sais, ne mènent que dans un enfer ridicule et un pauvre hôtel de périphérie. Tente de profiter de cette fin d'après-midi, de ce minuscule instant de liberté, ce n'est pas si souvent, regarde autour de toi le soleil qui fait briller les façades et les fruits d'or de l'épicier.

Mais je n'y arrivais pas.

J'avais beau me faire ce sermon, les terrasses en bas de chez moi étaient pleines de filles au soleil. Pleines des décolletés et des jambes nues de l'été.

V

J'ai pleuré en épluchant les échalotes. Puis j'ai fait griller les pignons et pour me calmer je me suis à nouveau plongé dans la scène finale de *1848.* La seule à l'époque qui était tout à fait au point. Lara n'aimait pas me trouver ainsi et j'ai éteint l'ordinateur en l'entendant arriver.

La soirée fut gaie. Nous avons arraché à pleines mains le jambon cru dans son plastique, Lara m'a raconté sa journée et je n'ai rien dit de ma peur. Comme d'habitude j'avais repoussé jusqu'à ce qu'il soit trop tard l'instant de faire ce qui me déplaisait, envoyer le texto à Alexandra pour qu'elle me pardonne. Et puis j'avais oublié.

J'aimais ces minuscules moments de vie ordinaire où nous trouvions que la salade était délicieuse, que le Japon était le pays le plus incompréhensible du monde, et qu'il fallait changer le store de la chambre pour qu'il ne batte plus contre la vitre. J'aimais lui parler, la regarder prendre son bain, assis par terre dans la vapeur d'eau chaude.

Ce soir-là, elle passa une main sur le miroir pour enlever la buée et dit :

— J'ai bronzé, tu ne trouves pas ?

— Moi aussi j'ai bronzé. Regarde, je suis un mystérieux Espagnol.

J'ai plissé les yeux, roulé les *r* et pris ses seins dans mes mains.

— Un Espagnol qui aime et protège tes seins... Parce que toi tu oublies que tu as des seins, hein, tu oublies...

— C'est normal, dit-elle.

— Je suppose, mais moi, je n'oublie jamais. J'aimerais être ton soutien-gorge et t'accompagner partout où tu vas.

Elle a ri et s'est regardée à nouveau. Elle a dit :

— Mon sourire ne va pas du tout avec mon visage !

— Mais si... il est très beau, ton sourire.

— C'est pas ça le problème. Je trouve juste qu'il ne va pas avec mon visage. Toi, tu as un sourire magnifique et un visage magnifique quand tu ris.

— Mais toi aussi...

— Non ! Quand je ris mon visage perd tout son mystère ! Regarde... Allez, on essaie... Ne ris pas !

On a essayé, mais impossible de ne pas rire.

Au lit, dans les bras l'un de l'autre, elle me demanda de lui gratter le dos. Oui, là, plus haut. J'ai fait le chien, le chien qui dort et qui rêve : je suis un bâtard à la truffe noire, je suis le chien de mon grand-père, qui agite fébrilement les pattes, comme ça, lancé en rêve à la poursuite d'un imaginaire lapin... et puis peu à peu, il aboie dans son sommeil, tellement fort d'un seul coup qu'il se réveille lui-même...

Ça la faisait toujours rire, le chien. Un de mes talents d'amour. Elle a dit « fais encore le chien », comme une enfant. Et puis elle s'est endormie la lumière allumée.

J'ai embrassé son front, embrassé ses cheveux et j'ai contemplé longtemps sa bouche immobile. Cette ligne fragile entre le rouge des lèvres et le blanc de la peau. Frontière de sang entre le visage qu'elle offrait à tous et l'intimité de cette femme que j'aimais tout entière, peau, duvet, et frissons et sang et toutes les eaux de son corps.

J'ai tendu le bras vers la lampe et avant d'éteindre j'ai posé mes lèvres sur ses lèvres. Je pouvais y glisser ma langue, goûter l'intérieur de ses joues, caresser son palais et sentir battre son cœur. Je le pouvais parce qu'elle m'aimait et j'ai trouvé ça beau.

C'est en programmant le réveil sur mon portable que j'ai aperçu la petite enveloppe. Un texto d'Alexandra. J'ai tourné la tête le plus doucement possible. Pas de geste brusque. Lara dormait.

Ça disait : « Prouve-le... »

Rien de plus.

Prouver quoi ? Que j'allais changer sa vie ? C'était donc possible ? En tout cas elle avançait un pion pour que je joue à nouveau. Et puis, elle n'en avait pas parlé. Le secret est déjà un engagement.

Allongé dans le noir, je n'étais plus là. Fini la soirée d'amour, la salade amoureusement lavée et mes mains d'amant parfait qui juraient de tenir toujours les seins de Lara. Elles caressaient maintenant un rêve différent. Un rêve de poursuite, comme celui du chien qui nous avait fait rire. Sur l'oreiller je voyais se dessiner l'ombre de Lara. Rien de grave, ce n'est qu'un rêve.

J'effaçai le texto, le portable éclaira doucement la chambre où elle dormait. Elle aussi, sûrement, rêve parfois d'un autre homme. Rien de grave non plus, seuls les actes comptent : ils ont des conséquences.

La véritable histoire n'est pas celle des catastrophes, des meurtres, des coups de foudre ou des mensonges. Non, la véritable histoire est celle des conséquences.

Trop agité pour dormir, j'allai boire un verre d'eau et imaginai le grand rouleau de la

Providence sur lequel l'entier destin du monde est écrit :

— Septembre 2001, destruction du World Trade Center. Conséquences : guerre sanglante en Irak et en Afghanistan.

— Août 2008, message laissé sur le répondeur d'une certaine Alexandra par un ami et employé de son mari. Conséquences : ennuis possibles avec sa fiancée, son patron, son beau-père.

— Le lendemain : krach boursier et crise économique mondiale. Conséquences : millions de chômeurs, misère et hivers sans pain.

Cela me fit rire, mais ne servit à rien. Écrasée entre ces tragédies planétaires, ma petite incartade encore virtuelle me paraissait ridicule et immense. J'étais comme cette femme qui contemplait les écrans plats du magasin de télévisions, j'étais pareil à ces employés qui ne songeaient qu'à attraper leur bus. Je vivais dans cet avenir immédiat où chacun s'obsède d'un rien, d'une infime contrariété ou d'un minuscule plaisir, même quand le monde s'effondre.

En bas, dans la rue, les bars fermaient. Accoudé à la fenêtre de la cuisine, j'écoutais monter les bruits de la ville, les voix, les moteurs, tous ces gens qui couraient vers leur destin le plus proche, se disaient au revoir, à demain, pressés de s'aimer ou de s'entre-duper sans penser aux conséquences.

Cela m'apaisa.

Je fus soudain heureux que nous ne pensions presque jamais aux malheurs lointains et aux possibles misères, ni même à la mort dont on voit pourtant si bien l'ombre se dresser derrière chacun et qui est notre seul horizon commun. Le malheur lointain n'est rien, le proche avenir est tout. Voilà un des sombres et lumineux secrets de la vie, ce qui la rend infiniment vivante.

Dans le lit à côté de Lara, je me mis à rêver. Rêver d'un vague baiser, d'une chambre d'hôtel dans la chaleur de l'été. Et les épaules et les hanches nues d'Alexandra s'élevèrent bientôt devant moi comme de formidables nuages blancs au-dessus de la mer.

VI

J'ai répondu à Alexandra, bien sûr. Mais pas tout de suite. Sur le chemin du bureau, je me suis arrêté boire un café pour profiter de ce léger flottement et prolonger l'excitation. Je remarquai pour la première fois les émaux jaunes et bleus qui décoraient les murs de ce bistrot, naïfs et clairs comme des soleils dans l'azur.

Un matin d'été ordinaire : balayeurs, trottoirs lavés à grande eau. La fraîcheur de la nuit avait lessivé les soucis de la veille.

Alexandra devait être dans sa salle de bains, une grande pièce avec un fauteuil en osier toujours encombré de vêtements et, sur une étagère, une minichaîne. Parmi les disques en vrac, j'avais un jour remarqué un album de Charles Aznavour et cette idée d'écouter *La Bohème* en prenant un bain m'avait paru délicieuse. Une vie de gens qui savent prendre leur temps. En buvant, j'imaginais Alexandra, assise sur le rebord de la baignoire, une serviette blanche nouée sur la tête. C'était peut-être là qu'elle avait écouté mon message, là aussi qu'elle avait écrit le sien, en cachette.

Il fut bientôt midi et j'avais travaillé sans peine. Occupé à corriger les derniers détails du dossier *Cellia Games*, j'avais oublié le reste. C'est quand j'ai voulu voir Fred que la chose est revenue. « Mais si, tu sais bien, il est parti quelques jours à la convention de Copenhague », a dit son assistante. J'ai tourné en rond, bu un Coca, sauvegardé le script du projet, relu la feuille de route, et parlé avec les techniciens sans les écouter.

C'était vertigineux. Comme si le hasard m'encourageait. Fred parti, Lara bientôt loin, nous serions seuls. Mais Alexandra était-elle sérieuse ? Pas sûr. Je finis par lui écrire : « Suis au bureau, mais je préférerais être là où tu es... » Je n'ai pas relu le texto de peur de tout effacer et mon cœur a bondi en appuyant sur « Envoi ». La femme de Fred !

Ça n'a plus cessé. Les messages arrivaient par paquets entiers. D'abord de l'humour, l'humour obligé et poétique et gentil : « Je voudrais être ta Marlboro Light pour me glisser entre tes lèvres, et puis partir en fumée », disais-je. Mais plus le jour avançait, plus les messages étaient directs. J'y sentais son odeur, la chaleur de sa peau et m'imaginais déjà le rebond de ses hanches.

Je reçus le dernier chez moi dans la salle de bains. Les salles de bains et les toilettes sont les nouveaux bordels. J'avais fini de me brosser les dents et laissai couler l'eau pour que Lara crût que j'étais encore occupé. Je verrouillai doucement la porte puis la déverrouillai sans bruit. Une erreur. Pourquoi s'enfermer quand on se brosse les dents ? J'attendis un peu et vérifiai d'une main mon portable bloqué en permanence sur le mode silence. J'avais demandé à Alexandra : « On déjeune demain ? » Réponse : « C'est mieux le soir... demain soir ? »

— Je peux entrer ?

Lara était derrière la porte.

— Oui...

Je plongeai la tête vers le filet d'eau et la recrachai à grand bruit en me penchant, dos à la porte, pour glisser le téléphone dans ma poche.

— Je me demandais si tu pouvais m'emmener à l'aéroport après-demain. Je n'aime pas les scènes d'adieux, tu sais, mais cette fois ça me ferait plaisir, dit Lara en s'asseyant sur les toilettes. Et puis, ça me rassurerait. J'ai un peu peur pour l'avion...

J'essayai de caler ma main qui tremblait sur le robinet et me brossai le plus énergiquement possible.

— T'inquiète pas, mon amour. Je viendrai. Je préviendrai le bureau, je crois que ça ira.

Elle tira la chasse, m'embrassa dans le cou en disant :

— Dis donc, tu te brosses les dents vraiment longtemps.
— Trois minutes. Comme les enfants.

En allant éteindre les lampes avant de monter dans la chambre, j'envoyai « ok, demain soir » à Alexandra. Le temps que ça mettait à partir, une si petite enveloppe ! Une éternité à tourner en rond sur l'écran. « C'est mieux le soir... » Qu'est-ce qui était *mieux* le soir ? Et comment allais-je faire ? Demain, c'était notre dernière soirée avec Lara. Je trouverais bien.

Je montai la rejoindre. Elle lisait, elle était belle et j'étais un idiot. Je me déshabillai, me glissai à côté d'elle, la fixai. Elle sourit, mais sans un regard.

— C'est bien, ce que tu lis ?
— Oui, dit elle en bâillant, mais maintenant j'en ai marre.

Elle posa son livre et dit encore :

— Je crois que je suis vraiment fatiguée. On dort ?

Je dis que j'allais lire un peu moi aussi. Elle se retourna, j'embrassai son épaule nue qui dépassait du drap et elle s'endormit. Comme hier parce que nous avions parlé trop tard, comme avant-hier parce que nous avions regardé un film ou parce qu'elle était fatiguée aussi. Peut-être était-ce moi qui l'étais, je ne sais plus.

Au bout d'un certain temps, il est toujours plus facile de ne pas faire l'amour.

VII

Je passai une nuit atroce et délicieuse à remuer cette pensée : après tout c'est sa faute si je me suis intéressé à cette fille. C'est elle qui me l'avait désignée. Oui, c'est elle qui avait fait surgir devant moi sa chair et sa beauté oubliée. Étrangement, le mécanisme était le même que celui de n'importe quel marché ou système d'échange commercial. Un financier respecté émet une note disant simplement : « Le blé va monter. » Tous les traders se précipitent alors pour acheter du blé tant qu'il est bas, puis à cause de ces achats massifs, son prix grimpe en flèche. Le financier peut alors se vanter d'avoir eu raison mais, en réalité, c'est lui qui a provoqué la hausse.

Tu as eu une aventure avec Alexandra ? avait demandé Lara. Non. Mais maintenant, j'en avais une, une possible. Et plus elle me paraissait possible, plus je la désirais. La jalousie et la peur infondées de Lara devenaient de plus en plus réelles. Un jour peut-être elle dirait : « Tu vois, j'avais raison », sans savoir que c'était elle qui avait déclenché le désir. Elle qui m'avait montré ce qu'il fallait désirer.

Je n'y étais pour rien : c'est ce que je me répétais cette nuit-là pour me sentir moins coupable, cette nuit où l'obsession revenait, plus forte que moi. Je connaissais sa puissance. Cette chose ancienne qui m'avait déjà emporté. Je n'étais pas croyant mais machinalement je me mis à prier comme lorsque j'étais enfant. Prier pour qu'on m'en délivre et qu'on me protège de moi-même puisque, seul, je n'y parvenais pas. Ma volonté et ma profonde joie étaient d'aimer. Aimer sincèrement la femme que j'avais choisie et que je choisissais chaque matin. Mais mon désir était de la tromper. « Mon Dieu, aie pitié de moi, car mon âme est parmi les lions. »

VIII

Une foule immense crie et court devant moi, en savates et babouches. Des hommes en habits de fête, vêtus de longues chemises blanches, des femmes dans leurs *salwars* multicolores, des enfants en uniforme et tout un cortège de vieillards empressés escortent au pas de course une voiture blanche. À travers le toit ouvrant, une femme aux cheveux voilés de vert et d'or salue la foule, main levée dans la clameur. Une incroyable ferveur illumine les visages, et la procession cahote dans les ornières et la poussière de l'avenue. Parfois je trébuche moi aussi, je bouscule d'autres coureurs et perds de vue la belle auto, alors je tends le cou et finis toujours par apercevoir à nouveau cette main qui salue au-dessus des têtes et parfois un coin de voile vert contre le ciel. Il y a tant de monde, tant de joie, que tout semble flou et irréel. Un dernier nid-de-poule me fait perdre l'équilibre et je tombe au milieu des milliers de pieds qui frappent la terre.

— Maintenant, dis-je.

Soudain, on entend une gigantesque explosion, puis le silence. Tout est noir un instant. Quand la lumière revient, il n'y a plus que des cris perdus dans un nuage de poussière.

Je bus une gorgée de Coca, ouvris un nouveau Kinder Bueno, et accélérai la vidéo de l'attentat sur l'écran de l'ordinateur : peu à peu la poussière retomba et des silhouettes apparurent. J'appuyai sur la barre d'espace pour reprendre la lecture en mode normal. On voyait à nouveau des hommes. Certains pleuraient, d'autres tournaient sur eux-mêmes les bras levés au ciel et leurs belles chemises tachées de sang. Beaucoup étaient au sol, morts ou blessés. Le cameraman qui avait filmé ces images et en avait réchappé en tombant juste avant l'explosion s'approcha de la voiture noircie par la bombe. Elle gisait sur le flanc comme un animal abattu. Juste devant, presque sous les roues, un blessé était appuyé sur le coude, l'air hagard. Il tenta de se relever mais il n'avait plus que quelques instants à vivre.

J'appuyai sur pause et dis « c'est lui » à l'opérateur vidéo, puis relançai la bande. L'homme blessé tendit alors le bras devant lui comme pour appeler au secours. Ou pour désigner la place qui l'attendait dans l'éternité.

J'eus un haut-le-cœur et dis machinalement : « Bande de salauds. » Des années après, cette scène d'attentat me bouleversait encore. Elle avait été tournée en direct par Dawn News, la chaîne d'information pakistanaise. L'assassinat en décembre 2007 de Benazir Bhutto, la femme au voile vert qui était l'espoir d'un pays en décomposition. « Voilà la séquence et notre personnage, dis-je à l'opérateur. Vire les moments où on ne voit rien. Moi, j'ai besoin de fumer une clope. » Je sortis du studio. J'avais surtout envie d'envoyer un sms à Alexandra pour confirmer le lieu et l'heure du rendez-vous de ce soir.

Je traversai le hall de Focus, saluai la nouvelle hôtesse d'accueil et allumai une cigarette sur le parvis en regardant cette fille à travers les vitres. Elle s'appelait Viviane ou Camille, je ne savais plus. Nous avions un peu parlé l'autre jour. Elle était jeune, belle, et portait une petite veste cintrée qui accentuait sa cambrure. Elle tourna la tête vers moi et me sourit.

Je ne sais ce qui me prit : je fis mine de lui offrir une cigarette et un geste pour l'inviter à me rejoindre. Elle eut l'air gêné et refusa poliment en montrant le standard. Je haussai les épaules, « tant pis », et je tournai le dos. Je m'étais trop avancé. Pourquoi avais-je fait ça ?

J'allais rentrer quand je la vis se préparer à sortir, mais un technicien qui traversait le hall s'approcha et lui parla. J'allumai à la hâte une deuxième cigarette pour rester dehors. Ce n'était pas la première à attirer les hommes de la boîte. Focus faisait appel à une agence d'hôtesses qui se surpassait dans ses choix et les mutait dès qu'elles devenaient trop familières avec les employés. Ici, les plantes du hall avaient une carrière plus longue.

— Ça va ? dis-je quand elle arriva et tira de son faux sac Chanel un paquet de cigarettes.

— Chaudement.

Nous regardâmes la dalle du parvis qui commençait à vibrer sous le soleil, je lui fis un compliment sur ses jolies sandales. J'aimais surtout ses chevilles et ses orteils peints. C'était tellement impudique de montrer ses pieds nus. Je me demandais pourquoi personne ne s'en rendait compte. Juste à côté, je vis mes chaussures. Celles dont les boucles étaient cassées, de pauvres choses tristes et mal cirées, et je ne sus plus quoi dire.

Un silence. Je me souvins enfin de notre première conversation :

— Et ton casting, ça a marché ?

Elle s'anima :

— Oui, super ! La réalisatrice était là. Elle m'a fait retravailler la scène. Paraît qu'elle le fait jamais.

— Bravo ! C'est génial.

Je forçai un peu l'enthousiasme mais elle fit une grimace :

— Oui, c'est bien, mais tu sais on était au

moins quinze, et puis je m'en fiche un peu. L'histoire est pas mal mais...

Elle fit la moue.

— Mais quoi ?

— Ben, c'est quand même une série pourrie pour la télé, alors...

— C'est pas grave, tu peux pas tout de suite tourner avec David Lynch.

— J'aime pas trop Lynch.

— Non, moi non plus... Mais je veux dire qu'il faut commencer par quelque chose. Même si ça n'a l'air de rien...

— Oui, enfin, là c'est vraiment super rien...

— Il y a toujours un truc à prendre, si tu le fais bien. Et puis si tu te dis dès le départ que c'est nul, ça n'ira pas. Tu vas mal le faire.

— C'est sûr.

Je m'épuisais à entretenir la conversation. Peut-être valait-il mieux arrêter là. L'opérateur m'attendait, il fallait que j'envoie ce message. Mais je la regardai à nouveau et n'en eus pas la force.

— L'essentiel, c'est de commencer, dis-je. Le projet ne pousse que sur l'ébauche.

— Sur quoi ?

— Sur l'ébauche. Si tu restes dans le vide, si tu t'engages pas sur un chemin, comme ça pour voir, t'as pas d'idée. Faut commencer et puis c'est seulement après, quand t'es dans l'action, que les idées viennent. Sinon, tu rêves, c'est abstrait. Et tes rêves sont ceux de tout le monde, ceux qu'on te donne à manger dans les pubs, les journaux, la télé...

— Merci ! alors j'ai les rêves de tout le monde. Ça remonte le moral de parler avec toi !

Je me souvins qu'elle voulait être comédienne et rectifiai, gêné :

— Moi j'ai commencé par des trucs pas très glorieux mais le premier en a amené un autre mieux puis un autre encore mieux.

— Et c'était quoi le truc pas très glorieux ?

— Écrire des horoscopes pour un site astro.

— Tu t'y connais ?

— Pas du tout !

Je pris mon air ahuri. Cette fois, elle rit franchement. Je continuai en m'animant le plus possible pour l'amuser.

— C'est pas très compliqué, suffit de savoir que « le Scorpion est mystérieux, torturé, mais *très* intelligent et... je sais pas, moi, qu'il préfère être *éminence grise* plutôt que roi, contrairement au Lion qui lui aussi est *très* intelligent mais qui est un signe solaire blablabla... », et c'est bon... En même temps, comme j'étais en philo à l'époque, je glissais des phrases de Nietzsche ou de Pascal...

— T'étais en philo ?

— Oui, je passais mon master.

— T'as du bol, moi j'adorais la philo mais mes parents voulaient que je sois commerciale...

— Et du coup t'es actrice.

— Ben oui !

Je surjouais l'enthousiasme :

— C'est génial. Faut oser faire les choses, vraiment, sinon tu te retrouves toute ta vie à vendre des offres *triple play*...

— C'est sûr.

— Je peux avoir du feu ?

Le directeur de création s'était adressé directement à la fille, il lui souriait et se balançait d'un pied sur l'autre en frottant sa barbe de trois jours. Ce n'était pas le feu qui l'intéressait, mais au fond j'étais dans le même cas. Elle lui tendit son briquet avec un sourire, il fit une blague sur le logo Coupe du monde qui l'ornait, et elle ne me regarda plus que par politesse.

Je fus soudain transparent, murmurai « Faut que j'y retourne » et rentrai. Ce con avait plus de pouvoir que moi. C'est lui qui concevait et produisait les pubs et les bandes-annonces du groupe, lui qui castait les comédiens.

Il y a toujours un plus grand singe que soi.

D'ailleurs j'en avais assez de faire le beau, le drôle, l'intelligent. Glisser que j'avais lu Nietzsche ! Ridicule. Et puis elle était jolie mais banale. Comme toutes les filles qui défilaient derrière ce comptoir, elle n'était pas vraiment hôtesse. Elle faisait ce *job à la con* en attendant que ça marche. Il y avait eu des chanteuses, des écrivaines, des designeuses, toutes aussi jolies et toutes à attendre que ça marche.

Le monde entier attendait que ça marche et rêvait en espérant mieux. Même moi.

Dans le couloir qui menait au visionnage, je soupirai : c'est la même chose partout, dans le bar en bas de la maison, les serveuses ne sont plus jamais serveuses et à Focus les coursiers ne sont pas coursiers. Ils sont peintres, guitaristes, vidéastes, graphistes, réalisateurs... Jusqu'à mon coiffeur qui en vérité était bassiste dans un groupe de jazz et allait bientôt signer avec une maison de disque dont un des directeurs artistiques était très intéressé. Je me demandais où étaient passés les vrais serveurs, les vrais coursiers ou les simples ouvriers comme mon grand-père.

Je m'étais déjà disputé avec Lara à ce propos. Elle me reprochait de mépriser les gens, leurs rêves, et disait : « tu as changé. » C'était vrai. En quelques années, je m'étais bâti un nid confortable, loin de mes origines. Fred, Alexandra, Lara et sa famille l'avaient tressé si doucement que je n'aspirais plus qu'à y jouer mon rôle. Je m'y étais perdu mais je ne le savais pas encore.

Ça changerait, bien sûr, avec *Les Fantômes*. Mais pour l'heure, je n'avais ni vu ni songé que les pauvres, les malades, les vieux ou les simples ouvriers n'avaient plus de place dans ce monde. Pas même dans les discours des hommes politiques qui du temps de mes parents les glorifiaient ou s'en servaient. Pour exister, un vieux devait être *fun* et en forme comme la grand-mère de *La Boum*, comme un de ces seniors qu'on voit sourire à la une des magazines et à qui on s'intéresse parce qu'ils sont encore capables de consommer. Ou alors il devait être mort, victime d'une agression. Un ouvrier, lui, devait être licencié et menacer de brûler son usine. En temps ordinaire, chacun avait vaguement honte, honte d'être hôtesse, caissier ou magasinier. On disait aux enfants : « Tu finiras caissière. » Tous écrasés par la culture de la réussite, de la jeunesse et du bronzage et par ce qui fait rêver : les grands patrons, les artistes, les puissants, les créatifs ou les lauréats des jeux de téléréalité...

Est-ce qu'un ouvrier pouvait participer à une émission de télé-réalité, le plus bas niveau de reconnaissance publique ? Non. Pas assez présentable. Il fallait au minimum être employé de bureau, même au chômage. Dans les pires programmes, ceux qui soi-disant mettent en scène la réalité, les pauvres gens avaient disparu. Ils étaient devenus invisibles. Des fantômes.

IX

— T'as fumé tout ton paquet ou quoi ?

L'opérateur vidéo m'avait enfin trouvé dans le couloir.

— Faut que tu rappelles Fred. C'est urgent.

— C'est toujours urgent. Pourquoi il m'a pas appelé sur mon portable ?

— Tu lui demanderas. Ça fait deux fois qu'il appelle au studio. Et tout le monde t'attend.

Je filai. L'opérateur dit encore :

— Lara aussi a appelé. Elle sera au studio tout à l'heure.

Fred était très excité, j'entendais derrière lui le vacarme de la convention de Copenhague. Il avait accroché des distributeurs américains et voulait que je lui envoie pour demain une maquette de ce que nous étions en train de monter. Je regardai l'opérateur en levant les yeux au ciel. Ça voulait dire travailler toute la nuit. Ça voulait surtout dire pas de rendez-vous avec Alexandra.

« Mais l'équipe ? » dis-je. « Pas de souci », répondit Fred. Il avait tout arrangé avec le graphiste 3D et les programmeurs : tout le monde pouvait. J'étais à court d'arguments. Je mis la main sur le combiné et demandai à l'opérateur de sortir.

— C'est ma dernière soirée avec Lara, dis-je. Elle part demain, tu sais. Je crois qu'elle a prévu de m'emmener quelque part. Une surprise pour mon anniversaire. On n'a pas pu le fêter le mois dernier, on finissait le boulot pour les Japonais, et elle va devenir folle si je lui dis que je travaille encore cette nuit.

Fred réfléchit. Il aimait bien Lara mais notre vie de couple lui importait peu. Ce qu'il craignait, c'était le beau-père. Même si le vieux était dur en affaires, il avait eu trop de soucis avec la santé de sa belle-fille pour ne pas l'écouter.

Il ne raccrocha pas.

— Bon, je ferai patienter. Pour la maquette, tu l'enverras après-demain. Mais il y a autre chose, dit-il plus bas. C'est pour ça que je t'appelle. T'es seul ?

— Oui.

— Il faut que tu m'envoies les codes d'opération et ceux des systèmes.

— T'es fou ?

— Il y a un type intéressé ici. C'est pas une blague. J'ai tout vérifié, il travaille pour Elsen et ils sont prêts à mettre le prix.

Je restai silencieux un instant et dis :

— Combien ?

— De quoi vivre pendant un moment.

— Mais le vieux ? Et la boîte ?

— On s'en fout. On monte *notre* boîte et on réalise *nos* projets. T'as pas envie ?

— Si, dis-je, mais...

— Mais quoi ?

— Tu sais bien qu'Elsen c'est pourri. Tu sais parfaitement ce qu'ils fabriquent. Et on a dit qu'on toucherait jamais à ça...

— Et je suis toujours d'accord, dit Fred. Mais là, on travaillera seulement pour nous. Pas de transfert de technologie vers les autres activités. Et puis tu crois quoi ? que Focus, c'est clean ? Tu crois que jamais ça a débordé ?

— Pas que je sache, en tout cas. Toi tu sais peut-être mais pas moi.

Il s'énerva :

— Le beau-père, tu connais ses amis, tu les as vus, non ? T'es pas naïf. Tu sais ce qu'ils vendent, quand même !

— Peut-être. Mais j'ai pas encore vu un système développé ici, à Focus, guider un drone ou un missile pour raser un village au Pakistan ou ailleurs.

— Fais pas l'idiot, dit-il, y a pas que les guidages de drones et de missiles. T'as vu trop de films, mon vieux.

Et il se mit à rire. Il riait toujours comme ça, faussement. Un rire d'animateur de dîners.

— Bon, on arrête, dis-je. Parce que là, tu délires...

— Super. Admettons que je délire et qu'on travaille uniquement pour des gentils clients politiquement corrects. D'accord, c'est cool, mais tu vas pas passer ta vie à enrichir le vieux et ses Japonais ? T'as des projets, non ? On en parle chaque fois qu'on se voit. T'as des rêves, des envies ? Eh bien, y a un moment où il faut y aller. Sinon, crois-moi, tu vas te réveiller et ça sera trop tard parce que tu seras mort devant ton ordi à Focus.

Il y eut un silence. Je savais que Fred avait raison. Machinalement, je vérifiai mon portable. Pas de messages.

Il reprit, plus calme :

— Elsen est prêt à nous faire un contrat. On partage tout, cinquante-cinquante. Je peux pas faire sans toi. Mais sans moi, tu n'y arriveras pas non plus.

C'était vrai. Sans ses relations, son énergie et son sens des affaires, j'étais nul. J'avais essayé seul, puis avec d'autres, et j'avais échoué. Je finis par dire :

— Écoute, faut que je réfléchisse. Pas maintenant, j'ai la tête comme une pastèque. Si ton type est tellement intéressé, il peut attendre quelques jours. Et puis il y a Lara. C'est son beau-père, même si...

— Ok, ok ! dit Fred. Je connais l'histoire. On en reparle tranquillement quand je rentre. Pas un mot à Lara.

Je promis de ne rien dire et raccrochai en me

demandant où on habiterait si on allait tous vivre là-bas, à Copenhague.

Je me recalai dans mon fauteuil face aux écrans et vérifiai la séquence de l'attentat que l'opérateur avait découpée. Pas un instant, en parlant avec Fred, je n'avais pensé que j'étais en train de lui mentir parce que j'avais rendez-vous avec sa femme. J'aurais dû avoir honte, honte aussi d'utiliser Lara et d'inventer cette surprise qu'elle me préparait. Mais non. La seule chose que je voulais, c'était ne pas rater Alexandra, et je me replongeai dans ce métier dont aucune des deux, ni Alexandra, ni Lara, ne comprenait l'intérêt : inventer des jeux vidéo. Un truc de garçons, même si je leur répétais qu'il y avait presque autant de filles qui y jouaient. Je donnai quelques consignes à l'opérateur et dis : « Je file. » Il était furieux : on était en retard, on avait à peine avancé.

— Je sais, mais on est aussi en retard sur *Love Lies,* je dois aller au studio. Ils ont qu'à engager des gens. Je reviens dès que je peux.

Dans la pièce d'à côté je passai chercher le stagiaire : « Si tu veux voir comment ça se passe, c'est le moment. » Et on prit la voiture. Cela me fit du bien de m'évader, de voir la lumière du jour. Je mis de la musique, allumai une cigarette et écoutai enfin le jeune graphiste parler technique.

Je souris.

X

— Je ne sais plus exactement comment je suis devenu *game designer* mais je suis heureux d'avoir enfin échappé à ça, la pure technique, dis-je.

Le stagiaire plissait les yeux en surveillant la route et acquiesçait à la fin de chaque phrase. Je jetai ma cigarette par la vitre et continuai :

— Pour créer des jeux, il faut tout simplement vivre. Regarder autour de soi, comment s'habillent les filles, les ados. Observer les insectes faire leur danse du ventre, voyager, lire des romans, s'intéresser à d'autres cultures ou à des univers lointains comme les mafias vietnamiennes ou tout proches comme une cuisine de fast food. Leurs règles, leur fonctionnement, comment on y survit.

J'avais imaginé *Underworld* par exemple en étudiant le plan d'une mine de cuivre aztèque et créé le premier *Love Lies* quand une certaine Pauline m'avait plaqué...

— Tu vois, dis-je, elle a bien fait finalement.

La curiosité, ça a tout changé. Pas ma vie sentimentale, non, je fais toujours les mêmes conneries... mais ma vie professionnelle. Moi aussi j'ai parlé technique, bien sûr. On commence toujours par là avant de s'apercevoir que ce n'est rien... comme en amour.

Le stagiaire a ri, poliment, et je me suis garé devant les anciens entrepôts qui abritaient les studios de Focus.

Lara était là. Elle avait déjà étalé sur une grande table des livres d'art, de peinture et de photo, puis posé à côté des morceaux de tissu, de bois et de fer-blanc. Elle parlait avec les décorateurs et les graphistes. Fred l'engageait parfois pour les conseiller sur les matières, les décors et les ambiances. J'allai l'embrasser, juste un petit baiser. Tout le monde savait qui elle était mais elle semblait toujours aussi gênée d'être ici.

Nous devions créer l'univers de *Love Lies* II. Pour coller à la mode néogothique, le jeu serait plus étrange que le précédent et l'histoire se déroulerait à une autre époque. Lara connaissait parfaitement le premier, celui de Pauline. Ça racontait mon histoire. Sauf qu'on pouvait tout corriger, ne pas faire les mêmes erreurs. S'intéresser d'abord à sa meilleure amie, ne pas répondre dans l'instant à ses messages... Des choses simples. Venaient ensuite des ruses plus complexes puisées dans mes bonheurs, mes échecs, dans les théories de René Girard ou dans *Les Liaisons dangereuses.* Le but était que la femme ou l'homme de vos rêves tombe amoureux de vous et surtout qu'il le reste. L'attirer dans un lit le plus tôt possible était donc une option tentante mais périlleuse. Plus on couchait tard, plus on gagnait de points. Mais là, le risque était que l'autre se lasse et se détourne en se demandant s'il vous plaisait vraiment, ou vous soit enlevé par un rival. Je m'étais bien amusé, et bien vengé j'avoue, en construisant ces deux scènes finales : l'une torride, l'autre solitaire avec une amoureuse qui vous présente son nouveau copain, un ami en embuscade. Comme avec Pauline. J'avais réécrit notre histoire dans sa version « j'aurais dû... ». C'était parfois naïf, mais ça fonctionnait.

C'est la supériorité vaine et délicieuse des jeux sur la vie : quand par malheur on se laisse percer le cœur par un homme ou une femme qu'on aime ou encore par un zombie caché derrière un mur, on appuie sur *reset* et on recommence la partie. Pauline n'avait pas été enchantée de se retrouver dans les magasins, mais ce jeu avait été un best-seller. Surtout chez les filles. Les garçons préféraient les zombies.

De ce point de vue, j'étais plutôt une fille.

Mon téléphone bipa. Je ne l'avais pas remis sur silencieux. Mais Lara ne dit rien et alla changer la musique. Elle mit *Half Light* et me regarda. Sylvain me demanda si ce serait la musique du jeu. Je dis : « Non. Ça, elle l'a mis pour moi », et je souris. Comme j'aimais cette fille ! et comme elle m'aimait, elle, sans conditions, sans que je sois un héros ni un génie.

En travaillant, je songeai combien mon parcours dans ce monde des jeux était lié à celui des femmes de ma vie. En terminale, j'avais découvert la philosophie et en fac j'avais rencontré Alicia. Deux passions incompatibles : j'avais passé l'hiver dans son lit et échoué à l'agrégation. Il ne restait plus rien du peu d'argent que m'avaient laissé mes parents. Un de mes anciens professeurs m'a alors proposé de travailler avec lui. C'était le début du boum informatique. Comme chaque innovation majeure, on la croyait toute-puissante, et on imaginait qu'elle nous aiderait à penser. Je devais numériser des textes, puis répertorier et comparer les occurrences des mots *Dieu*, *animal* et *bonheur* chez les philosophes du XVIIe siècle. Ce n'était pas passionnant et cela ne mena nulle part mais chaque matin, quand arrivait le bus 48, j'embrassais Alicia en lui murmurant : « Bonne journée, ma déesse, mon animal, mon bonheur », puis je traversais la rue en la regardant s'éloigner pour prendre le 70 et en me disant que c'était là l'équation exacte du bonheur.

Elle rata son concours elle aussi et nous décidâmes qu'elle ne travaillerait pas, qu'elle le tenterait à nouveau, s'y consacrerait entièrement et qu'une fois prof elle m'aiderait à son tour. Je la rejoindrais plus tard devant un tableau noir et nous aurions des enfants. Ce fut un hiver froid et vide où nous nous apprêtions bientôt à vivre et à être heureux. Mais la vie, elle, ne s'apprête jamais : elle vit sans cesse.

Au printemps, un des premiers jours qu'il faisait doux et lumineux, elle m'avoua qu'elle avait rencontré quelqu'un dans sa classe, un type « chouette et brillant », m'a-t-elle dit, et le ballet des bus s'est arrêté. Pendant des semaines je suis resté enfermé dans un appartement à moitié vide. Je n'ai prévenu personne et j'ai perdu mon travail. Puis le propriétaire m'a expulsé et j'ai échoué chez les parents d'Éric, un ami d'enfance parti étudier à l'étranger.

Dans sa chambre j'ai revu les disques que nous écoutions à 15 ans et me suis souvenu de nos passions et de nos rêves. Je l'imaginais à Boston et j'ai regardé mon sac : c'était tout ce qu'il me restait, quelques vêtements et quelques livres que je n'avais pas encore vendus.

Cette nuit-là, sans doute parce qu'on avait parlé de lui pendant le dîner, j'ai pensé à mon père, là-haut. J'ai vu ma mère, aussi. Ils ne se parlaient toujours pas mais ils flottaient dans le même ciel, enfin apaisés.

Allongé dans le petit lit en bois, j'ai pleuré en apercevant le seul manuel d'informatique que j'avais conservé et *La République* de Platon annotée et surlignée. Je me suis alors promis que je créerais avec ces deux choses un monde aussi beau, aussi pur et éternel qu'un système philosophique.

Voilà comment tout avait commencé.

J'ai présenté des maquettes de jeux pédagogiques pour enseigner Leibniz et Wittgenstein aux terminales. On m'a répondu : intéressant, mais pas assez divertissant, pas assez *fun*. Déjà cette idée à la Berlusconi que la réflexion est ennuyeuse et que tout doit être absolument *fun* et bondissant. Dans mon petit studio, je mangeais des pâtes et l'hiver il faisait trop froid pour y rester longtemps. Alors j'ai relu Marx, *Les Luttes de classes en France*, et imaginé une intrigue qui se déroulait pendant la révolution de 1848, à la fin de la monarchie de Juillet.

Chaque jour, je me glissais dans la peau d'un bourgeois ou d'un ouvrier du XIXe siècle. Bourgeois, je réprimais des révoltes ouvrières, je m'alliais avec l'Église pour rétablir l'ordre, je construisais des chemins de fer en pillant le budget de l'État, je spéculais sur le travail et les hommes. Ouvrier, je montais sur des barricades et je changeais le monde. C'était naïf mais il y avait de la mitraille, de l'argent, des maisons de passe et même une histoire d'amour, un amour interdit évidemment. C'était le bon moment : malgré des personnages en costumes d'époque, cette aristocratie financière ressemblait à celle d'aujourd'hui. Moins volatile et moins anonyme.

C'est des années plus tard, en démarchant à nouveau ce jeu, que j'ai rencontré Fred et que j'ai aperçu une première fois Lara. Elle n'était qu'une adolescente et c'est justement pour ça que Fred me l'avait présentée dans un couloir de Focus que son beau-père venait de racheter. Elle était censée être la cible marketing idéale. Plus tard, elle m'a avoué qu'elle détestait toutes ces singeries virtuelles, mais qu'elle avait aimé ma façon d'en parler et de vouloir changer quelque chose avec un truc aussi dérisoire. Je me souviens que je lui avais lu cette phrase de Marx glissée dans le dossier de présentation : « *La monarchie de Juillet n'était qu'une société par actions destinée à piller la richesse nationale et dont les dividendes étaient partagés entre les ministres, les députés et leur clientèle.* »

Ce jour-là, je devais avoir l'air d'un Che Guevara du joystick et elle s'était mise à rire. Avec ma mallette sur les genoux, j'en avais presque pleuré. Elle m'avait rattrapé sur la dalle devant Focus et nous avions parlé. C'est ainsi qu'on s'était connus. Ou plutôt, qu'on s'était ratés une première fois.

Personne non plus ne voulut de *1848* mais Fred m'engagea à l'essai pour d'autres projets.

Aujourd'hui, j'apercevais parfois le petit disque dur qui contenait la maquette de ce jeu, échoué au fond du placard de notre appartement. Révolte oubliée parmi les chaussures et les sacs.

XI

Il était tard quand je garai la voiture dans le parking de Focus. Je regardai un instant la dalle, les immeubles de bureaux qui flottaient haut dans la nuit et revis le visage désolé de Lara ce jour-là, quand elle m'avait couru après. Les souvenirs sont la mesure de l'amour et chaque couple en entretient le roman. On se rappelle en riant une robe qui n'allait pas, des chaussures neuves qui blessaient ou une soirée où par timidité on avait laissé passer l'occasion de s'aimer plus tôt. Et ce faisant on s'aime plus fort.

Je tirai mon Samsung de ma poche et envoyai un message à Lara pour lui dire combien je l'aimais, combien j'aimais notre histoire. Et puis un autre à Alexandra pour lui demander où on se retrouvait. Comme si j'étais deux êtres différents.

Je visionnai le travail de l'opérateur vidéo, rédigeai la note au programmeur et au graphiste qui allaient s'occuper de la séquence de l'attentat puis ressortis sans un regard pour la fille de l'accueil et en jurant qu'on ne m'y reprendrait plus, mais que j'essaierais encore.

Elle l'ignore, me dis-je pour rire, mais je suis Dieu : une fois traitée, cette séquence d'attentat serait intégrée au jeu et le mort anonyme près de la voiture, ce pauvre parmi les pauvres, deviendrait un personnage en 3D avec une histoire et un destin virtuels qu'il n'aurait jamais imaginés. J'en avais fait un des chefs de la rébellion pakistanaise. Dans sa poche, je glisserais demain un smartphone contenant des informations cruciales pour le joueur. À condition qu'il survive à la bombe. S'il mourait, rien de grave. Il devrait recommencer le tour depuis le début. Rien de définitif, pas de conséquences ni de *game over*.

Dehors, l'air tiède coulait sur la dalle entre les tours de l'Ouest. La soirée commençait et j'étais comme le héros de mon jeu. Puissant et sans mort jamais. Cette chose aussi qui vous prend après un film, quand on parle comme Marlon Brando dans *Le Parrain* ou Romy Schneider dans *César et Rosalie*. Chaque fois, Lara me disait : « Césarrr sera toujours Césarrr et toi tu seras toujours Davitt. » Un écho de fiction et d'aventure qui se prolongeait en nous et nous rendait bêtement heureux.

Le héros de mon jeu était infiniment moins romanesque mais, inévitablement, j'étais encore lui, l'immortel, quand j'envoyais un sms à

Alexandra. C'était un membre des services secrets occidentaux qui traquait un groupe de talibans. Sa mission : récupérer des soldats alliés prisonniers dans les zones tribales du Pakistan où on récolte l'opium qui finance la guerre. Au passage, il devait zigouiller les méchants par paquets de dix.

Ça s'appelait *Opium Rescue* et je n'en étais pas fier.

Mon rôle dans ces séries standardisées se limitait à rendre attrayantes des péripéties convenues : police et notables corrompus, faux amis, embuscades, systèmes de survie... Une seule chose m'amusait : entre chacun de ces pathétiques rebondissements, il fallait glisser des *romances*, en réalité des scènes érotiques soft. Quelques ébats écourtés avant coït avec des *Geek Babes* dont Lara faisait semblant d'être jalouse. Informatrices exotiques, traîtresses occidentales à poitrine d'acier ou oies blanches à secourir. Pour *Opium*, j'avais choisi la Nordique tatouée forcément froide et névrosée. C'était en ce moment un personnage vendeur qu'on retrouverait dans les pubs ou les *teasers.*

Lara n'avait pas tort. Une de ces *Geek Babes* m'avait hanté des nuits entières, fantasme inévitable quand on invente des pièges érotiques et qu'on manipule un corps, même avec une manette.

Avec ce moteur d'imagerie virtuelle que j'avais mis au point et que Fred voulait céder à

Elsen, je mélangeais un réel rugueux tiré des JT avec des images de pub vantant des destinations de rêve ou des vêtements de marque. Une fois lissées en 3D, la pub paraissait réelle et la réalité avait l'air d'une pub. Ce que j'avais inventé avec Focus n'était pas un genre nouveau mais ce que j'appelais « la guerre en Calvin Klein ». Chacun se retrouvait plongé dans un univers familier et réconcilié : les infos télévisées mêlées aux spots de pub.

En quelques années j'étais devenu le petit mécano d'une vie à l'air doux et amical où le meurtre et le sexe sont des pulsions qu'on peut assouvir sans crainte pour 49 euros. Voilà dans quel monde je vivais et où nous vivions tous désormais. Un monde où mon téléphone bipa : c'était la réponse d'Alexandra.

XII

Je vois trop tard les phares de la voiture. La roue du scooter accroche le trottoir et je suis par terre. Il y a un silence et je pense à mon costume rayé : merde, doit être foutu... Un homme se penche sur moi. Ça va ? Comment vais-je faire maintenant ? Pas possible de rentrer me changer. Vous êtes sûr que ça va ? demande encore l'homme. C'est normal, il fait trop nuit. Je tourne la tête, le son revient d'un coup comme lorsqu'on avale sa salive. Je m'assois. Bouge un peu. Oui, ça va, dis-je.

Il m'a aidé à relever mon scooter et il est remonté dans sa voiture. Le quartier était désert et mal éclairé. J'ai mis la main sur la hanche qui me brûlait et elle était pleine de sang. Mon coude aussi. Il ne fallait pas qu'on me trouve là, pas que Lara soit prévenue : je n'étais pas sur le chemin du bureau où j'étais censé aller travailler toute la nuit. Je n'ai pas pensé que j'aurais pu mourir. Juste que je l'avais échappé belle, que j'avais failli être démasqué.

Le scooter a redémarré mais je ne savais plus où aller. J'ai fini par appeler Alexandra qui devait s'inquiéter de ne pas me voir arriver. Elle voulut m'emmener aux urgences mais je songeai que l'hôpital du coin ne collait pas non plus avec mon trajet supposé. Impossible d'expliquer à Lara comment je m'étais retrouvé ici. J'ai ri, parlé fort, et dit que ce n'était pas si grave, sauf pour mon costume. Elle a insisté pour que je voie un médecin :

— C'est important, fais au moins une radio de la tête, on ne sait jamais.

— Mais non, ma tête n'a rien, elle pense seulement à toi, et puis ça m'est arrivé cent fois. Il faut juste nettoyer et coller deux sparadraps. Pour moi ça va, c'est pour le restau que c'est foutu, suis pas présentable... Tu as du désinfectant, Bétadine ?

En parlant, l'idée m'était venue que je pouvais aller directement chez elle. Fini le restaurant, le dernier verre dans une boîte de nuit et les lieux dangereux où on croiserait une connaissance.

Je la retiens au téléphone, je manœuvre, je manipule et m'imagine déjà dans sa salle de bains. Je dois ôter ma chemise déchirée et mon pantalon pour soigner les brûlures. Ça y est, je suis presque nu, et elle a le cœur battant au moment d'appliquer le coton d'alcool sur mes plaies... je saisis son bras, pardon, c'est la douleur. J'effleure son corps penché sur le mien, je sens son souffle, le parfum de sa peau. Je grimace, mets la main sur son épaule. Si je veux je peux poser ma tête sur la sienne en expirant très fort, serrer son bras, son dos, les barrières tombent et je nous vois : elle pressée par moi et par le grand besoin que j'ai de me réconforter ; elle entraînée par moi sur le tapis ou dans son lit, et moi pansé et blessé, relevant sa jupe et caressant maintenant sa peau humide d'avoir eu si peur et une si grande douleur en commun.

Oui, je voyais tout ça depuis ma rue sombre, scène d'amour cliché du soldat blessé et de son infirmière effrayée, et il fallait qu'elle m'écoute encore et finisse par céder. J'osai la chose comme une idée soudaine :

— Je viens chez toi. Tu as des pansements et de quoi désinfecter, non ?

Pour faire diversion j'ajoutai :

— Et puis on commande quelque chose à manger et on se voit comme prévu.

Elle parut hésiter. Peut-être l'idée de l'appartement conjugal.

— Oui, dit-elle, mais...

— Mais quoi ?

— J'ai seulement des pansements Mickey pour Lila...

Je ris et voulus blaguer :

— Bon, ça fait pas très sérieux mais ça colle quand même, les pansements Mickey.

Il y eut encore un silence.

— Non, dit-elle. Ce n'est pas sérieux, tu as

raison. Il faut voir un médecin. Je m'en voudrais s'il t'arrivait quelque chose. Si ça se compliquait.

Je voulus reprendre la main, manœuvrer encore, mais elle enchaîna. Bien sûr elle avait envie de me voir. Mais son cousin était interne et lui avait parlé de ces cas où un traumatisme crânien qu'on n'a pas détecté à temps finit mal... Il suffisait d'une toute petite hémorragie.

— Va aux urgences, dit-elle, vas-y tout seul si tu ne veux pas que je vienne, mais promets-moi que tu le fais maintenant et que tu donneras des nouvelles. On se verra demain, ce n'est pas grave. En plus ça sera plus facile pour toi.

J'ai promis de me soigner, on s'est donné rendez-vous pour le lendemain et j'ai raccroché. La rue est redevenue sombre mais l'image d'Alexandra est restée penchée sur moi comme un fantôme.

Ce qui me consolait, c'est que Lara ne m'en voudrait plus de l'avoir abandonnée à la maison avec sa valise.

Pour la première fois depuis longtemps nous nous étions disputés quand je lui avais annoncé que j'allais travailler cette nuit. L'idée m'était venue lorsqu'elle m'avait demandé de l'accompagner à l'aéroport. Si je voulais l'emmener demain, je devais m'avancer sur le dossier *Cellia Games.* Elle avait baissé la tête, dit doucement qu'elle préférait y aller seule et qu'on reste ensemble ce dernier soir. J'avais honte, mais j'avais tenu bon : tout était organisé avec l'équipe, je ne pouvais plus changer et je croyais lui faire plaisir.

Pourquoi trompe-t-on les gens qu'on aime ? Pourquoi leur fait-on si mal ?

J'étais parti, tout petit et merdeux, avec un pincement au cœur mais, aussitôt la porte claquée, cette obsession d'Alexandra me fit tout oublier.

En zigzag sur les ponts, le moteur au ralenti, je regardais les immeubles paisibles et le reflet des réverbères danser sur l'eau noire. J'aperçus l'immeuble de Focus. Je m'arrêtai et inspectai la rue. C'est là que j'allais avoir cet accident. Le même, officiellement. Juste devant le centre commercial près du bureau. J'ai relevé tous les détails, le panneau qui indique le parking, la rue où la voiture a tourné sans clignotants. Après des heures passées sur un ordinateur, je n'avais rien vu. Je pourrais tout raconter. C'est fou ce qu'il faut inventer pour bien mentir.

Puis cette soirée m'a paru ridicule. Tout ça pour ça ! Je me suis souvenu de cette risible vision, moi en héros blessé baisant par terre son infirmière ! Une scène de série B à laquelle j'avais tellement cru ! Les fantasmes n'ont aucune imagination. Seule la réalité en a. Elle m'avait expédié là où je n'avais pas prévu d'aller, contre un trottoir et maintenant à l'hôpital. Et pourtant, comme ce fantasme avait l'air réel et puissant tout à l'heure !

Pansé, vacciné, radiographié, je suis remonté

à scooter malgré l'avis du médecin. Pas une fenêtre éclairée, c'était l'heure du profond sommeil, l'heure où on se sent seul et où on dessoûle : j'avais envie de voir Lara. Besoin de me réfugier dans ses bras, petit chien recueilli la tête basse dans son impeccable niche où on l'aimera malgré tout.

Je la revis un peu plus tôt, lorsque j'avais claqué la porte, je vis sa petite valise, seule compagne de cette dernière nuit où nous aurions dû être ensemble, et j'eus les larmes aux yeux.

Je composai le code, poussai doucement la porte et, avant qu'elle ne se referme, fixai dans le ciel la dernière étoile.

Oui, pourquoi tromper ceux qu'on aime ? Je ne comprendrai jamais. L'amour et le désir sont deux provinces d'un même pays qui se rejoignent ou s'éloignent dans la lente pulsation de la vie. Aujourd'hui, mon cœur redevenait sauvage, il oubliait qui j'aimais et s'échappait malgré moi pour battre plus fort dans une région où je n'étais pas moi-même.

Lara dormait. Je me glissai dans le lit et elle dit : « C'est toi mon amour ? » et je dis : « C'est moi », puis elle se rendormit. Je bus l'eau du verre qui traînait là depuis deux jours, la regardai à nouveau dans l'ombre tranquille de notre chambre et je fus effrayé : et si j'étais mort tout à l'heure dans ce quartier lointain ? Lara aurait cherché des raisons, et trouvé les derniers messages d'Alexandra : « T'es où ? », « Tu arrives ? ».

Mort menteur, qu'on se hâte d'oublier. Mort deux fois mort, qu'on pleure et qu'on hait.

J'eus honte et ce fut bon signe : le désir se moque du souvenir, pas l'amour.

XIII

À l'heure, annonça le panneau. L'avion décollait dans cinquante minutes. Lara fouilla dans son sac, sortit son paquet de Marlboro Light, tira sur sa cigarette comme si c'était la dernière puis elle dit : « on y va ». Elle avait toujours peur d'être en retard. Devant les couloirs de la douane, elle ouvrit encore son sac, fouilla, trouva le bracelet indien que je lui avais offert et le mit à son poignet : « Comme ça tu es avec moi. »

— Maintenant vas-y, dit-elle, tu dois avoir mal. Ça m'a fait plaisir que tu viennes. Fais attention à scooter, prends le bus. Je vais avoir peur tout le temps.

Je la serrai contre moi.

On s'est embrassés là, devant la foule, entre les valises et les chariots bloqués dans la cohue. Au revoir, mon amour, je reviens bientôt. Oui, ma chérie, ça va passer vite. Un baiser encore. Je t'appelle du village pour te dire que je suis bien arrivée.

Il y eut un silence. On avait épuisé les mots tendres et banals et il fallait dire cette chose qu'on avait chaque fois du mal à dire. Elle prit sa respiration et me regarda. Tu ne me tromperas pas, hein ? Non. Et toi, tu ne me tromperas pas non plus ? Non, je te le jure. Regarde-moi dans les yeux. C'est juré. On s'est souri et on s'est embrassés vraiment.

Il y avait eu d'autres voyages et d'autres séparations et nous avions gardé ça de nos premières années quand nous n'avions pas peur de dire des choses simples et évidentes. J'aimais qu'elle me pose cette question et ne pas faire comme si ça allait de soi. « Je te jure, Lara, je t'aime. »

Elle fit un pas en arrière, un grand sourire, et je partis en mimant une scène d'adieux ratée, me retournant dix fois pour la faire rire. Je franchis la porte vitrée, elle fit un geste de la main et se retourna définitivement. Elle était partie, elle était déjà dans l'avion et dans ce voyage. Elle faisait ça à chaque fois. C'était la différence entre elle et moi : je me retournais à l'infini, je ne voulais pas quitter, pas changer, comme si j'avais peur de perdre les gens pour toujours. Elle, au contraire, avait confiance dans la permanence des choses.

Planté sur le trottoir devant la file de taxis, je l'aperçus une dernière fois derrière les baies vitrées. Elle regardait devant elle, son passeport à la main. Ça avait toujours été un mystère, ce détachement soudain.

J'attendis encore et reçus son texto : « Je suis dans l'avion, mon amour, je pense à toi et je t'aime. » Suivait le numéro de l'épicerie que j'avais déjà, où je pouvais lui laisser un message et d'où elle m'appellerait. Assis sur un chariot vide devant le hall des départs, j'ai répondu que j'étais dans un taxi, que je l'aimais moi aussi et j'ai attendu en regardant les avions passer au-dessus des échangeurs de l'aéroport.

Puis son vol a disparu du panneau des départs. Elle devait survoler les banlieues, les premières campagnes. Quelqu'un regardait peut-être son avion avec une envie d'ailleurs. Je suis allé au bar et ma main tremblait quand j'ai versé le Coca dans le verre.

La voix de l'aéroport annonça d'autres départs, d'autres embarquements mais je n'écoutais plus. J'eus le sentiment d'être un clandestin, peur d'être découvert.

Un groupe de jeunes filles aux cheveux lissés a commandé des gin tonics en parlant anglais avec un accent scandinave ou allemand. Elles les ont avalés d'un trait. Debout, assises sur leurs sacs, elles riaient fort et commandaient d'autres tournées. D'ordinaire, je trouvais ce genre de filles vulgaire. Cette fois elles me parurent gaies et vivantes et j'aurais aimé être avec elles. Je compris qu'elles partaient dans les îles rejoindre des amis. L'une d'elles se fit prier pour poser sur la photo de groupe et y fit la tête. Je la regardai mieux. C'était la plus effacée. Celle qu'on ne remarque pas tout de suite. C'est toujours pareil. Ça commence à l'école. On s'arrête d'abord sur ce qui brille, et puis derrière les jeans moulants, les lèvres peintes et les efforts pour séduire on découvre celle qui boude un peu, celle qui n'ose pas, et dont on va tomber amoureux.

Le jour déclinait, les filles se sont mises dans la file d'enregistrement. Je suis monté dans un taxi, j'ai pris mon téléphone et envoyé un message à Alexandra : « Alex, rdv à 23 h au Saint-Georges. Tout le monde s'est envolé… faisons pareil… »

Le soleil descendait, tirant à lui les couleurs du jour. L'autoroute grimpa soudain et je vis la ville qui s'étendait devant nous, et les tours et les monuments et les églises brillaient dans le soir comme des lingots d'argent.

Tout bascula pendant le trajet. Sur les grands boulevards, les bars, les restaurants, les soldeurs de DVD, les vendeurs de kebab allumaient lentement leurs enseignes. Au coin de ma rue, les lanternes rouges du chinois et celle jaune et bleu du Timhotel luisaient déjà. J'arrêtai le taxi, je contemplai un instant les milliers de phares sillonnant les rues de la ville basse, néons imprécis, fenêtres de bureau, vitrines et appartements illuminés. Un autre monde naissait dont l'éclat ne venait plus du ciel mais du commerce et des passions des hommes. L'énergie surgissait désormais de la terre et coulait en elle comme un feu.

Ce soir-là, libre comme à l'école buissonnière, je suis resté seul ici à m'enivrer de cette lumière dont je connaissais si bien le nom et songeai que la nuit serait noire s'il n'y avait autant de désirs.

Seul, je suis en mauvaise compagnie. Je le sais mais je m'en moque.

Quelle veste mettre ce soir, quelle chemise? Un tee-shirt peut-être, oui, ça serait mieux. Et mes cheveux? Si je les lavais, ils seraient plats. Sinon, ils seraient salés. J'avais peut-être du gel, mais le gel, ça sent le gel... Je passai ainsi une heure à tourner en rond dans l'infra-ordinaire du désir.

En me regardant dans le grand miroir du salon, je ne compris plus comment j'avais pu être aussi sincère en embrassant Lara et comment deux heures plus tard je pouvais désirer si fort Alexandra. Alexandra... La peur et l'excitation me coupaient les jambes et redire son nom provoquait en moi des vertiges délicieux, comme de minuscules poissons qui me remontaient dans le ventre. Je sortis, j'étais ailleurs.

La nuit m'emportait et le gosier lumineux de la terre s'ouvrit sous mes pas.

XIV

Un soir, je me souviens, c'était dans le jardin de sa mère, Lara m'avait dit : « En ce moment je dis à tout le monde que tu es mon *fiancé*. J'aime bien t'appeler mon fiancé parce que être fiancé c'est faire confiance. On m'a dit que ça venait de là, *fiancé*, de confiance, de foi : c'est avoir foi en quelqu'un d'autre, en un autre que soi qui est tout à fait autre. C'est plus que croire, insistait Lara, c'est accorder sa confiance au-delà de toute croyance, au-delà de toute idée et de tout projet et de tout ce que je sais de toi. Je ne crois pas en toi... non, non, écoute-moi... je ne crois pas que tu es ceci ou cela, que tu deviendras quelqu'un ou pas, que tu seras riche, célèbre, ni que tu es intelligent ou beau — même si tu l'es, mon amour... Non, je ne crois rien et je ne sais rien de ce que tu es et de ce que tu deviendras. Simplement, je te donne ma foi, ma confiance *au-delà de toute croyance* », avait-elle répété. Puis elle avait souri et avait fait mine de me confier son cœur.

XV

Maintenant le temps est venu de mentir, le temps est venu de se damner. J'ai laissé derrière moi notre maison, les meubles et sur le réfrigérateur cette photo d'elle que Lara n'aime pas. À présent mes mains tremblent en attachant mon scooter.

Au bar de l'hôtel Saint-Georges, quelques touristes boivent un dernier verre, le pianiste joue encore un air puis ramasse sa corbeille de pourboires et lance une liste de lecture sur l'ordinateur. Alexandra n'est pas encore là et la table et les canapés sont trop grands pour moi. Je mange des cacahuètes et des pistaches et je commande un autre verre. C'est au moins la troisième fois que j'entends la même chanson : « *Love is full of wonderful colours...* » L'amour est plein de couleurs merveilleuses. Une chanson qui n'a pas été écrite pour ce bar désolé ni pour ce rendez-vous sans amour ni couleurs merveilleuses mais je reste assis là, des feux follets sous la peau à l'idée de ce qui doit venir.

Une heure et demie de retard. J'en ai assez d'attraper et de reposer mon verre sur la table et d'ouvrir des pistaches et de faire défiler les contacts sur mon portable mais il n'y a rien d'autre à faire et je n'ose même pas me lever pour aller aux toilettes : si Alexandra arrivait, elle ne me verrait pas et ferait demi-tour. Et puis le serveur croirait que je suis parti sans payer. Tout est devenu compliqué.

J'attends encore une demi-heure puis dix minutes et encore cinq minutes, et lorsque le serveur me demande de payer parce qu'il va s'en aller j'ai le sentiment qu'il fallait que ça soit ainsi. Elle est la femme de mon ami et patron et j'ai promis à Lara que je ne la tromperais pas.

Je prends mon casque et je me lève. Mon lit m'attend, notre lit et notre maison et aussi la pile de vêtements sur le canapé du salon que Lara a renoncé à emporter. Je marche vers la grande porte de l'hôtel. Je me sens libre et les jours qui viennent seront beaux.

En passant devant la réception, j'aperçois quelques clefs dans de petits casiers numérotés dont beaucoup sont déjà vides. Je me plante devant le gardien de nuit et demande sèchement comme un homme timide :

— Il vous reste une chambre double ?

— Une sur la cour et une supérieure côté rue à 250 euros. Sinon, j'ai une suite junior à 360 euros.

Il me regarde et je fais mine de ne pas savoir.

— Il est minuit et demi et je peux vous faire la junior à 300 euros...

J'imagine une toute petite suite décorée de reproductions d'Andy Warhol et je calcule combien j'ai sur moi. Surtout payer en liquide, ne laisser aucune trace. Tout est au noir, l'argent et la trahison.

— Merci... je ne sais pas encore.

— Comme vous voudrez.

Je retourne à ma table déjà débarrassée et j'envoie un texto à Alexandra : « Tu fais quoi ? Je suis au Saint-Georges. » Elle répond dans l'instant : « Super, je passe, je suis tout près. »

J'attends encore. 300 euros la suite. Je ne sais quoi faire. Je réserve, je paie ? Et si nous prenons juste un verre ? Et si j'avais mal compris ? 300 euros, c'est le prix d'une escort et ça n'est pas vraiment tromper, une escort... Et puis avec une escort, on sait à quoi s'attendre : pas de sentiments, pas d'histoires, le sexe propre et assuré comme une opération à l'hôpital. Les derniers touristes réclament leurs clefs et vont se coucher. Je calcule le risque et l'enjeu financier et amoureux et sexuel et j'ai chaud de honte et d'excitation. Si les femmes pouvaient lire nos atroces et pauvres pensées et voir les comptables que nous sommes, le taux de natalité s'effondrerait pour de bon.

Quand elle arrive enfin elle n'est pas seule. Zoé l'accompagne, je ne sais pourquoi. Je me glisse sur la gauche du canapé en espérant qu'elle s'assoie près de moi du côté de mon bon profil. Elle sourit comme si elle était à l'heure et m'explique qu'elle dînait chez Zoé qui avait fait un poulet au curry exceptionnel et qu'elles ont un peu bu. Elles ont l'air gai, habillées sagement. Zoé prend le fauteuil d'en face, consulte son portable puis demande des nouvelles de Lara. Je reste vague et elle change de sujet. Je parle de vacances, des quinze jours de travail qui m'attendent en regardant Alexandra à la dérobée et en souriant. Elle porte une large chemise ouverte en coton blanc sauvage et j'aperçois sa poitrine quand elle se penche pour saisir son verre sur la table basse. Les deux amies sont excitées et la conversation décousue. Rien à voir avec un rendez-vous amoureux. Enfin Zoé se lève et file aux toilettes.

— Je me demandais si tu allais venir, dis-je à Alexandra.

— Je n'étais pas loin. C'est bien qu'on se voie enfin.

— Oui, c'est bien.

Elle entortilla une mèche autour d'un doigt et baissa les yeux vers ma hanche.

— Et toi ? dit elle, ça va tes blessures ?

Elle dit ça sur le ton convenu que nous avions avant tous ces textos.

J'avais bien fait de ne pas réserver la suite.

Mes blessures allaient bien, dans quelques jours tout serait réparé ou presque.

— Je suis désolé, dis-je en riant, j'ai été ridicule.

Ce message, et puis cet accident la nuit dernière... c'était, oui, ridicule.

Dans un geste d'exagération, j'en profitai pour mettre la main sur son bras mais elle se dégagea en reposant son verre et ma main fut comme une algue sur mon genou.

— Non, ça n'était pas ridicule, dit-elle. C'est le destin, ou le hasard, si tu préfères.

— Mais ce soir tu es ici.

— Eh bien... disons que je n'ai pas eu d'accident, moi.

Et elle rit comme si c'était l'épilogue d'une aventure comique.

Elle avait sans doute raison pour le comique mais je ne comprenais rien à ce qui se passait. Depuis son arrivée, je n'avais pas vu l'ombre d'un sourire complice. Peut-être s'était-elle moquée de moi, une simple distraction de femme qui s'ennuie. Je ne répondis pas et regardai par terre les arabesques du tapis. Il y eut un long silence. Je dis :

— Je vais peut-être rentrer.

Elle eut l'air surpris, se leva légèrement pour écraser sa cigarette dans le cendrier au milieu de la table basse et se rassit plus près de moi. Je sentis son genou contre le mien et compris que ce n'était pas un genou de hasard. Mon cœur bondit, tout changea, même les couleurs du bar, l'air vibra comme si la playlist jouait à nouveau et pour de bon *Love is a wonderful colour.*

Zoé revint et, pendant toute la conversation

qui suivit, je ne sentis plus que la jambe d'Alexandra contre la mienne. Mon sang battait plus fort. Alors qu'elle tentait de persuader Zoé qu'un comédien rencontré la veille était l'homme de sa vie, j'avançai la main contre le bas de son dos et glissai mes doigts sous sa chemise. Je touchai sa peau juste au-dessus de sa jupe, cette peau magnifique qui me faisait tourner la tête il y a quelques années. Un instant elle parut chercher ses mots, rougit et s'embrouilla, but une gorgée de vin blanc et reprit la phrase qu'elle avait commencée. J'appuyai alors mes caresses et je volai un peu de la rondeur de ses fesses. Elle me laissa faire, me demanda mon avis sur cette affaire de comédien, futur amant de Zoé, et un sourire passa entre nous.

Je me doutai que Zoé comprenait ce qui se passait et désapprouvait. Elle avait dû sermonner Alex toute la soirée à propos des dangers d'une aventure. Par jalousie ou par fidélité envers le couple qu'elle formait avec Fred.

La bonne amie a fini par bâiller faussement, ne plus savoir que dire, puis s'est levée en nous souhaitant bonne nuit et on s'est retrouvés seuls dans le bar désert. Alexandra fixait un point au loin droit devant elle. Ses joues et son front rougissaient, elle semblait avoir chaud. Elle serra les jambes et, sans me regarder, elle dit : « Je ne sais pas, je ne sais pas si c'est bien. » J'ai attendu, la main toujours dans son dos. J'ai dit : « Je ne sais pas non plus mais... mais j'ai envie de t'embrasser », et elle a tourné son visage, un visage sérieux que je ne lui connaissais pas, plein de peur. Elle a fermé les yeux, relevé la tête et entrouvert la bouche, et j'ai senti son souffle court comme si déjà nous faisions l'amour. J'ai posé mes lèvres sur les siennes et passé le bout de ma langue sur le tranchant de ses dents. J'ai avalé l'air qu'elle expirait, je voulais tout d'elle. Je sentais son désir battre à travers toute cette eau qui perlait le long de ses hanches.

Derrière le bar le dernier serveur n'osait plus nous regarder. Je lui dis « viens » à l'oreille et l'entraînai vers l'ascenseur. Elle s'est allongée tout habillée sur le lit et a encore dit :

— Je ne sais pas si je peux.

— Tu as envie ?

— Oui.

— Tu as peur ?

— Oui.

— Moi aussi.

Elle a fermé les yeux et s'est tue. Assis à côté d'elle j'ai ouvert l'un après l'autre les boutons de sa chemise et écarté les pans de coton. Elle avait la peau blanche piquée de grains de beauté et son ventre montait et descendait tant elle respirait vite. J'ai dégrafé sa jupe, fait glisser la petite fermeture éclair et tiré jusqu'aux pieds. Elle était maintenant presque nue et j'avais aussi peur qu'elle. J'ai posé ma main sur son ventre et mes lèvres sur les siennes, elle a glissé sa langue contre la mienne et j'ai enfin fermé les yeux moi aussi. Tout fut noir.

Nous nous sommes serrés, bouches unies à nous barbouiller les lèvres et nous fouiller l'un l'autre dans un long baiser maladroit, par peur de rompre la magie et le désir fou d'être là sans rien d'autre que nos corps et la nuit de nos corps sans âmes et sans pensées.

XVI

Il est surligné en vert. Malchance, le vert. Je regarde le texto, je le touche sur l'écran, je l'ouvre et le referme et c'est comme si je voyais s'afficher la secrète et implacable équation du monde. Il dit : « Alex, rdv à 23 h au Saint-Georges... » Le message d'hier destiné à Alexandra. Je l'ai envoyé à Lara. Par erreur, par habitude ou à cause de la peur qui emmêle les doigts. Peu importe : je ne pensais pas qu'il faudrait payer si tôt, là au milieu des draps encore chauds de cette suite junior. C'était moi le junior, junior en mensonges et trahisons.

Tout à l'heure, en me réveillant avant de filer, Alexandra a dit : « Si tu veux qu'on se revoie ce soir ou demain, ou un de ces jours, ne me préviens pas à une heure du matin : parfois je dors. » Et elle a fermé la porte en riant. J'ai collé l'oreiller sur ma tête pour me rendormir et j'ai compris que quelque chose n'allait pas : je l'avais prévenue dans le taxi, juste après l'avion de Lara. J'ai ouvert ma messagerie et je l'ai vu. Il est là désormais, petit furoncle parmi les messages envoyés, et il attend que Lara rallume son portable, le reçoive. Et le lise à son retour.

Je suis assis, raide sur le lit défait, le téléphone à la main pareil à un petit cercueil de mots, et je sursaute au moindre bruit. Cliquetis des plateaux du petit déjeuner et femmes de ménage qui s'interpellent dans le couloir.

Je ramasse ma jolie chemise et mon jean et mon caleçon et me réfugie dans la salle de bains. Le carrelage blanc est encore mouillé par la douche d'Alexandra et en m'habillant je glisse. Ma hanche blessée cogne le rebord de la baignoire. Par terre, je m'interdis de pleurer et je rallume le portable qui a volé au sol. Le message est toujours là. Je pourrais l'effacer d'un doigt mais ça ne servirait à rien. Il a été envoyé et il est quelque part, je ne sais où, dans un serveur qui stocke ces minuscules textos en attendant que l'autre les reçoive. Envoyé définitivement.

Je le relis cent fois et je le sais par cœur et j'ai honte de cette fin que je croyais spirituelle : « Tout le monde s'est envolé… faisons pareil. »

J'ai ramassé sur la moquette le préservatif usagé, l'ai jeté dans la poubelle avec le reste de la boîte et j'ai pris l'ascenseur. Celui où j'avais embrassé et caressé Alex hier soir. Tous ces liquides et cette sueur et cette salive et nos doigts tremblants avaient glissé de l'autre côté de la terre avec la nuit et rien ne pouvait faire que ça n'ait pas existé.

Des jeunes femmes en livrée à boutons avaient remplacé le veilleur de nuit. Elles levèrent les yeux et les baissèrent aussitôt, indifférentes. La fête était finie, tout cela était juste et dans l'ordre intraitable des choses. À moins que je n'intercepte ce message avant qu'elle ne rentre et ne se connecte à nouveau. Dans treize jours.

Devant l'hôtel, je croisai les touristes d'hier. Ils repliaient lentement un plan de la ville et s'en furent main dans la main, la tête renversée, comme si le ciel leur appartenait.

XVII

— Un sms à votre employeur ?

— Oui.

— ... Que vous ne voulez pas qu'il reçoive ?

— C'est ça. Ça serait embêtant, vous comprenez...

Le type n'avait pas l'air de me croire. Il disait s'appeler François mais avait un léger accent. J'avais répété vingt fois l'histoire avant d'appeler et d'être satellisé dans un centre d'appel à l'autre bout du monde. Officiellement, j'allais perdre mon boulot si mon patron recevait le texto.

— Le mieux est d'envoyer un démenti, un autre message pour lui dire qu'il ne tienne pas compte du premier.

— Mais je ne veux pas qu'il reçoive le premier ! Je ne veux pas qu'il le reçoive du tout !

— Oui, monsieur, je comprends, mais le sms a bien été envoyé, n'est-ce pas ?

— Je vous l'ai dit, il est là, dans la boîte « messages envoyés », et je n'ai pas eu d'accusé de réception. Il n'est pas coché « reçu ». Y a pas la petite encoche qui dit qu'il est reçu. Vous me dites que ça ne sert à rien de l'effacer de mon téléphone mais s'il n'est pas dans mon téléphone, il est où ce sms ? Je voudrais savoir où il est, vous comprenez ?

— Je comprends, monsieur. Votre sms est envoyé mais pas reçu et il est donc stocké en attendant dans un de nos serveurs et le destinataire le recevra quand il sera à nouveau dans une zone couverte.

— Automatiquement ?

— Automatiquement.

— Vous ne pouvez pas l'éliminer du serveur ?

— C'est impossible, monsieur.

— Si je vous donne le numéro auquel il a été envoyé...

— C'est impossible, monsieur. Nous gérons des millions de messages par heure et votre sms est stocké en attendant d'être reçu et sera automatiquement envoyé à son destinataire lorsqu'il entrera dans une zone couverte par une de nos antennes GSM ou par une antenne d'un opérateur étranger...

— Ok mais...

Trois fois qu'il me disait la même chose en utilisant les mêmes mots dans le même ordre. Ce François lisait un formulaire du côté de Casablanca ou d'Hyderabad et se moquait totalement de mon problème.

— Ok, ok... J'ai compris. Et il est où, ce serveur ?

— Dans un de nos centres techniques, monsieur. Nous en avons des dizaines...

— Mais où ?

— Je ne sais pas, monsieur, c'est un de nos serveurs informatiques qui stockent les messages vocaux, les sms et les mms, nous en avons des dizaines...

— Où ça, je vous demande !

J'avais presque crié. François mit cette fois quelques secondes à répondre. Il changea de ton.

— Je comprends votre problème, monsieur, mais je vous assure qu'il est tout à fait impossible d'effacer un message d'un serveur. Il faudrait arrêter le système et effacer tout le contenu des serveurs, des millions de messages... C'est comme un mail, vous voyez, quand il est parti, il est parti...

— Ok, ok, j'ai compris.

— Ai-je répondu à toutes vos questions ?

— Ben... Oui.

— Avez-vous une autre question concernant votre abonnement ou une de nos offres ?

— Non, c'est parfait. Je me débrouillerai.

— Merci, monsieur. Au nom de toute l'équipe d'assistance téléphonique et de Vodaphone, je vous souhaite une excellente journée.

Il raccrocha.

— Connard !

Je posai le téléphone et regardai notre appartement en désordre. Sur le canapé, la pile de vêtements de Lara. Je pris les robes, les pulls, les chemisiers, les retournai et les secouai. J'ouvris les tiroirs de son bureau. Stylos démontés, agendas, photos, relevés de banque, petits bijoux de pacotille et boucles d'oreilles brisées, vieux paquets de chewing-gum...

Près du lit j'écartai les livres et les bracelets, les crèmes et les carnets et les mots fléchés pas finis et tous les crayons à la mine cassée qu'elle entassait de son côté puis je me mis à plat ventre pour regarder dessous et ne vis que des vieux Kleenex et des magazines. J'ouvris sa penderie et fouillai les poches des vestes et des manteaux et des blousons et les sacs aplatis au milieu des chaussures comme des outres desséchées. Il n'y avait que des débris de pastilles à la menthe, des tickets de carte de crédit effacés, des brins de tissu et quelques pièces abandonnées dans la poussière des jours.

Par couches successives, je remontai dans le temps et exhumai les minuscules vestiges d'un bonheur dont, je ne savais pourquoi, j'avais perdu le fil.

Je fouillai le reste de l'appartement, partout penché ou dressé sur la pointe des pieds, soulevant les coussins, tirant des foulards et des écharpes d'hiver jamais rangées.

Couvert de sueur, je me suis assis dans la penderie. Odeur de Lara, de toutes les saisons et de sa petite vie stockée là. Le soleil tombait lentement dans la poussière rouge de l'été et notre maison était maintenant baignée de ce crépuscule. Il y en avait pour des heures avant que la première étoile n'apparaisse et que tout s'apaise. J'aurais voulu qu'il fasse nuit et dormir.

Je savais que mes efforts étaient vains, qu'elle avait pris son portable et l'avait éteint. Bientôt elle le rallumerait et emporterait ses vêtements, ses sacs, ses crèmes et tout ici serait vide et nos cœurs aussi.

J'ai tendu la main, ouvert son tiroir à culottes et me suis mis à pleurer. Connard !

XVIII

J'ouvre un Coca mais j'ai envie de boire. De la vodka, du gin. Un verre seulement. Juste pour m'aider à passer la nuit.

Je sors. À chaque bar j'hésite et je répète « non, celui d'après », et je finis par pousser la porte d'un local éclairé au néon. À l'étage du dessus il y a de la musique. Des gens dansent et leurs pieds frappent au plafond, un cours de tango. Ici il n'y a que des chaises en cercle dans la lumière crue et des hommes et des femmes assis dessus. L'un d'eux parle, les autres écoutent. C'est une assemblée d'anciens alcooliques et toxicomanes qui se réunissent pour se souvenir qu'ils sont fragiles et que rien n'est acquis pour toujours. J'ai oublié qu'il en va de même de l'amour.

Je m'assois au fond, comme à chaque fois.

Quand vient mon tour de parler, je dis que j'ai envie de boire et raconte ce qui m'arrive. Certains éclatent de rire. D'autres font « oh ! ». Je m'arrête un instant. Une fille que je connais me regarde, l'air désolé. Je l'ai toujours trouvée jolie. Il ne faut pas que je me soucie d'elle sinon je ne dirai pas la vérité, ou je m'attribuerai un rôle moins minable, juste pour lui plaire, et tout me restera sur le cœur. Je ferme les yeux, repense à Lara et je termine en disant : « J'ai peur, j'ai foutu cette histoire en l'air et je ne vois pas comment survivre si elle doit s'arrêter. Est-ce que je n'ai pas le droit de me tromper ? au moins une fois ? » Ça les fit sourire, moi aussi, mais il n'y eut pas de réponse. Dans cette salle les gens parlent à tour de rôle sans s'interrompre l'un l'autre : c'est la règle. Près de la fenêtre, un grand chauve m'observe et soudain je me souviens. Le type du restaurant, l'homme des surgelés. Que fait-il ici ?

À la fin de la réunion il prend la parole, raconte son histoire du jour, et conclut en se tournant vers moi : « Entre un bol de cacahuètes à portée de main et, disons, un très bon homard placé un peu plus loin sur la table, le cerveau choisira toujours spontanément le bol de cacahuètes. Même si on préfère le homard. »

Sur le trottoir devant le local je parle avec la jolie fille de la réunion. Elle dit :

— Moi, quand je trompe, c'est que j'aime plus.

Je ne sais que penser. J'aime Lara, j'en suis sûr. C'est terrible mais je l'aime encore plus depuis que je l'ai trompée.

— Normal, dit-elle, on fantasme et puis quand on passe à l'acte, on découvre que la réalité n'est pas à la hauteur. C'est comme ça pour tout. Un jour, sur une série télé, j'ai maquillé un acteur qui me faisait rêver et c'était juste un type de mauvaise humeur avec des boutons dans le dos. Je l'aimais seulement dans ses rôles, j'aimais ses personnages, tu comprends. Cette fille, c'est pareil. T'as couché avec un personnage.

Je souris :

— Oui, je vais expliquer ça à ma femme.

Elle rit, me saisit le bras et m'emmène à l'écart du groupe, puis prenant prétexte de mes déboires sentimentaux, elle me raconte les siens. Le chauve approche, l'embrasse et me salue.

— Ça va mieux ?

— Un peu, dis-je.

— Respire bien. Non, pas à fond mais bien. Régulièrement.

Je ne comprenais pas pourquoi il s'intéressait à moi, cette petite morale à propos des cacahuètes et maintenant un peu de technique respiratoire, mais après tout il faisait partie du groupe et chacun était censé être bienveillant avec l'autre.

Les autres partirent dîner ou rentrèrent chez eux et nous marchâmes tous les trois vers le fleuve. Il y avait là-bas des petits bars et des *take away* où nous pouvions acheter à manger. Le chauve se taisait, regardait le ciel, les façades et les passants comme s'il se promenait seul. La fille dit :

— On va trouver une solution, je suis une fille, je peux te dire.

Et elle demanda si j'étais depuis longtemps avec Lara. Elle insista pour connaître l'histoire.

J'hésitai, puis dis :

— Je l'ai rencontrée une première fois dans un bureau, mais ça c'est elle qui me l'a rappelé. Pour moi, ça a commencé l'année d'après au bord de la mer. Il y a huit ans. J'étais en vacances avec ma femme. Lara avait 17 ans et j'allais sur mes 40.

— C'est *Lolita*, dit la fille en riant.

— À l'époque, je buvais, je me défonçais, je sortais beaucoup. J'allais mal et les vacances n'arrangeaient rien. Lara faisait partie d'une bande d'ados qui étaient dans la maison où nous venions de rejoindre des amis... des amis de ma femme, plutôt. Ils étaient en vacances avec leurs enfants et Lara était une de ces ados...

Je voulus parler d'autre chose.

— C'est un peu long dis-je.

Cette étiquette *Lolita* qu'on accolait toujours à notre histoire me déplaisait. À la place de ce mélange d'œstrogènes et de démon de midi, j'avais toujours vu de l'amour. Mais la fille s'accrocha à mon bras et mon cœur battit.

— Raconte, dit-elle. Ça s'est fait avec ta femme dans la même maison ?

C'est fou comme les histoires d'amour éveillent l'amour et le désir. Surtout quand elles sont tristes et ratées. Cette fille était jolie et je ne pus m'empêcher de penser que peut-être...

— Ça n'a pas vraiment commencé comme ça, dis-je. Au début, je ne l'ai pas remarquée. Elle était noyée dans cette bande d'adolescents et moi je m'ennuyais un peu avec les autres parents dans cette grande maison, une maison magnifique au bord de la mer. Ils étaient gentils, certains étaient très drôles, mais tout m'ennuyait à l'époque. J'avais promis de ne plus boire, je faisais des efforts désespérés mais je ne pensais qu'à me retourner la tête. Tout le monde me surveillait. Je n'en pouvais plus. Un soir, j'ai insisté pour sortir. Aller au village avec les ados. C'était les vacances. Il fallait s'amuser. Un prétexte pour boire. Ma femme nous a accompagnés.

« En arrivant dans les rues, au milieu des bars, je respirais à nouveau. Il y avait de la musique, des gens, du flou... Oui, du flou. Un des ados a désigné un coin de place où, disait-il, il y avait des dealers de coke. Je me suis esquivé cinq minutes et j'ai acheté quelques grammes. J'en ai donné à ma femme qui à l'époque n'était pas contre : elle pensait que l'alcool était mon seul souci, et puis on a dansé. Lara était là, elle dansait sur le bar et moi juste au-dessous d'elle.

Je l'ai trouvée différente, étrange. Les autres me tannaient pour avoir de la coke et j'ai organisé une distribution dans les toilettes. C'est là qu'elle m'a embrassé. Enfin, aujourd'hui elle dit que c'est moi qui l'ai plaquée contre le mur et embrassée. Je ne me souviens plus bien. Ensuite je n'ai plus pensé qu'à ça, ce baiser.

— Et tu as couché avec elle.

— Non. Quelques jours plus tard on est partis, j'avais dit au revoir et merci à tout le monde mais elle n'était pas là. Je l'ai cherchée. Elle dormait sur un canapé blanc dans un salon retiré, je me souviens, et je suis allé lui faire un baiser sur la joue. Elle n'a rien dit. Je l'ai revue deux ou trois fois. Je l'embarquais sur mon scooter et on sortait. J'étais parti de chez moi. Pour pouvoir boire à mon aise. J'avais loué une péniche sur les quais pas loin d'ici. Un soir j'ai amené Lara sur cette péniche. Ma femme a débarqué et a appelé la mère de Lara. Lara a eu peur et elle s'est enfuie avant qu'on ne couche ensemble. Plus tard sa mère m'a appelé. Elle ne voulait plus que je la voie.

La fille éclata de rire :

— Je la comprends. On prend un hot dog? dit elle en s'approchant d'un *take away*.

— Le chauve n'avait pas faim mais semblait écouter. Je baissais la voix chaque fois que nous croisions des gens.

— Moi aussi, je la comprends, dis-je. Mais à l'époque, pas du tout. J'ai cherché à revoir Lara mais c'était impossible. Et puis j'allais vraiment mal. J'étais accro depuis tellement longtemps. Je me suis retrouvé une fois de plus à l'hôpital psychiatrique où je faisais régulièrement des séjours et finalement dans un centre de cure. Ça a été dur mais ça a enfin marché. J'ai tout arrêté.

— Pour elle ?

Pour lui plaire je voulus dire oui mais je dis la vérité :

— Parce que j'allais mourir. J'étais même déjà mort, la vie était d'un gris sans fond et chaque matin sous ma douche je priais pour que ce jour soit le dernier. Mais j'étais plus résistant que je ne le pensais. Là-bas, dans ce centre, on m'a réveillé. Des gens formidables. Je me suis rendu compte que j'étais devenu un sale type, que j'aimais ma femme et que je la trompais, que je trompais tout le monde. Une machine à mentir, à manipuler. Je me cachais pour boire, pour sniffer ma coke, exactement comme pour tromper ma femme. Je me trouvais des excuses mais il n'y avait rien de vrai. Seulement des prétextes pour m'anesthésier, m'évader dans des vies parallèles.

« Tu vois, dis-je en regardant ses yeux noirs, les mêmes soucis qui reviennent ! Tout était lié et tout était faux : je consommais de l'alcool, des drogues, des médicaments, et puis de l'amour et des histoires d'amour. J'ai compris tout ça, je l'ai ressenti au plus profond de moi, j'ai beaucoup pleuré et le monde s'est éclairci.

Un jour je suis rentré, décidé à profiter de la vie sans consommer. J'ai retrouvé ma femme en me disant qu'elle était la femme de ma vie, que je l'avais choisie et que je la choisissais chaque jour. Je me répétais ça tous les matins en souriant sous cette douche où j'avais voulu mourir. Et j'étais heureux. Très heureux. Tout était redevenu comme avant, mieux qu'avant. Enfin, c'est ce que je croyais.

Nos hot dogs nous brûlaient les doigts, la nuit tombait enfin et elle continua à m'interroger. Sa voix était douce et je ne faisais plus attention à elle ni au chauve, ni aux moyens de détruire ce message et de mentir encore à Lara. Il y avait là comme une âpreté et une douceur de la vérité qui m'emportaient.

— Mais pourquoi tu l'as quittée, ta femme, alors ?

— Parce que ça n'a pas marché. J'avais changé, mais pas elle. Je suis rentré sevré, vulnérable et fragile comme un animal qui a une peau neuve. Nu après des années d'enfer et d'anesthésie. On ne peut pas comprendre quand on n'a pas vécu ça, cette folie. J'avais soif de beauté et de vérité. Elle était toujours méfiante. Et puis, elle s'était habituée à vivre comme une infirmière, une gardienne de tordu. Toujours inquiète, toujours à réparer les conneries. C'était son rôle, et c'est plus difficile à abandonner qu'on ne croit. Enfin... Un jour je me suis aperçu qu'elle me trompait avec un de nos anciens amis. Un producteur de cinéma riche, et beau, et drôle, c'était pas de chance, un type avec qui elle m'avait déjà trompé quelques années plus tôt. Un soir, je cherchais des factures et, sur son bureau, elle avait laissé traîner un carnet, une sorte de journal, ouvert...

— Ça, c'est un acte manqué, dit la fille pas peu fière.

— ... J'ai lu. Puis je suis sorti faire des courses. En revenant, elle était là. J'ai demandé de qui elle parlait dans ces pages. « Quelles pages ? De quoi tu parles ? » Je suis allé chercher le carnet. Il était toujours à la même place mais les pages en question avaient disparu. Arrachées. J'ai insisté. Elle a nié, elle disait qu'elle ne savait pas de quoi je parlais. J'avais l'impression de devenir fou. Puis elle a fini par avouer que ces pages étaient au fond de la poubelle. Elle les avait enlevées pour que je ne me fasse pas de fausses idées : elle écrivait un roman, c'était une histoire qu'elle inventait. Elle avait le droit d'inventer des histoires, non ? Je n'en croyais pas un mot et j'ai fini par dire : « Ce n'est pas grave, c'est normal que tu voies quelqu'un, mais maintenant je suis là. Je suis là tout entier et je t'aime. Si tu m'aimes encore, arrête. Sois là tout entière avec moi. »

— Et tu l'as quand même quittée, c'est ça ?

— Non. Je l'ai surprise une nouvelle fois quelques mois plus tard. Son téléphone. Elle avait oublié d'effacer un sms qui datait de la veille où elle lui racontait sa soirée. Une soirée passée avec moi. Nous avions regardé un film sur la boxe, oui, la boxe, je ne sais pas pourquoi. Le texto qu'elle avait envoyé ensuite au même mec disait : « Waoouh, la boxe, c'est pas pour moi... » C'était comme si je découvrais l'existence d'une chambre secrète sous mes pieds où la femme que j'aimais menait une vie plus intime, avait une complicité plus grande encore avec un autre homme. Elle y commentait notre existence, notre minuscule soirée de couple. Je n'étais plus celui avec qui elle était la plus nue quand elle se dénudait et la plus vraie quand elle disait la vérité. Tout ça à propos d'un mauvais film sur la boxe... C'est ridicule, non ? Le message se terminait par « bonne nuit, mon... » — trois petits points. Longtemps je me suis demandé « bonne nuit mon *quoi*? ».

La fille fit des yeux ronds et désolés en engloutissant la fin de sa saucisse.

— Bonne nuit mon amour ?

Elle vit que je la regardais et mit brusquement la serviette en papier devant sa bouche. Petit moment d'oubli où elle fut elle-même.

— Non, elle m'a raconté plus tard que les trois points ne voulaient pas dire « mon amour ». C'est plus comique et ça fait plus mal : ils se donnaient des petits noms. Des petits noms d'amoureux. Il l'appelait *Oui Oui*, et elle... *Potiron*. C'était donc « bonne nuit, mon *Potiron* ».

On a tous éclaté de rire, même le chauve qui n'avait toujours rien dit. Rires bêtes et bienfaisants.

— N'empêche, je n'ai jamais su pourquoi il l'appelait *Oui Oui* et ça m'a toujours fait mal. Je l'imagine l'approuver, béate d'admiration, ou répondre « oui oui » quand il faisait le beau et l'intelligent et le puissant producteur de cinéma. Je l'imagine fébrile et pleine de désir dans sa petite auto rouge et jaune pareille à celle de Oui-Oui, pressée de traverser la ville pour le rejoindre.

Ils rirent encore et je n'osai dire ça, que je l'entendais lui souffler à l'oreille *oui oui* et *oui* encore quand ils faisaient l'amour, et j'ai respiré fort et continué mon histoire :

— Il n'y avait pas de nom pour ce message, seulement un numéro. Pas de nom attribué dans ses adresses de portable. Elle le connaissait donc par cœur. Je suis allé remettre en état un vieux carnet d'adresses électronique. C'est incroyable ce qu'on peut faire par jalousie. Un vieux Palm Pilot abandonné dans un tiroir. J'ai tapé le numéro qui correspondait au texto et j'ai vu apparaître le nom de ce producteur que nous ne voyions plus depuis des années. C'est là que j'ai su qui c'était. J'ai pris mon scooter, je suis entré dans un magasin de sport et j'ai acheté une batte de base-ball pour faire la peau à ce mec et puis dans la rue je me suis trouvé con avec mon paquet, j'ai appelé un ami qui le voyait toujours et qui m'a dit : « En tant qu'ancien violent... », il m'a vraiment dit ça, « *en tant qu'ancien violent,* je te conseille de ne pas faire ce genre de conneries. Appelle-le et dis-lui que s'il continue tu balances tout à sa meuf. Ils sont en train d'emménager ensemble, apparemment il y tient, alors t'inquiète, il va se coucher. » J'ai appelé et sur sa boîte vocale, après la menace, j'ai fini en disant : « Sors de ma vie, sinon, je te fais bouffer tes couilles et ta petite bite ! » Ma femme m'avait raconté quelques années plus tôt, à l'époque de leur première relation, qu'il avait une toute petite bite !

— Pour se moquer de lui ?

— Hum... pour me faire mal.

— Je ne comprends pas, dit la fille en cherchant une poubelle pour jeter l'emballage du hot dog.

Nous nous assîmes près d'un groupe de gens qui pique-niquaient. Certains regardaient leurs portables, d'autres se prenaient en photo. Tous avaient l'air très heureux.

J'étais allé trop loin. Je dis : « Ce n'est pas grave », mais aujourd'hui encore je sentais monter en moi cette jalousie qui survit à l'amour. Elle m'avait raconté qu'il la prenait par-derrière, « sinon, je ne sentais rien », avait-elle dit en riant et en observant ma réaction. J'avais souri, j'en avais rajouté. « Petite bite » était même devenu le surnom de ce producteur à succès. Mais ce détail, livré l'air de rien, était resté pour moi l'image de la torture conjugale.

La fille me relança :

— Finalement, tu lui as rien fait, au type ?

— Bien sûr que non. Ce soir-là, ma femme a dit : « Oui, je vois ce type ! Oui, il me fait rire ! Et ça me fait du bien de rire de temps en temps. »

— Vous rigoliez pas ensemble ?

— Si, beaucoup, enfin, parfois. Je me sentais encore tellement coupable de ce que je lui avais fait endurer que je n'ai rien dit. J'ai plaidé ma cause : j'avais changé, elle ne le voyait pas ? J'étais là maintenant si elle voulait encore de moi. Mais si elle ne pouvait pas rompre avec ce type, je partirais. Elle a dit d'accord, qu'elle ne le verrait plus.

— Moi, je serais partie depuis longtemps, dit la fille.

— Eh bien, moi je l'ai crue et puis j'ai oublié. Jusqu'à la troisième fois. C'était un matin : son portable sonne à côté du lit pendant qu'elle prend sa douche. Ce jour-là je commence tard et je dors encore. Ça me réveille. J'arrête la sonnerie mais je ne trouve plus le sommeil, alors je fouille. Et je trouve. Toujours le même numéro sans nom. Et un texto anodin de cet homme qui dit : « Peux pas te répondre, suis en réunion. » Elle lui parlait donc encore. Elle le voyait encore, n'avait pas rompu, n'y arrivait pas. Mon cœur battait, j'étais fou de jalousie. Jusqu'à son départ j'ai fait semblant de dormir, j'ai mis quelques vêtements dans un sac et je suis allé travailler moi aussi. Mais je ne suis jamais rentré. Pendant des jours et des nuits chez des amis qui me prêtaient un lit, j'ai rêvé que je tuais son amant et j'ai voulu mourir. J'ai regardé le jour tomber et puis se lever sans avoir dormi, je me suis agenouillé dans des églises pour demander à je ne sais qui la force de pardonner mais rien n'est venu. Aucune grâce, aucun signe. J'avais trop mal et trop peur. Peur de me précipiter dans un bar pour ne plus rien ressentir, peur d'appeler un dealer pour échapper à la douleur. C'était le seul remède que je connaissais. Je l'avais pratiqué pendant si longtemps que tout m'y poussait.

— Tu l'as fait ?

Je ne répondis pas. Oui, je l'avais fait, pas tout de suite, mais c'était revenu et ça m'avait conduit loin, cette fois. Pas à la morgue mais devant un juge. Je ne voulais pas en parler.

La fille essaya autre chose :

— Et ta copine, Lara ?

— Je l'ai revue plus tard. Je me suis souvenu de son grain de folie, de sa beauté et de son enthousiasme. Juste un petit rayon perdu mais un peu de lumière quand même. Il y avait peut-être quelque chose de beau qui m'attendait quelque part, quelque chose de vrai. Un soir on s'est retrouvés au bar d'un hôtel, on a bu un Coca, et je lui ai demandé si elle voulait bien me revoir, sans se cacher cette fois. J'étais libre, et je ne consommais plus. Elle n'a rien dit, elle allait réfléchir. Le lendemain, j'ai reçu un message : « Je crois que je veux bien essayer. » On s'est revus et je suis tombé amoureux. Follement amoureux. J'ai vécu sans rien, avec quelques cartons et cet amour. J'ai retrouvé du travail grâce à son beau-père, puis on s'est installés ensemble. Avec ce pacte tacite : même si on ne se dit pas tout, on ne se trahira pas, on se fera confiance, une confiance totale, et notre amour lui aussi sera vrai.

— C'est beau, dit la fille. Elle ne te quittera pas. Va la voir, dis-lui tout avant qu'elle ne l'apprenne. Ça ne peut pas s'arrêter comme ça. C'est juste une rechute. Tes vieux démons, tes comportements à la con. Ça arrive...

Elle prit mon bras, le serra plus qu'amicalement et dit :

— Explique-lui, elle te pardonnera, crois-moi.

Je n'en étais pas si sûr.

Elle montra une rue, proposa d'aller boire un verre chez elle et je refusai. Elle était trop tentante.

— Promets-moi de m'appeler pour me tenir au courant, dit-elle.

— Promis.

Elle me serra contre elle, me tapa dans le dos comme une vieille amie. Je la regardai s'éloigner et le petit croissant de peau blanche entre son jean et son tee-shirt me fit frissonner. Si Lara me quittait, il y aurait toujours cette fille.

J'avais vraiment rechuté.

XIX

Le chauve s'engagea dans l'escalier qui menait sur les quais et je le suivis, je ne sais pourquoi. Nous marchions en silence. Le chauve dit : « Respire », et je levai la tête pour la première fois depuis que j'avais découvert ce message. La nuit tombait et le ciel était à présent d'un bleu sans fond. Au loin, dans les quartiers ouest, la crête noire des tours découpait ce qui restait de jour et on aurait cru l'échine d'animaux fantastiques prêts à basculer de l'autre côté de la terre. Le soleil qui plongeait derrière eux les faisait danser comme des sarments dans un feu.

— C'est vrai, ce que tu viens de raconter, ou c'est la belle version de l'histoire ? demanda-t-il.

— C'est la vérité. La pure vérité.

Nous reprîmes notre route le long du fleuve. La lune n'était pas encore levée et là-bas les immenses polygones de verre et d'acier n'en finissaient plus de trembler et ils furent bientôt consumés et rendus à l'obscurité. Après avoir parlé d'amour, j'abordais enfin le sujet qui m'obsédait.

— Je peux lui piquer son portable à son arrivée et effacer le texto.

— Mais tu ne connais pas son code PIN !

— Quand elle l'aura rallumé.

— C'est ça. Elle l'allume, elle fait son code, et puis elle le pose sur une table devant toi et elle s'en va sans lire les messages reçus pendant les deux semaines où elle s'en est pas servie. Tu crois ça ?

— Bon, alors je la rejoins là-bas, je vole son portable au fond de sa valise ou de son sac et je fais trois codes faux et ça bloque sa carte SIM.

— Dans ce cas, on te donne un autre code, un code PUK, ça s'appelle. Et ça la réactive.

— Alors je la raye, je la trempe dans l'eau... n'importe quoi pour qu'elle ne fonctionne plus.

Il rit. Un grand rire.

— Non seulement ça se verrait mais en plus ça ne marche pas. J'ai perdu ma carte quand j'étais en Irlande et j'ai acheté une puce irlandaise. En rentrant j'en ai demandé une autre et en l'activant j'ai reçu tous mes messages en attente... parce que j'avais toujours le même numéro. On te renvoie la même puce, mais neuve. Ce que tu perds, c'est les contacts que tu as dedans. Les messages ne sont pas dans la carte, ils sont...

— Je sais... Dans un serveur.

— Alors tu sais qu'il faut tout lui avouer et

demander pardon avant qu'elle le découvre elle-même.

— Y aura pas de pardon...

Un couple qui nous croisait se retourna. Je souris bêtement et répétai plus bas :

— Y aura pas de pardon, elle me quittera. Elle l'a toujours dit : « Si tu me trompes, je te quitte. » Le pire, c'est que j'ai dit la même chose.

— Et elle, elle ne t'a jamais trompé ?

— Non.

— Tu es sûr ?

— Si c'est arrivé, je n'en sais rien.

Il m'examina, tira sur son bout de cigare dégoûtant, regarda les mouettes qui s'envolaient en criant, puis hocha la tête.

— Les filles mentent mieux que nous, sais pas pourquoi.

Il jeta son cigare, sourit et demanda :

— Et toi, tu l'avais trompée, avant ?

— C'est la seule fille que j'ai jamais trompée.

— T'as trompé les autres, alors.

— Toujours.

— Même celles que tu aimais ?

— Même celles que j'aimais et ça a été un enfer. Pour elles et pour moi. Je cachais mes maîtresses comme je cachais mes bouteilles, pareil ! Et je prenais des douches pour pas ramener leur parfum exactement comme je mâchais du chewing-gum à la menthe pour pas sentir la vodka. Du double fond, de la double vie et des mensonges.

Je regardai le fleuve, l'ourlet et les tourbillons infinis du courant. Des milliers d'années qu'il glisse là, indifférent dans la plaine où a poussé cette ville, et il sera encore là quand les ponts s'effondreront. Il transformera leur pierre en sable, jettera leur poussière à la mer et rien ne subsistera de nos existences et des histoires d'amour pour lesquelles on donnerait sa vie.

Le chauve s'assit sur les marches qui descendaient dans l'eau. Le chapeau droit sur son crâne, il était dur comme une souche, avec des yeux qui fouillent dans les coins.

— Cette fille avec qui t'as couché, tu vas la revoir ?

— Je crois pas

— Tu crois pas ou t'es sûr ?

— Elle a pas rappelé.

— Elle va le faire. Et tu lui répondras.

— Je crois pas.

— Tu crois pas ! Moi, je sais que tu répondras et que tu iras.

— Ah oui ?

— Oui. Parce que c'est ainsi, dit-il un peu sentencieux, et qu'on n'y peut rien, ni toi ni moi, ni ceux qui sont venus avant nous et d'autres encore qui étaient bien plus sages et qui prétendaient aussi qu'ils n'iraient pas. Tous y sont allés.

— Tu en sais, des choses.
— Je le sais, c'est tout. Salut.
Il se leva, esquissa un pas de danse et partit. Un cinglé.

Je rentrai en surveillant mon portable. Lara devait appeler pour donner des nouvelles. En marchant, j'inventai une soirée d'hier passée à la maison, un menu (elle demande toujours : « Et tu as mangé quoi ? »), une heure de coucher et décidai d'un film que j'avais vu. Il fallait que je regarde le programme et lise le résumé au cas où elle le connaîtrait. Non, une émission, je dirais juste : « une émission à la con ». Je me demandais ce que j'allais dire à Alexandra pour éviter de la revoir sans la froisser. Fâchée, elle pouvait tout raconter à Lara, me menacer comme je l'avais fait avec *Petite bite.* J'avais l'impression d'être un agent double, l'argent en moins. L'adultère est un travail à temps complet et, au final, assez mal payé.

À la terrasse d'un bar, des ivrognes se battaient et leurs chiens aboyaient, retenus par une troupe soûle qui criait. Il y avait des chaises renversées et l'un des hommes avait le bras en sang. Je devais moi aussi avoir sur les talons un chien qui aboyait mais il serait encore attaché au mur quelques jours par la magie d'un réseau téléphonique.
« L'univers est sur *pause* », dis-je en souriant.

Enfant, j'avais souvent fait ce rêve : je suis en Australie sur une plage de la Grande Barrière de corail et la radio annonce que les États-Unis bombardent la Russie. Ou l'inverse. Des missiles nucléaires volent vers leurs cibles au-dessus des montagnes et des océans. Là-haut dans l'hémisphère Nord, tout est anéanti, couvert de cendres. Mais ici c'est encore l'été et des vagues bleues roulent sur le sable. Plus pour longtemps. Poussés par les vents, le gigantesque nuage radioactif et les cendres des villes et des forêts brûlées atteindront les côtes australiennes dans quelques semaines. Dans un mois ou deux, le soleil se voilera et l'hiver nucléaire transformera la mer en banquise et les radiations nous brûleront le foie. La mort est certaine, mais elle est en suspens. Au réveil, je passais de longues minutes à me demander comment j'emploierais ces derniers jours. En général, je pillais des magasins, forais des bunkers ou conduisais des avions. C'était devenu un jeu. Ça ne l'était plus.

Ce sms m'avait transformé en Australien. Le dernier homme en maillot de bain qui se demande s'il doit aller faire du surf ou s'enfermer dans sa chambre en pleurant. Pour la première fois depuis le début de la journée je réussis à me faire rire en ajoutant : « Enfin, mon cas est quand même beaucoup plus grave. »

Aux façades, les fenêtres s'éteignaient les unes après les autres. Restait la lumière bleue des écrans qui organisaient désormais la vie.

Une femme en débardeur se pencha pour fermer ses volets. Derrière elle, une voix d'homme dit quelque chose et elle se retourna en riant et disparut. Partout des gens s'aimaient, se déchiraient, mouraient, se trompaient, et là-bas le fleuve coulait paisiblement dans la nuit.

DEUXIÈME PARTIE

I

Je vais faire du surf. Ce matin-là, je mets ma chemise à fleurs, mes chaussures bicolores. Ce n'est pas en me morfondant que je trouverai une solution.

Au bureau, je remis mon téléphone sur la position *sonnerie* et laissai un message à Alexandra : « Si tu es libre ce soir, ça me ferait plaisir. » Je laissai le même message à Christine et à Sally, deux de mes ex, oubliées depuis des années. À la fin de la journée, aucune n'avait rappelé. Je composai le numéro du standard : l'apprentie comédienne, qui s'appelait bien Camille, était partie. « C'est important, dis-je, un contact à lui donner pour un job. J'ai complètement oublié tout à l'heure. » J'obtins son portable et mis un quart d'heure à composer un texto humoristique qui disait au fond la même chose : « Tu fais quoi ce soir ? »

Perché sur ma chaise pivotante, j'attendis. Impossible de me concentrer sur les versions bêta que je devais envoyer d'urgence à Fred.

Ce fut Lara qui appela. Je mentis aussitôt de la voix la plus enjouée que je trouvai. J'en avais tout un stock, un plein répertoire de joyeuses et de désolées.

Je sortis pour parler librement et elle me raconta son voyage, son installation, sa conversation avec sa mère. Je lui racontai ma soirée imaginaire.

Je fus sans doute trop gai, trop pressé d'en finir et, avant de raccrocher, elle dit :

— Mais tu m'aimes ?

— Bien sûr, je t'aime, mon amour.

— Tu es bizarre.

— Mais non... Pourquoi ?

— Je te sens loin.

— Mais je *suis* loin, dis-je.

Et je ris.

— Ne dis pas ça, je me sens coupable. Je reviens dans pas si longtemps. Mais il y a quelque chose qui ne va pas ?

— T'inquiète pas, je t'aime. Je suis juste un peu fatigué, j'ai mal dormi.

— C'est parce que j'étais pas là.

— Oui. Sûrement.

Il y eut un silence. Je transpirais.

— Christophe ?

— Oui ?

— Tu as vraiment passé la soirée avec Philippe hier ? Je croyais qu'il était à Manille pour son chantier.

— Pas à Manille, en Malaisie... Il y était mais il est revenu. Il y a deux jours.

— Et tu le savais ?

— Ben oui... il m'a appelé en rentrant.

Je regrettai aussitôt cette précision. Pas de détails. Ne pas avoir l'air de se justifier.

— Tu m'avais pas dit.

— Je ne te dis pas tout de la vie de Philippe et puis je pensais pas que ça t'intéressait.

Je fouillai dans ma poche, tirai un paquet de cigarettes et me mis à marcher en rond sur la dalle en tentant de respirer.

— Et il a pas passé la soirée avec Anne ? demanda-t-elle. Ils se sont pas vus depuis un mois et il sort avec toi...

— Oh, Lara ! Qu'est-ce que tu cherches à me faire dire ?

— Rien. C'est pas grave. Je n'aimerais pas que tu me fasses ça.

— Mais tu me crois ?

— Oui, je te crois.

Un silence à nouveau. J'avais les mains mouillées à force de serrer mon téléphone et mon paquet de cigarettes. Il ne fallait surtout pas que je m'emporte. Surtout, garder le même ton. Je savais que je ne pourrais pas tenir longtemps. Depuis le début je palpais mes poches et ne trouvais pas mon briquet.

— Christophe ?

— Quoi encore, ma chérie ?

— Tu m'enverras des cartes postales ?

— Oui, mon amour.

— Moi, je t'en ai envoyé une tout à l'heure. Bon, je vais me reposer. Toi aussi, va dormir, mon amour. N'oublie pas que tu as promis d'aller dîner chez mes parents. Je sais, ce n'est pas très drôle mais ça fera plaisir à ma mère. Je te rappelle demain ou après-demain et je pense à toi.

J'avais oublié ce dîner.

— Moi aussi, je pense à toi. Je n'oublierai pas. Et je vais aussi dormir jusqu'à ce que tu rappelles. Mais ne rappelle pas dans dix jours parce qu'il faut que je mange et que je survive jusqu'à ce que tu rentres.

Elle finit par rire et raccrocha. J'allumai enfin la cigarette que j'avais tordue entre mes doigts et envoyai au ciel une bouffée. Elle se doutait de quelque chose ou elle avait voulu me tester. De toute façon, elle n'avait pas le numéro de Philippe et elle n'appellerait pas Anne pour ça.

Je la vis reposer le téléphone dans cette lointaine épicerie où je n'étais jamais allé, et son image se recroquevilla comme un papier qu'on froisse.

II

« Dans saltimbanque il y a banque. Ha ! ha ! » dit le beau-père. Je souris poliment : c'était une blague qu'il resservait à chaque dîner. En face, l'homme qui découpait son blanc de pintade raconta la peine qu'il avait lui aussi à vendre ses artistes. Des politiques, dit-il, mais c'était pareil. Il y avait d'autres gens que je ne connaissais pas, des couples, un député, un vague présentateur télé et un homme à la peau sombre que j'avais déjà vu quelque part.

Je vérifiai mon portable. Aucune des filles que j'avais appelées cet après-midi n'était libre. Si, Christine, mais elle ne pouvait que demain. J'espérais encore un message de Camille. Ou d'Alexandra.

J'étais tendu. En arrivant, le beau-père m'avait pris à part. Il voulait me voir demain après-midi dans son bureau. Il avait des choses importantes à me dire.

Il était temps de filer à la cuisine pour aider Irina, la mère de Lara. Dans le couloir, parmi les photos de famille posées dans de petits cadres sur une longue étagère, il y en avait une de Lara, adolescente et seins nus, qui me mettait toujours mal à l'aise.

Irina plantait les bougies sur le gâteau. Soixante-treize, une par une : l'âge du beau-père qui trouvait vulgaires celles en forme de chiffres. L'âge, disait-il, il faut que ça flambe. Je plantai, moi aussi, puis sortis mon briquet.

— Commence par le centre, dit Irina. Ça va ? Tu ne t'ennuies pas trop ? Tu as eu Lara ?

Elle posait toujours plusieurs questions en même temps.

— Pas du tout, je suis très content... Oui, je l'ai eue tout à l'heure. Elle avait l'air d'aller bien.

— En tout cas, ça me fait plaisir que tu sois venu.

Elle ouvrit le réfrigérateur.

— Tu as encore du Coca là-bas ?

— Oui, merci. Moi aussi, ça me fait plaisir.

Elle me sourit. Depuis le début elle m'aimait bien et la tyrannie déguisée du beau-père nous rapprochait. Je savais qu'elle avait autrefois trouvé refuge près de cet homme et qu'il était bon avec elle. Malgré les tensions, j'aimais cette famille et le vieux luxe de cette maison. Les meubles chinés, les toiles accrochées aux murs, les couleurs discrètes et le design insouciant des années 70, tout ici assurait à qui savait le voir qu'on était du bon côté du monde. Et cette paix me manquerait si Lara me quittait.

Je la revoyais le jour de ses 25 ans. Nous les avions fêtés ici avec ses amies. Une fois rentrés chez nous, au moment de programmer le réveil, je m'étais relevé dans le froid pour tenter de retrouver le bout de papier où était notée l'heure d'un rendez-vous le lendemain matin. Depuis la chambre, Lara me parlait. Je me souvenais très précisément de notre conversation.

— Laurent et moi, dit-elle, quand on était en troisième, on s'est promis qu'on se marierait à 25 ans si on était célibataires.

— Alors tu te maries demain ?

Je trouvai enfin le papier et la rejoignis.

— Ben non, je suis fiancée.

Je la regardai étonné et continuai le jeu :

— Fiancée avec qui ? Je le connais ?

— En fait... pas très bien...

— Tant mieux. Je ne préfère pas. Sinon, je serais jaloux.

— Ça, c'est certain. Parce qu'il est beau, intelligent, sa peau est douce, elle sent bon, il a de très belles mains... Fais voir tes mains... C'est quoi, ce paquet ? Tu ne vas pas fumer ! Tu viens de fumer.

— Si.

— Pourquoi ?

Je me mis sur le coude, tirai une cigarette et l'allumai en riant. Je lui résistais même si c'était absurde. Juste pour être libre, absurdement libre. Et je savais que ça lui plaisait.

— Je fume pour fumer une clope, dis-je.

Je regardai le paquet avec son image de poumons en ruine.

— Ils nous ont bien niqués quand même.

— Qui ça ?

— Les Indiens d'Amérique. Avec le tabac. On les a exterminés et c'est leur vengeance. Il y avait sept ou huit millions d'Indiens en Amérique du Nord à l'époque de Christophe Colomb. Ils étaient seulement deux cent cinquante mille au début du XIXe siècle. Tous morts. De maladies importées d'Europe, massacrés, morts de faim et déportés dans des réserves. C'est dingue, non ?

Elle avait les yeux rouges de fatigue et la tête enfoncée dans l'oreiller.

— Oui, c'est dingue. Moi, je ne veux pas de la vengeance des Indiens, dit-elle. Je veux avoir 25 ans avec toi, et puis 35. Éteins cette cigarette et serre-moi dans tes bras.

Je la pris contre moi, lui caressai le dos en pensant à notre différence d'âge. Je ne savais pas si je verrais ses 35 ans. Je voulus lui dire que je l'aimerais jusqu'au bout, jusqu'à mon dernier jour. Mais les mots sont restés en moi. Je voulus lui dire que je désirais passer toute ma vie avec elle. Mais encore une fois rien ne vint. Il y aurait d'autres hommes. C'était ainsi. Cette certitude que tout s'arrêterait était comme une goutte de rosée qui allégeait le présent et le rendait plus précieux. Nous n'étions pas condamnés à l'éternité. Notre amour était choisi et consenti parce qu'il pouvait finir. Parce qu'il était court.

Depuis le début nous nous aimions « juste pour aujourd'hui ». C'était ce que nous avions trouvé de mieux : « juste pour aujourd'hui ». Mais rien ne s'éteignait avec le jour. Au contraire. Chaque matin je disais « juste pour aujourd'hui », et elle aussi. Chaque jour au téléphone, je lui demandais si elle voulait bien que je la retrouve le soir et elle faisait de même. Quand nous rêvions du voyage de l'été suivant et disions « on ira là-bas », nous ajoutions aussitôt : « Si on est encore ensemble. » C'était devenu une plaisanterie mais c'était de cette manière que nous nous aimions librement. Sans le formuler, nous savions que les lointains projets et les grandes espérances déçoivent aussi sûrement que l'absurde sentiment que l'autre nous aimera toujours.

À présent, le gâteau illuminait la cuisine et les premières bougies étaient déjà à moitié consumées quand j'allumai les dernières. Irina me pressa et s'excusa encore qu'il y ait tant de monde que je ne connaissais pas, des gens qu'avait invités son mari à la dernière minute.

— Je ne m'ennuie jamais ici, dis-je.

— De toute façon, reprit Irina, Alexandra et Fred ne vont pas tarder. Ils ont un dîner mais ils ont promis de passer pour le gâteau. C'est gentil, mais enfin, on ne peut plus attendre.

J'eus du mal à allumer la dernière bougie et la fis tomber. Elle rit et dit : « Ne te brûle pas maintenant, ça serait bête », puis emporta le gâteau dans le long couloir. Je passai devant elle pour éteindre les lumières. Il y eut un « oh » de surprise convenue et des voix entonnèrent un *Happy Birthday* bringuebalant qui ne trouva l'unisson qu'au moment où le beau-père réclama le silence. Comme d'habitude, il regarda malicieusement l'assemblée, un diable dans la lumière du feu, avant de souffler. Même à 73 ans, il restait l'homme qui éteignait les incendies ou les allumait pour vous brûler les os. C'est lui qui avait l'argent.

Quand la lumière revint, j'étais mort de peur à l'idée de voir Fred et Alexandra. En mangeant ma part de gâteau, je surveillais la porte comme si je pouvais les empêcher d'entrer.

On sonna enfin et Fred fit résonner sa grosse voix. Il occupa soudain tout l'espace, offrit à Irina une boîte de caviar rapportée de son voyage, un livre ancien au beau-père, et vint me taper sur l'épaule en disant : « Faut qu'on se parle. » Alexandra fit ostensiblement le tour des invités avant de venir m'embrasser puis rejoignit son mari de l'autre côté de la table et ne me regarda plus. Elle portait une de ces robes noires conventionnelles qui la vieillissait un peu, un petit sac de dame, et je la trouvai quelconque. Ils avaient l'air d'être ici chez eux, et moi d'être un étranger. Le beau-père considérait Fred comme son fils. Il lui avait racheté Focus et confié d'autres affaires que je ne connaissais pas.

« Faut qu'on se parle », avait dit Fred. Je grattai le fond de mon assiette et ne regardai plus personne.

Au bout d'un temps infini, les gens se levèrent, s'éparpillèrent dans les pièces de réception et Fred s'approcha. Je savais qu'il était capable de tout, même dans ce salon. Ce type pouvait m'écraser la tête dans une porte sans que personne ne s'en aperçoive. En me renvoyant à la rue. Ou en prison sous un faux prétexte. Ma mise à l'épreuve s'achevait seulement dans deux mois.

Il s'assit à côté de moi, se servit un verre. Puis il demanda des nouvelles de Focus avant de me regarder fixement. La fin des politesses.

— Bon, dit-il, j'ai réfléchi. C'est bien, ce que tu as fait. Vraiment bien.

— Ah ! tu as aimé la version bêta que j'ai envoyée ?

— Je te parle des codes et du système que tu n'as pas voulu me donner. T'es un bon petit soldat, dit-il en désignant le beau-père qui riait à ses propres blagues. Et t'es un bon gendre.

— C'est mon beau-père et c'est lui qui m'a engagé.

— Tu sais bien qu'il n'en a rien à foutre. Il t'aurait laissé crever à ta sortie de prison.

— Je sais.

— Alors qu'est-ce que t'attends ? File-moi les codes et on se barre. On prend la thune, on emmène Lara et Alexandra et on monte notre boîte ailleurs, n'importe où. J'ai bien épluché ton contrat, le vieux ne peut pas faire grand-chose. Il t'a fait signer n'importe quoi. Tu lui cèdes tous tes droits. Ça ne tient pas cinq minutes devant un tribunal. C'est quand même toi qui l'as mis au point, ce moteur, non ? Et c'est lui qui en profite.

C'était vrai. J'avais conçu Unreal, le moteur qui générait les structures de base des mondes virtuels. J'étais le seul à en connaître et à en maîtriser totalement les processus, le seul à pouvoir le faire évoluer vers Unreal II. Et ça urgeait.

— Je ne peux pas, dis-je.

— Mais tu lui dois quoi au juste ?

— C'est plus compliqué que ça, Fred, et tu le sais. Il y a Lara et sa mère.

Il soupira :

— Je sais. Mais il y a une solution à tout.

Je repensai à ma peur d'être découvert et souris. J'avais couché avec sa femme, j'étais à quelques centimètres de lui et c'était d'une autre trahison qu'il me parlait à voix basse.

Il ne savait rien.

Je regardai enfin Alexandra. Elle était assise près de la mère de Lara. Elle croisa mon regard et détourna aussitôt la tête. Fred la vit aussi et j'eus l'impression qu'il changea de ton.

Il était rentré plus tôt pour cet anniversaire, dit-il, mais il serait bien resté dans cette ville incroyable. Une architecture baroque et puis des filles. Des filles sublimes, je ne pouvais pas imaginer. Des avions ! dit-il. J'imaginai des avions et je le trouvai con. D'ailleurs, fit-il en bâillant, il fallait qu'il aille se coucher. Trois nuits qu'il n'avait pas fermé l'œil.

Son rire emplit à nouveau le vieil appartement et tous les regards se tournèrent vers lui. J'étais gêné comme si c'était moi qu'il avait trompé. Il finit par sourire en désignant Alexandra et dit :

— Mais bon, quand même, elle est encore belle, non ?

Elle fumait accoudée à la fenêtre, ses jambes montaient comme deux jets tendus vers le rebond de ses fesses et j'eus envie de l'enlever comme l'autre soir à la terrasse du restaurant italien et de lui dire à nouveau que j'étais l'homme qui allait changer sa vie. Sa vie de femme enfermée dans une petite robe noire.

— Oui, dis-je, elle est belle.

— Allez, dit Fred en me tapant sur la cuisse, convaincs Lara, prenons le fric et partons tous les quatre vivre loin d'ici. Je te jure qu'on fera un malheur.

— Un malheur... c'est sûr.

— Qu'est-ce que tu es négatif !

Il se leva et fit signe à Alexandra qu'ils rentraient.

J'attendis qu'elle fût près de nous et dis :

— Moi non plus.

— Quoi, toi non plus ? dit Fred qui s'avançait déjà pour prendre congé.

— Moi non plus, je n'ai pas dormi depuis trois jours. Je suis épuisé, mais j'ai fait des choses incroyables.

— Ah oui ? dit Fred d'un air distrait. Tu étais sur la fin d'*Opium* ?

— Non, un nouveau truc. Un projet personnel, dis-je en regardant Alexandra dans les yeux. Au départ c'était un jeu. Mais plus j'y pense, plus je m'aperçois que ça n'en est pas un. C'est, disons, plus vrai et plus beau.

Je vis Alexandra pâlir. Elle avait à nouveau cette goutte de sueur entre les seins. Pour se donner une contenance, elle vérifia plusieurs fois le plissé de son décolleté et fila chercher leurs vêtements dans la chambre du fond.

— Ça a l'air super, dit Fred. Tu me raconteras ça...

— Et il me donna une tape sur l'épaule pour clore cette conversation qui le retardait.

— Alexandra ! Qu'est-ce que tu fais ? T'arrives ?

Fred était déjà en bas et sa voix montait dans la cage d'escalier. Alexandra se pencha au-dessus de la rambarde, cria « j'arrive » puis se retourna vers moi l'air furieux.

— Arrête, dit-elle tout bas. Quelqu'un va sortir.

Nous étions sur le palier du beau-père, je la serrais contre moi et on entendait les invités parler derrière la porte. Je m'écartai et répétai :

— Alors, on se voit quand ?

— Jamais si tu continues. Ne recommence plus ce petit jeu devant Fred.

Elle descendit quelques marches. Dans l'appartement, des gens se rapprochaient et disaient au revoir. Je la rattrapai, lui pris les épaules, caressai son cou. En bas, Fred râlait.

— Je t'appelle tout à l'heure, dis-je. Promets-moi que tu répondras.

Elle souffla « promis » et avant qu'elle ne parte je posai un baiser sur ses lèvres. En s'échappant, elle se retourna et dit :

— T'es cinglé.

Je sortis heureux, courus jusqu'à perdre haleine puis contemplai un instant la ville qui luisait sous la pluie. J'avais osé. Jamais je n'avais eu ce courage sans l'aide d'un verre. Seul le désir nous procure cette ivresse et cet oubli de soi qui d'ordinaire nous font défaut. J'allais l'appeler, j'allais la voir, même quelques secondes au bas de son immeuble. Juste pour la serrer contre moi et caresser son dos. C'était la version que je m'autorisais. L'autre, secrète, disait : et puis lui faire l'amour. Sous son porche, dans sa voiture. Mais il ne fallait pas y penser : Fred était rentré, il dormirait quelques mètres plus haut.

J'y pensai, malgré tout.

III

— Viens, on sera mieux dans ma voiture.

Alexandra remonta la rue, tourna au coin d'un sushi bar où traînaient encore quelques clients et je m'installai côté passager. Une petite Lancia crème avec des sièges en cuir rouge garée n'importe comment. Elle avait donc pris la clef de la voiture, tout prévu. Elle ne mit pas le contact et nous restâmes immobiles et silencieux. La pluie brouillait le pare-brise, elle arrangea ses cheveux mouillés.

— Fred n'est pas là ?

Elle fit un geste comme si elle s'en moquait :

— Il a pris des somnifères et il dort. Il a dû s'en mettre plein le nez pendant trois jours. Je préfère ne pas savoir.

Un nouveau silence. Je pris sa main et elle me la laissa mais je ne pensais qu'à glisser bientôt mes doigts sous l'imper qu'elle avait enfilé pour descendre. Enfilé sur quoi ? Elle avait ses cuisses nues à quelques centimètres de mes doigts. Je la désirais plus que tout mais pour la vaincre, cette fois, il fallait que j'aille plus loin. Jouer les sentiments.

— Tu voulais me parler, dit-elle.

— Oui... J'ai peur de le dire, j'ai le cœur qui bat, mais... mais je n'arrête pas de penser à toi... Il s'est passé quelque chose que je ne comprends pas.

Je dis ça en hésitant, comme pour un profond et difficile aveu. Je connaissais bien ce ton de fragilité, d'homme dépassé par l'émotion et qui ne sait plus que faire : c'était mon masque de séducteur. Mais quelque chose n'allait pas. Il me sembla cette fois que les mots m'emportaient où je ne voulais pas aller, il me sembla que si je disais « je t'aime » je l'aimerais pour de bon. Et que tout deviendrait vrai et serait fini avec Lara.

Je me ressaisis et continuai sur le même ton :

— C'est un peu confus, je sais, mais tout m'obsède en toi, le son de ta voix, ton rire, et puis... ta peau... Enfin, je ne pensais pas, on est amis depuis si longtemps, je ne comprends pas comment ça a pu m'arriver, mais c'est arrivé et ça ne me quitte pas... C'est idiot mais il fallait que je te le dise.

Elle me reprit sa main, la posa sur le volant et regarda devant elle.

Je la vis hésiter, pincer la bouche, puis elle parla d'un trait :

— Ça me fait plaisir, ce que tu dis. Crois-moi, ça me touche. Mais moi aussi je voulais te voir :

on a fait une bêtise. Je ne regrette pas, c'était bien, mais c'était une bêtise et il faut qu'on arrête.

J'eus peur, pas une peur de comédien cette fois, et mon cœur se mit à battre vraiment.

Elle m'échappait.

« Et puis je n'ai rien à t'offrir, poursuivit-elle. Et toi non plus. Si encore on était libres, mais on ne peut se faire que du mal, et faire du mal à tout le monde. Mieux vaut arrêter maintenant et rester amis.

Elle n'eut pas un sourire, pas un tremblement. Je repris espoir : elle récitait un credo, celui de la peur ou de la morale.

Je pris un ton rassurant.

Ça n'était pas si grave, dis-je, nous ne faisions encore souffrir personne. Si elle ne regrettait pas, si *c'était bien*, alors il fallait essayer et se laisser aller, juste un peu. Juste pour voir et ne pas passer à côté de quelque chose d'important. Pour moi, je sentais que ça l'était et ça ne m'était pas arrivé depuis longtemps, très longtemps.

— Et puis il ne faut pas vivre par défaut, tu comprends, pas se retenir de vivre et d'aimer dans l'espoir de ne blesser personne. Sinon, on finit toujours par être malheureux et par faire le malheur des autres et on aura tout perdu sans jamais rien avoir vécu. Non, il faut oser et se jeter, même si ça fait peur, et crois-moi, ça me fait vraiment peur de te dire ça... dire que tu es la femme de ma vie...

Elle ne répondit pas, elle fixait toujours les gouttes de pluie sur le pare-brise, mais je vis que sa poitrine se soulevait rapidement comme si le sang coulait plus vite en elle.

J'eus l'idée folle de la serrer contre moi, de m'engouffrer dans cette émotion que je percevais. Je me vis passer la main sur la peau de ses cuisses et embrasser son cou et ses seins dans le bâillement de son imperméable, et je nous vis enfin faire l'amour dans cette voiture ou ailleurs.

Je tentai une dernière manœuvre :

— Je ne peux pas rester ton ami. Ça serait malhonnête. Parce que je deviendrai fou plus encore et que j'essaierai de te séduire à nouveau et sans cesse, je le sais. Ce que je ressens pour toi doit rester vrai et simple et sans calcul.

Mon cœur bondit, j'oubliai à nouveau mon rôle et j'étais infiniment là, dans cette passion plus violente à mesure qu'elle se refusait.

— Tu me rends dingue, Alexandra, je ne sais pas pourquoi, je ne voulais pas, mais maintenant je veux et je sais qu'il faut essayer, pour ne rien regretter.

Il y eut un silence. Elle dit :

— Ce n'est pas la peine. J'aime Fred et c'est mon mari. Parfois ce n'est pas facile, tu le sais... alors je m'invente des histoires et des sentiments. Tout le monde fait ça, non ? Mais c'est juste des histoires que je me raconte dans mon bain ou dans cette voiture en allant travailler ou en rentrant chez moi... et elles doivent rester là où elles sont, pas forcément se réaliser.

— Mais ça s'est réalisé.

— Non.

Elle me regarda, resserra le col de son imper et parla plus doucement.

— Moi non plus je n'ai pas beaucoup dormi ces deux derniers jours. Je n'aurais pas dû venir à ce dîner. On sait tous les deux que ça aurait pu arriver entre nous. J'en ai rêvé à l'époque où on s'est rencontrés. Pas d'être amants à l'hôtel ou dans une voiture mais de nous aimer vraiment. Mais tu ne me voyais pas, tu étais ailleurs, et Fred, lui, était là. Il a tout de suite été là et il l'est encore plus qu'on ne pourrait le croire. Et puis il y a Lila et elle est encore toute petite... Tu dis qu'il faut essayer pour ne rien regretter, mais essayer quoi maintenant que c'est trop tard ? Je suis désolée, je n'ai pas peur d'être malheureuse, non. Tu ne me connais pas. Tu ne sais pas ce dont je suis capable...

Elle s'arrêta. La pluie battait toujours sur le toit, douce et continue. Une pluie d'été. Elle ajouta :

— Je suis heureuse comme ça, c'est tout...

— Alexandra, je...

— Ça suffit. Je te dis que tu ne sais rien de moi et de ce qu'il m'a fallu pour en arriver là, pour me sentir bien.

— Te sentir bien, seulement ?

— Ne me juge pas s'il te plaît. Tu t'es intéressé

à moi avant aujourd'hui? Jamais. Sais-tu d'où je viens? Ce que j'aime? Le rouge, le jaune, éplucher des courgettes, danser sur les tables, qu'on me prenne par-derrière? Non, rien. Tu n'as jamais manifesté la moindre curiosité à mon égard et tu viens là d'un coup, en bas de chez moi en pleine nuit, me dire que je te bouleverse...

— Je sais deux ou trois choses quand même...

— Tais-toi!

Elle se moqua franchement, descendit de la voiture et dit avec un sourire :

— Tu as raison, mon amoureux transi. C'est mieux de ne plus se voir du tout. Je ne pourrai pas rater le bal de l'Étoile, mais à part ça je trouverai toujours des prétextes pour t'éviter quand Fred proposera qu'on se voie. Tu vois, je sais aussi mentir dans ce sens là!

Elle rit et courut chez elle, son imperméable flottant sous la pluie.

Avant qu'elle ne disparaisse au coin de la rue, je vis le pli derrière ses genoux, cet endroit fragile et puissant qu'on ne regarde jamais. C'était vrai, je ne la connaissais pas. Alexandra, la transparente femme de Fred, n'était ni sainte ni craintive, ni rien de ce que j'avais imaginé. Et elle me jetait aux orties au moment où je la rencontrais enfin. J'aurais dû prendre le risque, lui dire que je l'aimais et que ça devienne vrai. D'ailleurs, c'était peut-être en train de le devenir.

Elle n'avait jamais été si tentante et si belle.

IV

— Oui ? dit le chauve.

— Je ne sais pas pourquoi je t'appelle. Il est tard.

— Trois heures du matin.

— Je suis au Café Noir. Tu dormais ?

— Tu n'as rien pris ?

— Non, mais...

— Sors et attends-moi devant. J'arrive.

— Non, mais je voulais juste parler cinq minutes...

Il avait déjà raccroché.

Au coin de la rue une actrice me regarde dans les yeux, le nouveau sac à main Dior sur l'épaule. Derrière elle, on aperçoit une grande ville au soleil couchant. J'avais vu cette image des centaines de fois mais ce soir je remarquai que la fille avait comme Alexandra un grain de beauté sur le bras et qu'elle était presque nue. Comme si elle allait se donner à moi en échange d'un sac.

Le chauve fut là en quelques minutes. Je ne

sais pas ce que j'aurais fait dans ce bar s'il n'était pas venu.

Cette pub disait la vérité. Si j'étais riche et célèbre comme ces acteurs qu'Alexandra admirait, elle ne m'aurait pas dit non.

— Peut-être, dit le chauve, mais d'après ce que tu m'as raconté et la façon dont elle t'a jeté, elle n'a pas l'air très achetable. Et puis, si elle acceptait pour cette raison-là, parce que tu étais riche et célèbre, tu l'aimerais ?

— Peut-être.

— D'ailleurs, tu ne l'aimes pas, tu la désires. Comme cette fille désire ce sac et comme les mecs veulent cette fille qui veut ce sac, et ainsi de suite, ha ! ha !... Ça s'appelle de la consommation.

Nous avions remonté l'avenue et pris les petites rues qui mènent en haut de la ville, pas loin de chez lui. Je sortais puis rempochais à l'infini mon portable pour rappeler Alexandra. Le chauve dit « éteins-le » et je l'éteignis.

— Je ne sais pas si c'est de la consommation, dis-je. Peut-être que je l'aime.

— Tu le saurais.

— Pas sûr. J'ai le cœur lent.

Sous les réverbères et les affiches lumineuses, les trottoirs mouillés brillaient comme en plein jour et nous traversions ces flaques de lumière comme des ombres faméliques. Des ombres qui dessinaient sur le sol sans fin de la terre notre histoire d'importants et dérisoires fantômes.

Je racontai au chauve comment dans les années 90 j'avais soudain trouvé ça moderne, ces images de cul, de luxe, de violence. Oui, tous à poil et merde aux vieilles barbes qui prêchaient la bonne culture de gauche politiquement correcte. Tous une paille dans le nez, de la coke et des pilules et vive le porno chic et les putes découpées en rondelles par des serial killers. Le chauve riait en dansant dans les flaques, étonnamment leste pour un homme si grand. Découpées si possible, continuai-je, dans un loft ultra design et en buvant une bière japonaise introuvable comme dans *American Psycho*... fallait que ça saigne, que ça brille et que ça se défonce et puis que ça éjacule, sinon, c'était nul et chiant...

— Je me souviens même d'un ami, devenu un aimable présentateur télé, qui affirmait sans rire : « L'art est mort, vive la pornographie ! On est en 1990, bordel ! c'est ça la subversion d'aujourd'hui ! »

— On est en 1990 ! reprit le chauve en se tordant. J'imagine les gens qui disaient : on est en 1350, merde, faut vous réveiller ! C'est fini les années 1340 !

— Moi aussi, j'ai bêlé avec les autres, dis-je, tout ignorant et tout tondu par ces despotes en train de me vendre mes propres pulsions. Oui, tout devait être *fun*. Et je coupais la parole à ceux qui, au lieu d'une vanne ou d'un bon mot, osaient prononcer une phrase de plus de cinq mots. Rien à foutre des analyses subtiles, de la rigueur de pensée et de l'art et du travail.

— Tu as bêlé et tu bêles encore, dit le chauve. Qu'est-ce que tu as fait ce soir ?

— Je t'ai déjà dit que maintenant c'est plus que du désir.

Il me regarda et ses yeux brillèrent quand il ralluma son cigare. Il tira une bouffée et dit :

— On peut tout consommer, tu sais. Des objets, des passions, de la colère, des paysages, des hommes, des femmes, et même de l'amour. On peut remplir sa vie de tout ce bric-à-brac, s'empiffrer pour ne plus avoir faim sans jamais s'apercevoir qu'on n'a fait que consommer. On traverse alors l'existence la bouche ouverte, comme un pantin monté sur roulettes, et on meurt aussi vite et aussi vide qu'on a vécu.

Je n'étais pas d'accord sur l'amour, mais je le laissai dire. Il raconta qu'après une rupture une de ses amies avait trouvé un homme qu'elle n'aimait pas. Elle l'avait attrapé comme elle aurait pris le premier yaourt venu au supermarché du coin, juste pour ne pas rester seule et se remplir.

— On s'est quand même bien marrés, dis-je, mais on a engendré une bande de tarés qui se font botter le cul toute l'année pour s'offrir un iPad 2 à Noël. Ou un sac Dior. Et puis en face, il y a une armée de types qui le leur arrachent dans la rue. Dieu seul sait comment on a fait ça...

Dieu seul savait aussi pourquoi j'imaginai soudain que j'arracherais le consentement et le cœur d'Alexandra. Consommation ou pas. Mais je n'en dis rien.

Nous parlâmes encore un peu, assis sur un banc à contempler les avenues en contrebas, et la conversation s'éteignit faute de réponse. Le chauve dit simplement : « ... mais c'est la vie, et elle déborde, et elle t'appelle et il ne faut pas en avoir peur. » Au loin, d'autres affiches tournaient dans leurs panneaux électriques. Des filles décolletées, lisses et semblables dans leur peau retouchée, vendaient des vêtements et des semaines du blanc et des séjours club. Partout, la lumière et la rotation obstinée de cette jouissance douce et polie infusaient la nuit et cette nuit formidable éclairait la ville.

Le chauve ralluma son cigare, des braises de tabac s'envolèrent, et nous scrutâmes l'intense lueur des rues qui plongeaient au-dessous de nous comme la face souveraine et grimée du monde.

V

À mes pieds, dans l'ascenseur, une petite feuille de papier à cigarette me regarde. Une feuille échappée du sac de Lara qui roule toujours son tabac en descendant pour fumer jusqu'à l'arrêt de bus.

Le trajet en taxi avait suffi pour que l'obsession revienne et que j'envoie des messages désespérés à Alexandra.

J'eus les larmes aux yeux. J'étais un sale type. Je ne lui avais même pas posté de carte. À la place, elle recevrait un sms daté de la minute où elle s'était envolée.

L'appartement était sombre et familier. Il était tard. Elle devait dormir là-bas. Je faisais quoi dans cette voiture tout à l'heure en trahissant jusqu'à son sommeil ? Je pouvais inventer toutes les raisons du monde, j'étais un sombre idiot occupé à gâcher sa vie.

Je pris une carte postale vierge parmi celles que nous avions rapportées de Grèce l'année dernière. Parmi celles aussi que nous nous étions envoyées pendant cinq ans. Si l'amour se mesurait au nombre de *je t'aime* expédiés ou griffonnés le matin sur un papier laissé sur la table de la cuisine, j'étais le plus aimé des hommes et elle, la plus aimée des femmes. Je m'assis à cette table où nous prenions notre café et j'écrivis.

Mon amour,

Tout à l'heure j'ai trouvé
Une feuille de papier
À cigarette dans l'ascenseur
Je l'ai ramassée je l'ai embrassée
Et l'ai mise sur mon cœur
Petite feuille de papier
Si légère et si fine
Qui brûle comme l'amour
Qu'hier encore nous fîmes
Je t'embrasse et je t'aime
Ô mon amour,
Ô preuve de Dieu si j'y croyais.

J'écrivis l'adresse sur l'enveloppe et ouvris le dernier pot de crème au chocolat qui restait dans le réfrigérateur et allai à la fenêtre regarder la rue où passeraient bientôt les éboueurs. Demain je trouverai le moyen d'intercepter ce texto. Ou j'irai là-bas tout avouer et la supplier avant qu'elle ne le découvre. La vie m'appelait, disait le chauve. Oui, mais c'était la vie de cet amour-là. Une vie bien plus intense et plus dangereuse et plus vraie, même si tout devait finir.

La pluie qui s'était remise à tomber glissait et se tordait sur les vitres, longues signatures de néant.

VI

« Les folies sont les seules choses qu'on ne regrette jamais » : c'était sa citation préférée et je vis s'afficher la confirmation qu'il voulait bien devenir mon *ami.* Une heure et demie déjà que j'étais sur le net en zappant de temps à autre quand quelqu'un s'approchait dans mon dos. Je n'avais pas vraiment travaillé ce matin et le graphiste râlait, mais j'avais peut-être trouvé un *ami* qui m'aiderait. Cet amateur d'Oscar Wilde, ou de citations d'Oscar Wilde, s'appelait Vincent et sa section *employeur* mentionnait *Vodaphone.* Il y en avait d'autres, tous apparemment fiers de travailler pour une firme de téléphonie mobile.

À tous les Vodaphone, ou presque, j'avais envoyé une demande d'ami. Mon profil affichait *Focus Vision,* un statut valorisant lui aussi.

J'écrivis sur la page de Vincent *« merci pour l'ajout »* : pas de précipitation, dans quelques minutes seulement j'ouvrirais le *chat.* Il faudrait qu'il aime les jeux vidéo et que je sois convaincant. J'avais d'abord fouillé le net pour mieux comprendre et poser les bonnes questions. Apparemment, les serveurs qui stockaient mon texto n'étaient pas loin, quelque part en grande banlieue. Je rêvais de les faire sauter mais il y avait sûrement un moyen plus simple.

En ouvrant le *chat*, je n'avais aucune idée de la manière dont j'allais le convaincre. Pour la première fois de ma vie, j'aurais aimé vivre dans un pays où il suffit de glisser quelques billets pour qu'un employé zélé trouve le moyen d'effacer des données compromettantes. J'écrivis :

Ça va chez Vodaphone ?

On fait aller.

En mélangeant Oscar Wilde et les forfaits illimités ?

Ça va bien ensemble.

Je ne comprenais pas en quoi ça allait ensemble mais je dis oui en blaguant et enchaînai sur le ton du « on fait aller » et du « comme un lundi ». Je dis que ce matin je m'épuisais sur la suite d'un des best-sellers de Focus sorti l'année dernière. Il ne connaissait pas *personnellement* mais un de ses amis était fan et pourrait même me donner des conseils. Mais pas sa femme ! dit-il. Elle en avait marre qu'il joue jusqu'à 4 du mat.

C'était bien parti mais je me demandais encore comment j'allais lui parler de mon souci.

Et lui, chez Vodaphone, il ne travaillait pas jusqu'à 4 du mat, quand même ? Non, c'était une super boîte mais fallait pas exagérer. Et puis c'était sûrement moins *fun* que de dégommer des aliens et des zombies. Il avait eu des *problèmes réseaux* hier et ce matin. Il était technicien. À la maintenance. Mais là on sortait de la zone de turbulences. J'avais pas remarqué ?

Je souris : j'avais tiré le bon numéro.

Si, justement, j'avais eu des ralentissements... rien de grave. Il s'occupait des serveurs ?

Non, juste du réseau.

Je me lançai et racontai à nouveau l'histoire du texto envoyé par erreur à mon patron. Un sms un peu critique, s'il voyait ce que je voulais dire... en fait une vanne qui circulait ici sur ses méthodes de management et, disons... sa légère incompétence.

C'est chaud, dit-il. *Il l'a pris comment ?*

Je fis le même mensonge : il était à l'étranger avec l'autre téléphone de la boîte et il ne l'avait pas encore reçu sur son perso qui était éteint.

Non, pas d'accusé de réception.

Je pouvais faire quoi ?

Rien, mon pote, prier pour qu'il rigole.

Ce n'était plus le moment de louvoyer. Rigolera pas, dis-je. On ne peut pas le retrouver et l'effacer dans le serveur ? En échange *of course* d'un abonnement gratuit et à vie pour tous les jeux Focus qui font hurler la femme de son pote.

Le *chat* resta un temps inactif. Puis :

Tu veux quoi au juste ?

Effacer ce sms.

Nouveau silence. J'ajoutai :

À tout prix

C'est quoi, à tout prix ?

C'est ton prix à toi.

Je bosse pas aux serveurs.

T'as pas un ami là-bas ?

Il y eut encore un temps, je frémis, puis :

C'est vraiment ton sms que tu veux effacer ?

Oui, envoyé avec un numéro à mon nom, tu peux vérifier.

Vérifier, ça je peux. Mais le reste...

Il ajouta aussitôt :

Désolé, faut que j'y aille. Essaie direct avec les gens des serveurs.

J'écrivis à nouveau *à tout prix* avant qu'il ne se déconnecte, puis la petite diode du *chat* passa au rouge et se grisa.

Je ne savais quoi penser. Je n'avais pas déjeuné, pas travaillé, et pas dormi depuis des jours. Ce matin, j'avais eu Lara au téléphone, je lui avais dit que tout allait bien, que je l'aimais, et je m'étais soudain mis à pleurer.

J'envoyai à ce Vincent un mail disant que ma proposition était sérieuse, que je risquais mon job et que j'attendais qu'il me recontacte. J'envoyai le même message, intitulé « *Help* », aux neuf autres employés de Vodaphone que j'avais demandés comme amis. On ne savait jamais.

Dehors, loin derrière les baies vitrées, des employés en costume traversaient déjà la dalle pour aller déjeuner et leurs silhouettes vibraient dans la chaleur. Je serais bien allé boire un café moi aussi, parler avec eux de n'importe quoi, même de programmes télé. Il fallait continuer.

Combien étais-je prêt à payer ? Rien puisque je n'avais rien. L'appartement où nous habitions appartenait au beau-père de Lara, je n'avais ni PEL, ni PEA, ni rien à casser hormis la banque du coin. Je savais seulement que, s'il le fallait, je trouverais l'argent. Il y avait toujours la proposition de Fred. Mais dans ce cas aussi je perdais Lara...

J'examinai de plus près la page Facebook de ce Vincent. Mon sort était peut-être entre les mains de cet inconnu en short et toutes dents dehors sur des photos de vacances, qui avait recopié cette sentence comique de vie et de désastre : « *Les folies sont les seules choses qu'on ne regrette jamais.* »

VII

— Dis donc, t'avais pas rendez-vous à 15 heures, toi ?

C'était Véronique, l'assistante de Fred. J'avais oublié le beau-père.

— J'ai complètement zappé. J'ai tellement de trucs en retard...

— Ben, ça attendra parce que son assistante vient d'appeler et il se demande ce que tu fais.

— Rappelle-la, s'il te plaît, et dis-lui que je suis là dans vingt minutes.

— Fais gaffe Christophe, tu sais comment il est.

— Dans vingt minutes.

Je pris ma veste, fermai ma session, débranchai tout parce que l'application ne quittait pas assez vite et courus dans le couloir.

Véronique me rattrapa à la porte :

— C'est plus la peine, il peut pas t'attendre. Mais il veut te voir aujourd'hui. T'as rendez-vous chez lui à 19 heures. T'oublies pas, hein ? Sinon c'est moi qui me fais engueuler.

Je retournai m'asseoir et en profitai pour ne rien faire. Quand le graphiste revint me voir, je dis que je ne pouvais rien pour lui. Je préparais le rendez-vous du soir. Un dossier important, trop de boulot.

Je pensai à la colère du beau-père. Il ne me raterait pas, cette fois.

Soudain je fus calme, le temps australien m'enveloppa. Il faudra qu'on m'explique pourquoi cette tranquillité lorsqu'on sait qu'on va y passer à une date et à une heure précises. C'est sans doute l'incertitude du moment où tout cessera qui fait la vie si agitée, qui fait qu'on accorde tant de valeur aux choses futiles et qu'on se démène à ce point.

En allant chercher un café au Starbucks, je croisai Camille la standardiste sur le parvis. Elle venait prendre son service et s'excusa de ne pas m'avoir rappelé. Elle était bien plus jolie ainsi, en jean et tee-shirt, que dans son uniforme. C'était cool, dit-elle, d'avoir pensé à elle pour un job. C'était quoi ? Je mentis sans donner plus d'explications. Je ne pouvais pas en parler ici. On n'avait qu'à boire un verre quand elle sortirait. Elle était *en soirée* et finissait un peu tard.

— Pas grave, dis-je, en ce moment je suis insomniaque.

— Ça nous fait un point commun, dit-elle.

Elle promit de m'appeler.

VIII

« Faites la révolution ou devenez millionnaire ! C'est naïf. Ce que tu n'as pas compris, c'est que ce n'est pas « *ou* devenez millionnaire », c'est « *et* »... ça va ensemble. C'est les révolutions qui font les millionnaires.

Ça le fit rire et il fit claquer plusieurs fois son sécateur avant de se pencher à nouveau sur ses rosiers.

Le beau-père parlait de mon projet d'étudiant sur la monarchie de Juillet.

— Regarde Mark Zuckerberg, Bill Gates, Steve Jobs ou n'importe quel trader, même un escroc comme Madoff. Ça fascine les gens. Au départ, ils n'ont rien. Des petits gars qui bricolent dans leur garage ou inventent un nouveau type de crédit et qui deviennent milliardaires comme ça, clac... enfin, tous ces trucs, vois-tu.

À part satisfaire son obsession de l'argent, je ne voyais pas comment « tous ces trucs » pouvaient devenir un jeu vidéo.

— C'est une bonne idée, dis-je. Le joueur commence sans rien, il va à l'école, choisit sa spécialité... Mais après il faudra inventer des obstacles, un peu de bagarre, des trafiquants, des racketteurs s'il ouvre un restaurant par exemple, des hackers chinois s'il monte une boîte d'informatique...

Il ramassa un gourmand qu'il venait de couper et me fixa.

— Écoute, au fond je sais très bien qui tu es. Alors ne m'emmerde pas avec tes histoires d'action en croyant parler marketing et plaire au vieux, hein !

— Je voulais pas...

— Je te parle de ton jeu d'étudiant, tu te souviens ? De ton idée de petit philosophe et de tes luttes de classes. Les pauvres, les riches. Comment faire fortune et gérer un pays, un *empire*, si tu trouves que le terme est plus vendeur, monsieur marketing. Ça ne te plaît pas ?

— Si, bien sûr.

— Ben on y est : c'est dans l'air. Suffit d'ouvrir les yeux, c'est à la une des journaux, à la télé, au cinéma, et il faut qu'on y soit aussi. Tu crois que ça m'intéresse, ces abrutis des forces spéciales qui tuent des barbus ? Je m'en moque. On continuera parce que ça marche encore, mais on se fera bouffer par les Coréens, les Vietnamiens ou même par les Moldaves si on n'invente pas autre chose. Ils feront mieux et moins cher.

Je ramassai son panier d'osier et le suivis le long des rosiers. Il coupa une fleur fanée et en effrita doucement les pétales. Il se radoucit :

— Fred est un bon gestionnaire, un bon commercial. Mais il est dépassé. Ça me désole, je l'aime bien, mais... mais toi, tu sais. Et bientôt tu sauras pour lui. Tu comprends ce que je veux dire ?

— Je crois que oui.

— Alors fais-moi confiance, je ne connais pas grand chose aux jeux et j'ai pas l'intention de m'y mettre à mon âge. Et puis j'ai d'autres soucis que Focus. Mais ce jeu-là, on le sortira et on mettra le paquet. C'est toi qui t'occuperas du développement et des nouveaux projets... dans un premier temps. Pour pas heurter Fred. Il restera encore un peu pour faire tourner le fond mais il faut te préparer.

— Il ne voudra jamais. C'est sa boîte, enfin je croyais.

Il me reprit le panier plein de tiges et de fleurs mortes et marcha vers la maison.

— Ça fait longtemps que Focus n'est plus sa boîte, dit-il agacé. Il acceptera. Ou il s'en ira. Focus va mal, comme tout le monde, et les Américains veulent des gens nouveaux. Ne t'inquiète pas, je trouverai un type solide pour gérer. N'en parle pas à Fred, je m'en occupe. Ça prendra quelques mois. En attendant, pas d'écart, fais ce qu'on te dit et n'oublie pas : des nouvelles têtes, on peut en trouver ailleurs. Mais bon, j'ai confiance en toi. Tu as changé.

Sur le seuil de la porte, le vieux se retourna et ajouta :

— Je ne fais pas ça pour te faire plaisir, mais parce qu'il le faut. Avant que d'autres n'y pensent. Y a quelqu'un qui y a déjà pensé. C'est avec lui que j'ai eu l'idée. On a son soutien financier.

— C'est qui ?

Il ne répondit pas, posa ses outils de jardinage et je grimpai avec lui l'escalier qui menait à son bureau.

Cet homme était la dureté, la violence polie des puissants. Toute sa vie il a promené cette violence et chacun l'a vue et tous s'y sont soumis. À présent, me dis-je, il va te serrer dans ses mains d'or, te serrer si fort que tu ne te reconnaîtras plus.

En haut, il me tendit un dossier bleu sur lequel était écrit au feutre *Instant Billionaire* et dit :

— C'est un nom provisoire mais tout est là. Termine ce que tu fais en ce moment et reprends les schémas de ton ancien jeu. On mettra un test en ligne dans trois ou quatre mois pour voir si ça accroche.

Le délai était impossible à tenir mais ça ne servait à rien de le contredire. Il fouilla dans sa bibliothèque :

— Sinon, tu vas bien ? dit-il.

— Très bien.

— Irina a eu Lara au téléphone. Elle avait l'air inquiète à ton sujet.

— C'est tendu au bureau en ce moment...

— Oui, mais toi ?

— Je suis fatigué. Rien de grave.

Il se retourna et me regarda dans les yeux, de ses yeux bleus mouillés. Au bout d'un moment, il dit « tant mieux », puis il trouva le livre qu'il cherchait :

— Lis ça. Ça va t'inspirer.

C'était *Un homme dans la foule* de Budd Schulberg, le scénariste de *Sur les quais*. J'avais déjà lu cette longue nouvelle. Un vagabond de l'Arkansas qui dans les années 30 se retrouve par hasard animateur radio. Un type tellement spirituel, cynique et démagogue qu'il devient célèbre en quelques semaines, manipule l'opinion et a soudain des ambitions qui bousculent le jeu politique. Une nouvelle écrite à l'époque où Mussolini, Hitler et d'autres anonymes issus de foules vaincues ou humiliées utilisaient aussi la radio, pour lever leurs armées de cinglés.

— Je connais, dis-je.

— Eh bien, relis-le, c'est un de tes héros. Un méchant, dit-il en souriant. Un méchant comme moi... n'est-ce pas ?

— Pas du tout.

— Mais si... C'est avec de bons méchants qu'on fait de bonnes histoires, non ? Et de bonnes affaires.

Il sourit encore.

Je repris ma veste dans le jardin, passai dans le salon et assurai à Irina que tout allait bien, puis sortis dans cette rue calme, bordée de grosses maisons muettes, où Lara avait sauté à la corde.

Il me proposait la place de Fred. Je n'en revenais pas. Au feu, un bus klaxonna et soudain je fus en colère. Non, cette version-là n'était pas *mon* idée ni *mon* jeu, et il le savait. Vieux trou du cul. Oui, c'était naïf, ces rêves de révolution et de barricades, et alors ? Il y avait au moins quelque chose qui vous emportait. À présent j'allais devoir rendre aimables des traders beaux gosses avec jets privés, secrétaires ébahies et combats à coups de millions contre d'autres escrocs bien peignés. Le rêve ! Je ris en pensant que ce benêt de milliardaire devrait investir dans l'humanitaire ou les énergies renouvelables pour réussir vraiment. Je ris tout haut et des passants se retournèrent.

Je tirai le téléphone de ma poche, vérifiai si un message était arrivé. Rien encore. Camille n'appelait pas. Elle avait sans doute quelqu'un de plus intéressant à voir.

Je pensai à Fred. Au rôle de Fred, à l'argent de Fred, au pouvoir de Fred. Et à sa femme, ses femmes. Et si Fred était au courant ? Si c'était une manœuvre du vieux pour éprouver ma fidélité ? Je me souvins de son mépris : « Je ne fais pas ça pour te plaire, je sais qui tu es. »

Je retournai le livre de Schulberg. Le jour où Lara me l'avait présenté, sa première question avait été : « Quel est votre personnage préféré dans la *Recherche* ? » J'avais répondu « Charlus ». En réalité je préférais Swann, mais j'espérais déjà lui plaire. De près, ce n'était pas un monstre.

Dans ma colère, je vis ces officiers SS cintrés dans leurs uniformes Hugo Boss, qui écoutaient Mozart les yeux mi-clos puis commandaient dans le même élan frémissant un nouveau stock de Zyklon B parce qu'il en manquait pour gazer des vieux, des femmes et des enfants. La beauté d'un quatuor et tout ce qu'ils avaient pu lire de merveilleuse poésie n'avaient pas empêché la barbarie. J'imaginais aujourd'hui ces savants iraniens imprégnés de l'antique culture perse et les ongles curés qui travaillaient sous de scientifiques prétextes à brûler d'autres os. Entre les deux, le seul progrès consistait à mieux mentir, à mieux dissimuler le mal.

L'heure sublime dont je rêvais en lisant Hugo lorsque j'étais enfant, l'heure où l'homme deviendrait naturellement bon parce qu'il serait moins ignorant et qu'on éclairerait sa nuit, ne sonnerait jamais : le savoir, la culture, l'intelligence même, n'ont rien à voir avec la morale ni avec le bien ou le mal, et ne rendent pas meilleurs les misérables.

Je décidai de rentrer chez moi relever mes mails et écrire à Lara mais sur le chemin les boutiques s'illuminèrent et les touristes sortirent des hôtels. Chacun courait vers sa nuit.

Dans le bruit et la foule qui me bousculait je vérifiai encore mes messages. J'avais enfin un sms de Camille. Le chauve aussi avait appelé, il voulait aller en réunion et puis dîner, ça nous ferait du bien, disait-il.

Je descendis les escaliers du métro qui menait à la maison puis les remontai aussitôt en courant et pris un taxi. J'avais beau savoir que ce n'était pas bien, j'avais beau aimer Lara, c'était plus fort que moi. Je relus le sms : ce soir je rejoindrais Camille. Et demain je regarderais Fred comme un homme fini.

Au-dessus de moi le ciel était noir, retourné comme le manteau d'un ange ou d'un démon.

Quand je sortis du taxi, j'étais moi aussi un homme dans la foule.

IX

Je me levai en essayant de ne pas la réveiller. Nos vêtements étaient au pied du lit emmêlés, et sans bruit je mis les siens de côté. La première fois que j'avais couché avec Lara, je lui avais volé sa culotte. L'amour a de ces gestes parfois... et tout de suite on sait. Ce matin, je n'avais nulle envie d'empocher celle de Camille. Et pourtant, comme j'avais frémi quand elle l'avait ôtée !

Elle m'avait rejoint dans un bar qu'on venait de rénover et qu'elle trouvait chic. Un ancien bistrot transformé en restaurant *lounge* et cuisine *Asianfusion* avec lumières tamisées et statuettes de Bouddha, dont elle connaissait le *doorman.* Les hommes parlaient fort et passaient le dîner à se retourner sur des serveuses de rêve mieux habillées que la femme qui les accompagnait.

Je vis Camille faire le tour des tables, embrasser des clients qui la regardaient comme si elle était nue, dire un mot au maître d'hôtel.

Elle connaissait tout le monde. Quand elle s'assit face à moi, je fis le beau et me moquai de cette nouvelle bourgeoisie *fusion* en jeans serrés, pulls cachemire avec tête de mort dans le dos, mais je fis quand même semblant d'être ici chez moi et la fis parler d'elle et lui offris des ravioles *snackées* aux brocolis chinois et Camille s'intéressa enfin à moi.

C'est ce que je crus.

La conversation bondissait d'un sujet à l'autre. Il fallait faire vite. En quelques minutes montrer combien nous étions uniques et drôles et importants et quels étaient nos goûts et à quel point nous étions d'accord.

Oui, cet acteur était un imbécile bien moins bon que cet autre — comment s'appelle-t-il déjà ? —, on le voyait partout et c'était injuste. Oui, elle était Scorpion mais cela ne voulait rien dire parce que les signes étaient faux, elle l'avait lu quelque part, les étoiles avaient changé de place depuis deux mille ans et en effet c'était drôle. Je dis encore que j'étais heureux, que le patron, le vrai patron de Focus qu'elle ne connaissait pas et qui m'appréciait beaucoup je crois, était d'accord pour que je développe un jeu extraordinaire, révolutionnaire même. C'était génial, et hop on trinque, oui c'était mon idée et tout était déjà en boîte ou presque. Elle dit qu'elle aussi était contente et dégoûtée, elle avait décroché un rôle enfin, mais dans une série de merde je te jure. Mais rien n'est de merde, Camille, crois-moi...

Et nous continuâmes ainsi à nous renifler et à bomber modestement la poitrine jusqu'au dessert italo-chinois ridiculement cher, *panna cotta, rose, litchis et framboise.*

Rien n'est de la merde et on ne sait jamais où on va. J'avais bien commencé, moi, par écrire des horoscopes chinois. « Moi, je suis Cheval de Feu, je crois, et toi, eh bien, Dragon de Métal, si je me souviens bien... » Et alors, les spécialistes n'y avaient vu que du feu justement et m'en avaient commandé d'autres, et peu à peu j'avais fini par faire ce que je désirais le plus au monde : inventer des histoires, créer des jeux. Car rien ne mène nulle part et rien n'est sans intérêt ou autant mourir tout de suite si on veut commencer par la fin. Non, rien n'est aventure si on désire à 20 ans monter les marches et recevoir un Oscar pour l'ensemble de sa carrière et autant appeler maintenant le corbillard.

J'avais pris la parole et ne la lâchai plus : mon rôle de marchand de bonheur et petit boutiquier en développement personnel. Elle remettait une mèche en place, ses yeux brillaient, et je reprenais, plein de moi-même.

— L'important, vois-tu, c'est de s'embarquer et de croire en soi, on ne sait jamais où on va, répétai-je, et tu rencontreras sur cette série quelqu'un qui te proposera autre chose...

— Je ne rencontre que des cons.

— Merci...

— Pas toi ! Des cons ou des mecs qui veulent me sauter.

— Ça c'est un autre problème. Mais crois-moi, il faut d'abord marcher pour trouver un chemin et se jeter à l'eau pour savoir si on veut vraiment être marin et si on aime le goût du sel. Il faut rêver, oui, mais rien ne pousse et ne grandit dans les rêves, Camille, hormis le rêve. Et la désillusion.

J'en étais là, pontifiant et profond, et elle m'écoutant la main sous le menton, quand des jeunes gens habillés en personnages de manga, blouson de cuir et très soignée barbe de trois jours, vinrent l'embrasser, et elle poussa un cri de joie.

— J'étais sûre que vous seriez là !

Je souris bêtement et me trouvai soudain sans intérêt et triste et déplacé. Ils rentraient de chez je ne sais qui, qui avait une villa délirante, et allaient je ne sais où, où ça serait comme d'habitude un peu chiant mais où l'un d'eux mixait. Camille promit qu'elle passerait mais quand ils furent partis elle se moqua d'eux. Des connards pétés de thune et qui se la jouaient. Pour les enfoncer, je dis oui, le rock'n'roll en Prada. Elle avait couché avec l'un d'eux, enfin couché, elle était soûle et s'était retrouvée dans une chambre avec un de ces types sur le ventre et un autre qui lui arrachait son soutien-gorge. Elle s'était débattue et puis elle s'était laissé faire. Elle s'était sentie, disons, obligée. Elle avait bu et dansé avec eux, des baisers dans le cou, et c'était comme si d'avance elle avait dit oui. C'était pourtant des amis, ils avaient traîné ensemble un moment, mais aujourd'hui elle s'en voulait, leur en voulait et c'était fini.

Et elle les embrassait encore ? Et elle venait toujours dans ce restaurant ridicule où elle était sûre de les rencontrer ?

Oui. Les parents du plus grand, le beau trop bête, étaient producteurs, enfin, financiers pour le cinéma, et ils étaient vraiment sympas. Lui aussi d'ailleurs, il était sympa. Il était juste à l'ouest, c'est tout.

Je ne comprenais toujours pas.

Elle finit tranquillement son verre de vin et dit : « C'est parce que toi aussi tu es à l'ouest. »

Je n'eus pas envie de répondre. Elle avait dit ça en riant mais avec un tel mépris. J'ai fait encore quelques blagues pour donner le change, j'ai payé en pensant au cadeau que j'aurais pu faire à Lara, et sur le trottoir elle m'a demandé si j'avais enfin compris.

Pas vraiment.

Elle fouilla dans son faux sac Chanel et en tira un paquet minuscule de longues et fines cigarettes et soudain je la vis. Vulgaire dans sa robe moulante, sa veste militaire relookée par un créateur industriel et ses escarpins vernis. Elle était tout ce que Lara n'était pas, tout ce que j'avais tenté de fuir. Une caricature. Un beau papier collant pour piéger les mouches les plus grasses.

J'avais dessoûlé et comme à chaque fois Lara revenait. Qu'est-ce que je faisais là ? Il fallait que je lise mes mails. Ce Vincent de Vodaphone ou un autre m'avait sûrement répondu. Je compris alors que le principal obstacle pour résoudre ce problème et pour être à nouveau heureux, c'était moi.

Camille réclama du feu. Et une cigarette, s'il te plaît. Je lui tournai le dos sans un mot et commençai à marcher. Elle me tira brutalement par le bras.

— Tu pourrais me répondre, dit-elle.

— Tu veux quoi ? Retourne à l'intérieur, y aura bien un type à l'ouest qui t'en paiera un.

Elle m'envoya son poing au visage, direct à l'œil droit. Il y eut un éclair rouge sang, et elle se mit à crier. « T'es un malade ! » Le *doorman* me sauta dessus, je n'avais jamais vu quelqu'un d'aussi gros se déplacer si vite. Je pris une claque qui me rendit sourd, je ne sentis plus mes jambes et ma tête enfin frappa le sol. Il s'élançait pour un nouveau coup de botte quand j'ai senti la poitrine de Camille sur la mienne et son petit visage au-dessus de moi. Elle hurlait : « Laisse-le ! »

— Barrez-vous, dit le *doorman* en lui jetant son sac.

X

Je ne sais pourquoi ni comment arrive le temps où on juge qu'il est trop tard, le temps d'entre deux où l'on cesse de se battre contre ses démons. J'avais suivi Camille. Laissé derrière moi les mails et le reste.

— Tu comprends, c'est facile pour toi, reprit-elle.

Je lui montrai l'œil qui me brûlait : « Facile... », et elle se mit à rire.

Elle embrassa ma joue et se serra contre moi sur la banquette du café. La lumière vive me faisait mal et me rassurait.

— Tu as un boulot, un appart, tu parles avec le patron... et puis tu as toujours vécu ici. Moi, quand je suis arrivée dans ce pays avec ma mère et mes frères, on n'avait rien. J'ai grandi là où mon père avait atterri quelques années avant nous

J'ai remis sur mon œil la petite compresse qu'elle avait confectionnée avec de l'eau et un coton à démaquiller.

— Enfant, dit-elle, on me disait que c'était très beau, ce pays, mais le seul truc qui me faisait rêver, c'était que papa avait acheté des cadeaux pour notre arrivée... Une peluche géante. Un ours blanc. Je l'ai encore, il prend toute la place chez moi... On m'a aussi acheté de jolis habits, un joli cartable, et je suis allée à l'école. Ça m'a plu mais je ne comprenais pas ce qu'on attendait de moi. J'étais nulle.

Elle fit une pause, posa l'argent des cafés sur la table et m'entraîna dehors, la main dans le creux de mon bras, mais elle était ailleurs.

— Un jour, avec la classe, j'avais 16 ans, on est allés voir un spectacle au théâtre, dans une autre banlieue. On était intimidés, on rigolait. Après l'entracte, un vieux comédien a dit un texte, tout seul sur scène.

— Ça parlait de quoi ?

Elle prit une cigarette dans le paquet que nous avions acheté, souffla une bouffée dans l'air tiède, et je la suivis.

— Ça parlait de l'image que les Blancs se sont toujours faite des Noirs. Les Noirs danseurs en transe et souples comme des lianes. Les Noirs chanteurs, athlètes ou jazzmen, le rythme dans la peau, et en substance toujours voyous échappés des bas fonds. La race physique, la race sexuelle et dangereuse, et le frisson que ça colle aux petits Blancs, tu vois ?

— Très bien.

Je n'osai la regarder.

— À la fin, le type détruisait chaque image en répétant : « Le mépris ! » Je n'avais jamais vu quelque chose d'aussi vrai et d'aussi fort.

Elle se tourna vers moi et dans ses yeux j'eus l'impression de voir le vieil acteur dont elle parlait.

— Le lendemain j'ai emprunté des livres à la bibliothèque. Évidemment, la fille m'a refilé un récit africain, une bio de Ray Charles, et puis je ne sais pourquoi, *La Chartreuse de Parme*. C'est celui que j'ai préféré. Comme quoi, tu vois, la couleur des héros ou des héroïnes... J'ai lu Stendhal, Zweig, Aragon et aussi tout *Harry Potter*, dit-elle en riant.

Elle sortit un livre de son sac et dit :

— Hier j'ai fini celui-là.

Je lus le titre : *Bardo*.

— Ils ont oublié le « t » à Bardot !

— T'es bête. C'est un livre écrit par un moine tibétain.

— Tu sais, moi, les Tibétains...

Elle me le tendit.

— Lis le chapitre sur les fantômes affamés.

— Pourquoi ? c'est moi le fantôme affamé ?

— C'est nous. Le monde des fantômes affamés, dit le type, c'est celui du désir, de l'accumulation d'objets, de conquêtes, de plaisirs et de magasins. Celui de l'insatisfaction perpétuelle. Faut de temps en temps savoir en sortir... Y a d'autres mondes après, comme dans un jeu vidéo de Focus, mais il faut trouver la bonne porte pour y entrer et sortir de celui des fantôôôômes !

Elle me regardait, un éclair de miel dans des yeux pleins de malice. Je ne savais si elle repensait à ses lectures ou si ses yeux disaient « je t'ai bien eu ».

— Après ça, dit-elle, j'ai décidé que je serais comédienne et je me suis retrouvée standardiste.

Elle rit.

— Et tu fréquentes quand même ce restaurant et tu rêves quand même d'être comme tous ces cons...

— Oui, je veux un bel appartement, de beaux habits et prendre des taxis quand je suis fatiguée... Pas toi ?

— Si...

— Et puis oui, je fréquente ce restau : ce sont les parents du type qu'on a croisé tout à l'heure qui m'ont mise sur le rôle. Le rôle de la série de merde que tu m'as encouragée à accepter toute la soirée, tu te souviens ? Tu penses que je devrais refuser finalement, et rester au standard de Focus ?

Je dis :

— Non, bien sûr, je suis désolé.

Elle me prit les mains.

— Ne sois pas désolé, c'est normal.

Et en riant à nouveau, elle ajouta :

— C'est facile pour toi.

Nous avions beaucoup marché et je l'avais suivie sans demander où nous allions. Elle s'arrêta et désigna un immeuble.

— J'habite là.

— Avec ton ours blanc ?

Elle sourit.

— Il n'est plus très blanc.

Elle ajouta :

— C'est gentil de m'avoir raccompagnée. J'ai bien aimé notre promenade.

— Il s'appelle comment ?

— Qui ça ?

— Ton ours.

Il y eut un silence puis elle leva les yeux vers moi et dit :

— Tu veux le voir ?

C'est elle qui m'a déshabillé et renversé sur le lit. Quand elle ôta son soutien-gorge, je voulus l'arrêter. Il y eut encore cet éclat dans ses yeux, de colère cette fois. Je dis que je la désirais follement mais que j'avais peur. Peur de ressembler à ces types déguisés en mangas, peur de lui avouer que je n'avais pas de job à lui proposer, et que je lui avais menti. J'ai ajouté : peur du mépris.

Elle sourit, s'allongea contre moi, me caressa et dit : « Si tu es là c'est que j'ai envie de toi. » J'avouai encore que j'avais une fiancée et elle répondit : « Je ne cherche pas un mari et tu sais bien que les nègres sont fous de sexe. »

Elle rit et puis se tut et elle enleva sa culotte et

quand elle eut frotté sa peau contre la mienne, quand elle eut glissé ses lèvres le long de mon sexe et que j'eus les yeux mourants, elle écarta les jambes et dit : « Lèche-moi doucement et quand tu n'en pourras plus et que tu m'auras fait jouir alors prends-moi », et ce fut vrai qu'on ne sait jamais où on va et que rien d'avance n'est écrit.

XI

J'achetai à la hâte un sandwich, cachai mon sac dans un coin du hall et mordis dans le pain en arrivant au bureau comme si je m'étais éclipsé quelques minutes pour aller à la boulangerie. Mais j'avais une matinée de retard et ça commençait à se voir. Le jeu afghan n'avançait pas et la version bêta que j'avais envoyée à Fred n'avait pas passé les tests. Bâclée et pleine de bugs.

Pas le temps de vérifier si le type de Vodaphone ou un autre avait répondu. Je me mis au travail. Plus tard, en prenant un café, je laissai ma veste sur ma chaise et filai en douce récupérer mon sac. Des ruses d'enfant qui me faisaient transpirer et ne servirent à rien.

Le directeur de production débarqua. Je n'étais pas là hier quand il était descendu, ni avant-hier d'ailleurs. Tout était calé pour le dernier monde d'*Opium*, après l'explosion du kamikaze. Animateurs, graphistes, programmeurs, testeurs, tout le monde était prêt, gueulait-il.

Même le studio d'enregistrement pour les musiciens et les doubleurs. Je ne me rendais pas compte : la dernière phase commençait dans une semaine et personne n'avait de nouvelles de moi.

— Après, dit-il, on perd de l'argent. Beaucoup d'argent. Tu ne lis pas les journaux ?

— Si, si...

— J'ai des mails tous les jours de Californie pour tailler dans les budgets et remonter les objectifs. Si *Opium* ne sort pas à temps, on est dans la merde.... J'ai parlé à Fred, il n'est vraiment pas content. Moi, à sa place...

Il regarda mon œil enflé.

— Je ne sais pas ce que tu fous en ce moment, mais je ne sauterai pas à cause de tes conneries.

— Mais, Jean...

Il sortit. Un morceau de poulet mayonnaise s'échappa du sandwich et s'écrasa sur mon clavier.

Tout l'après-midi, je parcourus les bureaux pour sauver ce qui pouvait l'être encore et montrer que j'étais là. On annulait le studio. Pas de musiciens. Sur les dernières scènes d'action dans les montagnes, on collerait le scherzo de la 9e Symphonie de Bruckner. Des violons et des cuivres qui frappent comme une armée, des timbales dramatiques et martiales, et en contrepoint cette montée des flûtes et des bois dans un élan qui vous élève l'âme avant que tout n'explose à nouveau. C'était parfait. Une vieille idée recyclée de mon ancien jeu d'étudiant. Le dir. prod. pleura quand même les dix pour cent qu'il perdait pour annulation tardive.

Fred appela. Il était en rendez-vous toute la journée. Lui aussi menaça, parla des clients mécontents, des Américains, du graphiste qui tournait en rond et de la merde dans laquelle je le mettais. Puis il avança ses pions :

— T'as des soucis en ce moment ?

— Non.

— T'as recommencé à déconner ?

— Non plus.

— Bon... si ton problème, c'est que tu en as marre de Focus, pense à ma proposition de l'autre jour. Mais décide-toi vite, le type n'attendra pas éternellement. Et ici je ne pourrai pas te couvrir éternellement non plus.

J'hésitai puis refusai encore.

L'envie de travailler revint. J'aimais ce dernier monde. Ses paysages, ses montagnes, le danger et le vertige et le ciel à l'infini. Mon personnage pouvait tout faire, grimper, sauter, découvrir des passages secrets et des failles le long des jets de falaises...

Je récapitulai avec le programmeur et le graphiste la séquence du téléphone et cela me fit presque rire : trahison, message codé dans le portable du mort, puis plongée dans un autre monde où le danger grandit, un monde pour le pire ou pour le meilleur. Cela faisait un an que j'avais conçu ce scénario. Nous étions en vacances et chaque soir j'en parlais à Lara. Elle disait, l'air distrait : « Si, si, elle est bien ton histoire, mon amour. » Un soir, j'avais écrit l'épisode du portable sur la terrasse. Il faisait nuit depuis longtemps et je commençais à avoir froid. Lara avait ouvert la porte de la maison, elle était nue, endormie. Elle se sentait un peu seule, avait-elle dit. Au lieu de la rejoindre, j'avais continué à écrire et griffonné pour ne pas les oublier quelques mots que je revois encore, reliés entre eux par des flèches prémonitoires : « message, portes du Ciel, sentier de montagne, dernier monde, la vérité est instable ».

On entrevoit parfois l'avenir, à moins qu'on ne le prépare sans s'en rendre compte.

XII

Je pris un taxi pour rentrer. Il fallait dîner et dormir. Le sommeil recoudrait les soucis du jour. Bientôt il y avait le bal. En revoyant Alex, je saurais enfin. Peut-être n'était-ce qu'un désir plus puissant que les autres qui s'éteindrait une fois consumé.

Tout à l'heure, j'avais parlé à Lara. Elle m'avait décrit le parc qu'elle voyait de sa fenêtre, les écureuils, son oreiller trop dur et sa promenade du matin avec les autres pensionnaires du château. Elle était gaie et voulut savoir si j'avais passé une bonne journée. Au lieu de lui répondre j'ai dit : « Ça a l'air bien, ta campagne, au moins t'es pas toute seule... » et je me suis plaint. De Focus, des jeux de tir à la con, de la chaleur, de notre appartement qui était celui du beau-père et puis du téléphone que je ne supportais plus... Elle a dit d'une voix aimante : « Ne t'inquiète pas, mon amour, ça va s'arranger, les choses ont déjà changé... », mais j'ai insisté et au bout de quelques minutes elle a fini par raccrocher. J'avais réussi à la mettre en colère, juste parce que je l'étais moi aussi. Ça m'avait soulagé, puis rendu triste. J'avais essayé de la rappeler pour m'excuser mais elle était repartie.

J'arrêtai le taxi sur la place de la caserne pour marcher un peu.

Une jeune fille descendait la rue, souriant au téléphone, et je vis de loin ses inaccessibles belles formes et ses épaules tachées de grains dorés. Sa jupe flottait à mi-cuisses, si légère qu'on avait le sentiment délicieux qu'à chaque pas elle allait se soulever. Elle était atrocement jolie et heureuse et tout à son bonheur et elle ne me regarda pas. En la croisant, je humai l'air pour tenter d'attraper un peu de son parfum, puis me retournai. Pour voir. Petite honte. Une autre me doubla, et encore une autre aux mollets plus épais mais à la peau fine et lisse.

Je m'arrêtai, je manquais d'air : il y avait autour de moi un complot de belles et déchirantes jeunes filles. Où était passé l'amour qui me rendait heureux et aveugle ?

XIII

Pendant deux jours je fis le trajet de la maison au bureau sans regarder autour de moi. Lara n'appelait plus. Hormis la sonnette des voisins qui invitèrent des amis, il n'y eut plus aucun bruit. Jusqu'à cette lettre de Lara.

Mon amour,

Il est midi et j'ai un peu de répit avant le déjeuner. Je ne suis pas de corvée aujourd'hui et je mange un fruit (je ne sais pas le nom mais ça ressemble à une figue) sur les marches de ma chambre. J'espère qu'il fait moins chaud et que tu dors mieux. Ici, tout va bien. Ce matin, ils ont coupé la clématite dont je t'ai parlé, il paraît qu'elle est morte cet hiver. Les murs du château ont l'air tout nus. Les autres ont râlé, moi je trouve ça beau aussi. Le soir je mets souvent la robe rouge que tu m'as offerte et ça me rend joyeuse. Des nouveaux sont arrivés hier dans la nuit. Ils ont réveillé tout le monde et tous les chiens de la région se sont mis à aboyer.

Ça a duré des heures et c'était moins drôle que quand c'est toi qui fais le chien ! Pas de beau mec, rassure-toi.

En relisant, je ne sais pas pourquoi je te raconte tout ça. Et puis ce n'est pas vrai : je ne suis pas joyeuse et je me fous des fruits et des murs du château. Je te sens loin. Loin au téléphone, loin quand on se parle. Il y a quelque chose qui cloche et ça m'inquiète. Je sais que ce n'est pas seulement ton travail ou l'appartement. J'espère que ce n'est pas à cause de moi. Pour le reste, ne t'en fais pas, on ira habiter ailleurs si tu te sens mal, n'importe où je m'en fiche. Et puis on a un peu d'argent de côté maintenant si tu veux quitter Focus, de l'argent à nous. Ne t'en fais pas pour moi : mon beau-père sera toujours mon beau-père, je n'y peux rien, mais c'est ce qu'on vit qui compte, c'est nous. Tu vois, je t'ai écouté quand même. Pardon de m'être énervée, c'était bête. Dis-moi ce qui ne va pas, parle-moi si tu en as envie ou besoin. Tu sais que je peux tout comprendre, on a déjà surmonté tant de choses pour être ensemble... Tu es l'homme de ma vie et je ne veux pas que tu sois malheureux. Écris-moi. C'est vrai qu'on ne se dit rien au téléphone. Moi non plus je n'aime pas. C'est toi que j'aime et qui me manques.

Je serrai cette lettre contre moi et me promis que je serais digne de cet amour.

XIV

Toute la nuit à danser. On avait d'abord traversé une banlieue rouillée, puis une forêt qui nous avait fait comme un tunnel et on avait atterri là. Une maison de campagne, des lampions multicolores et une foule de gens déguisés en superhéros. Je n'avais pas de costume et le chauve m'avait présenté comme « Super Christophe » à quelques-uns de ses amis. Puis il avait disparu. Il ressemblait à un homme mû par des ressorts invisibles, un homme infiniment léger qui traversait la vie en dansant et en s'éloignant toujours.

Sur la petite terrasse près de la piste de danse, je parlais avec un Batman, un Joker et un soi-disant Homme Invisible dont les panoplies avaient mal supporté le plongeon dans la piscine. Les filles qui les accompagnaient n'étaient pas vraiment déguisées. Des body, des collants et des coiffes dans les cheveux. Il fallait rester sexy. Tous parlaient d'autres gens, d'alcool, d'exploits d'ivrognes et s'envoyaient des vannes, quand une Catwoman qui faisait la tête répondit à une question que je n'entendis pas : « Je me pose des questions sur l'engagement, c'est tout ! C'est compliqué. Les gens sont compliqués de toute façon... » Le Joker s'interrompit et se tourna vers elle : « Avec moi ça sera pas compliqué... » et il la prit dans ses bras en mimant le singe, ou lui-même, en rut. Les autres rigolaient. « Alors toi, pas question, dit la fille qui le repoussa. T'as aucun super-pouvoir, aucun ! » Elle rit et ajouta : « En tout cas je me souviens pas... »

Il y eut quelques « cassé ! », le Joker brandit sa bouteille de Smirnoff en hurlant : « C'est parce que j'avais pas de carburant ! »

La fille haussa les épaules et me demanda :

— Tu trouves pas que j'ai raison ?

— À propos de quoi ?

— Que les mecs ont peur de s'engager.

— Ben...

— T'es avec quelqu'un ?

Les superhéros firent : « Waaah ! la perche ! », elle cria : « Oh, ça va, j'ai le droit de poser des questions ! » puis se retourna vers moi :

— Je voulais dire : tu vis avec quelqu'un ?

Un instant je ne sus quoi faire, rester solidaire du groupe de garçons ou parler sérieusement avec la fille au risque d'être ridicule. Je m'en tirai par une pirouette :

— Je vis avec quelqu'un, oui... mais c'est compliqué !

— Humour ! dit Batman.

— Non, c'est vraiment compliqué. Enfin, en ce moment.

— Fais gaffe, Ophélie, dit Batman en riant, c'est ce que disent tous les mecs quand ils veulent se faire une meuf.

Puis il s'affala sur moi et imita le dragueur comme s'il parlait à ma place :

— On est ensemble mais plus vraiment, tu vois, ça fait des mois, heu, des années, qu'on baise pluuuuus... c'est compliqué, tu vois !

Je ris pour faire comme tout le monde. Il puait l'alcool et commençait à me scier les tympans. Je détestais qu'on se serve de moi pour faire rire comme si je n'étais pas là. J'allais lui en coller une mais je décidai que ce n'était pas une bonne idée. Ils étaient trois superhéros, voire plus. Je dis à la fille : « Moi, je dis toujours la vérité », puis fis ma mine d'enfant triste et en profitai pour m'échapper.

Plus tard, beaucoup plus tard, inoubliable moment de gaieté et d'insouciance. Un groupe de titubants m'avait entraîné sur la piste de danse dans une chenille de corps de garde. Ils chantaient en chœur, bouches tordues et visages allumés comme des brandons dans la nuit. Je m'étais laissé faire. À présent je dansais seul parmi les quelques survivants. Assise sur un muret du jardin au bord de la piste, je vis ma Catwoman qui m'observait. Elle avait enlevé sa combinaison de latex et passé un débardeur et un short en jean, et des yeux bleu très pâle sous une frange noire lui donnaient l'air d'un personnage bien plus étrange et dessiné que son costume. J'allais m'arrêter quand elle me rejoignit. On a dansé ensemble en exagérant les pas *Saturday Night Fever* puis elle a dit : « Merde, mon sac. » Je l'ai suivie jusqu'au muret où elle l'avait laissé et lui ai offert une de mes dernières cigarettes.

J'attendis qu'elle parle.

« Désolée pour tout à l'heure, dit-elle, ils sont un peu cons.

— C'est pas grave.

— Ils sont rentrés.

— Pas toi.

— J'avais envie de danser. Eux, ils dansent pas, ils savent pas s'amuser. Enfin, c'est mes amis.

Je vis le chauve apparaître par une des portes-fenêtres de la maison, tournai la tête vers elle pour qu'il ne nous rejoigne pas et dis avec entrain :

— Tu viens ?

— Où ça ?

— Profiter du ciel. Ici y a trop de lumière.

— Hou là ! Mais je te connais pas, moi.

Et on est allés s'asseoir sur un mur de pierre au bout du champ, après les herbes hautes. À mesure qu'on s'éloignait le ciel se gonflait d'étoiles et dans notre dos la fête n'était plus qu'un halo de couleurs dont les musiques s'embrouillaient.

Je parlais des étoiles qui n'avaient pas changé depuis une éternité et des gens qui s'agitaient là bas et que ça me faisait toujours un drôle d'effet ce décalage quand elle dit « Tu ne m'as quand même pas amenée jusqu'ici pour rien » et se mit debout devant moi jusqu'à me toucher. Je l'embrassai, passai ma main sous son débardeur et oubliai aussitôt ce que je venais de dire.

Sur le chemin du retour, le chauve m'assena encore une de ses pénibles leçons de morale. Il m'avait saisi le bras sur la piste où nous étions retournés danser. J'avais d'abord résisté, Catwoman avait proposé de me raccompagner, puis en voyant que j'hésitais elle avait disparu.

— Tu es mal parce que tu mens, disait le chauve, c'est normal : le mensonge, ça isole et ça sépare. C'est aussi simple que ça.

— Ça ne sépare personne pour l'instant. Lara n'est pas encore au courant.

— Et alors ? Quand tu tends un billet de dix à une caissière et qu'elle te rend la monnaie sur un billet de vingt, c'est quoi ta première réaction ?

— Comprends pas...

— Ta première réaction, c'est de regarder autour de toi. Tu vérifies que les gens autour n'ont rien vu et tu empoches l'argent. C'est du vol mais tu te dis qu'après tout, ça ne fait aucune différence puisque personne ne le sait. Mais tu te trompes, mon vieux, tu te trompes parce qu'il y a *quelqu'un* qui sait. Ce *quelqu'un* c'est toi. Et ça, ça fait une différence, non ?

— Peut-être.

— Sûrement !

Il s'agitait, secouait le volant comme si c'eût été mes épaules et à chaque mot important son corps faisait sur son siège un petit bond dont le comique me rendait son sermon moins pesant.

— C'est humain, dit-il, humain de vouloir quelque chose pour *rien*. Ta Lara, tu voudrais la tromper *gratuitement*, pas vrai ? sans en subir les conséquences ? Mais non, la conséquence c'est que tu es mal, que tu n'es pas honnête avec toi ni avec elle et que ça vous sépare déjà.

Un camion gigantesque fonçait vers nous sur cette route de forêt, la cabine surmontée d'une guirlande vert et jaune et j'eus un frisson quand son souffle nous déporta. Le chauve sembla ne même pas s'en apercevoir.

— Le mensonge c'est le diable, dit-il, *diabolus*, « celui qui sépare », qui divise. L'inverse du « symbole » qui unit, *symbolum*. Entre vous, je veux dire entre Lara et toi, il y a déjà un voile invisible, un voile tout crotté de méfiance. Parce que *toi*, tu *sais* que tu mens !

Toujours sans me regarder, il alluma un cigare, fit une braise, baissa sa vitre, puis s'envola pour la sentence finale, lyrique comme jamais :

— Tu as un travail, un appartement, des

amis, une femme qui t'aime, et tout le monde dira que c'est le bonheur. Mais tu luttes et tu souffres et tu mens pour conserver les êtres et les choses. Tu oublies seulement que rien de tout ça, ni les êtres ni les choses et pas même celle qui t'aime ou une autre, ne peut te *rendre* heureux. Rien ni personne ne peut *changer* ta vie. Il n'y a que *toi* qui peux quelque chose pour toi, il faut que ce soit toi qui changes. Sinon, tout recommencera dans d'autres bureaux, d'autres appartements ou avec d'autres amours... seul le décor aura changé.

Il reprit son souffle.

— Entends-moi bien : tu sais bien, en achetant une voiture, un jean ou un yaourt, que tu ne deviendras pas soudain l'être fou de bonheur qu'on te décrit dans les pubs. Tu sais que c'est faux et tout le monde le sait. Eh bien, ici c'est la même chose. Rien d'extérieur à toi, rien que tu puisses consommer, prendre ou avaler, nul rêve et nul rôle, ne te *rendra* heureux. Même dix millions d'euros, même quelqu'un qui t'aimerait. Il faut te *construire toi même* et que cela vienne de toi, pas seulement *engraisser*.

« C'est pareil pour tout le monde, pareil pour Lara. Personne et pas même toi ne pourra la *rendre* heureuse. Vous pouvez seulement vous construire avec l'aide l'un de l'autre, marcher d'un même pas, vous épauler et grandir ensemble.

Je ne comprenais pas. Il me regarda, j'eus peur pour la route.

— Moi non plus je ne comprenais pas. Mon père me disait « sois toi-même » et je cherchais au fond de moi, je fouillais et n'y trouvais rien. Un jour j'ai compris. Grandir, être soi, c'est justement se dépouiller des personnages, des rêves et des rôles appris et entassés là depuis toujours, dandy, décideur, mauvais garçon, femme active, petite fille, vamp, Superman, héros romantique, actrice, écrivain, petit garçon... abandonner tout ça et courir nu.

Comme on s'engageait sur la quatre-voies éclairée des faubourgs, il s'apaisa enfin et répéta doucement :

— En revanche, tu peux te rendre et la *rendre* malheureuse, si ce n'est pas déjà fait. Songe à ça puisque tu es déjà séparé. Songe à ça.

Il avait dû être curé dans une autre vie et moi enfant de chœur puisque je l'ai cru et qu'en même temps j'avais cette envie folle d'impie et infidèle garnement que ma Catwoman assiste à cette messe, puis le déchiquette de ses griffes et m'emporte avec elle entre les buildings.

TROISIÈME PARTIE

I

Tout de suite j'ai pensé que la chambre était beaucoup trop luxueuse, ils avaient dû se tromper. Ça devait être celle de Fred.

J'ai posé ma valise et ouvert la fenêtre. À travers les cyprès, les murailles rouges de l'Alhambra et au loin les montagnes chauves et mouchetées de la Sierra Nevada. C'était magnifique. C'était aussi la première fois qu'on m'autorisait à quitter le pays depuis ma condamnation.

Au bout d'un quart d'heure, personne n'est venu réclamer la chambre et je me suis jeté sur le lit. J'eus envie d'appeler Lara pour partager ce petit bonheur, lui décrire les fauteuils en bois et les moucharabiehs qui filtraient la lumière du jour et dire enfin qu'on viendrait ici l'été prochain « si on était encore ensemble, bien sûr ».

Je pris une douche en essayant toutes les positions du jet, utilisai la moitié des échantillons de savon et de crèmes, et descendis dans le patio. Fred était déjà là et buvait un bitter Campari avec Carole, Michel et un commercial que j'appelais « eh ! » ou « dis-moi... » parce que son prénom m'échappait toujours. Je montrai les bassins et les galeries mauresques de cet ancien palais et fis une moue :

— Je croyais que les finances étaient à sec.

— Ah, ça, dit Fred, c'est dans le budget de l'année dernière... et puis, faut qu'on bosse dur.

Il éclata de rire.

— T'as vu la piscine ?

— J'ai oublié mon maillot, dis-je.

— En tout cas, je ne te prête pas le mien, dit Carole en faisant semblant de s'étrangler de rire.

— Tu sais bien que pendant ce genre de réunion c'est interdit, les maillots... enfin, pour toi.

— Ah non, moi, je ne reprends pas un bain de minuit à poil avec vous ! En Corse l'année dernière j'ai attrapé une rhino.

Ces vannes de collègues faisaient du bien : le monde avait l'air normal. Et puis ça faisait toujours un drôle d'effet de nous voir en short. Les autres arrivèrent. Les Américains venus de Redwood ressemblaient tous à des étudiants attardés, les Américaines avaient l'air d'être habillées pour une soirée au Moulin Rouge. Les filles avaient encore les cheveux mouillés, soigneusement brossés, et de légers hauts à bretelles qu'on ne leur connaissait pas.

C'était d'abord ça, un séminaire : la peau, les corps, l'intimité qui surgit soudain et la vague idée que cette intimité peut devenir plus intime encore. On ne côtoie pas chaque jour des hommes ou des femmes sans risquer de les trouver désirables. Même si au départ on les trouvait quelconques.

Ce soir-là, nous avons dîné à l'hôtel. Fred a porté un toast aux futurs succès de Focus, détaillé le programme des trois jours que nous allions passer ensemble puis chacun a rejoint sa chambre, épuisé par le voyage et pressé d'appeler mari, femme ou enfants. Seuls les célibataires ou les moins amoureux sont allés tester les bars de la ville.

J'ai zappé sur les chaînes espagnoles, regardé les infos de la nuit sans rien y comprendre. Le secret imposé par le beau-père à propos de Fred me pesait. J'ai relu le dossier bleu, complété mes notes, tenté de sentir à la fenêtre le fameux parfum des orangers et me suis mis au lit, la lettre de Lara posée sur la table de nuit. Il était tard et c'était bon d'être ici à Grenade dans l'ancienne ville des juifs et des émirs, du jasmin et des amandiers, cette ville dont selon moi la chair était blanche et le sang celui d'un fruit. Je me suis endormi dans ce rêve-là. Et dans celui d'y revenir avec Lara quand tout serait effacé.

Le lendemain matin, la présentation fut brève mais j'eus l'air de savoir ce que je disais. *Instant Billionaire* était en marche, Fred confirma que c'était le projet phare du groupe, que j'en étais le responsable, et je vis qu'on me regardait d'un autre œil.

On sonna l'heure du déjeuner et je descendis en ville avec un graphiste et la future productrice d'*Instant Billionaire*, une Américaine, débauchée exprès d'un groupe concurrent. Nous avons tourné un moment, cherchant l'exotisme le long d'avenues toutes semblables, puis avons mangé une pizza entre la Banco Popular et un mégastore où j'achetai un maillot de bain.

« Je suis sûre qu'il y a des quartiers plus *espagnols* », répétait l'Américaine plongée dans son guide. Elle était *Digital Marketing Manager Group*, un de ces métiers dont je ne cernais pas encore tout à fait le sens. Parmi les Américains débarqués ici, j'avais aussi rencontré un *Senior Trends Researcher*, une *Colors and Materials Designer* et une *PR Account Manager Group* qui me tannait déjà avec l'événement à organiser pour le lancement d'*Instant Billionaire* dans deux ans ! Je soutins à ma digital marketeuse que cette ville basse où personne n'allait — hormis justement les Espagnols — était le sommet de l'exotisme et repérai en rentrant une heladería sans cachet où j'irais bien ce soir.

Je me souviens que tout le monde était depuis longtemps assis et commandait de nouvelles bouteilles de vin andalou pour patienter. Je me souviens aussi des nappes en papier, de l'éclairage violent et du patron qui nous a demandé de parler moins fort. Fred tardait. Son assistante l'appelait mais il était injoignable. C'était lui qui avait réservé cette table dans un restaurant de la vieille ville. Nous avions fini par commander les plats quand Carole a levé la tête, plissé les yeux et crié : « Alexandra ! »

Elle était là au bras de Fred, expliquant que c'était sa faute, son avion avait du retard. Elle évita mon regard, embrassa ceux qu'elle connaissait, sourit aux autres et on lui trouva une place près de Fred. En s'asseyant, elle me fit un signe amical. Sans plus. Je me forçai à reprendre la conversation avec la productrice. Alex avait travaillé à Focus et connaissait tous les anciens. Elle était ici un peu plus que la femme de Fred et j'aurais dû me douter qu'il pouvait l'inviter. La surprise m'avait sans doute donné l'air sot. Sot et irrité qu'elle surgisse là où il y avait enfin un peu de paix et où seule Lara m'occupait. Je sentis pourtant mon sang battre plus fort et, pris comme par magie d'une nouvelle vigueur, je fis rire mes voisins, goûtai tous les plats et mangeai trop.

Sur le chemin du retour, fatigué de la regarder en évitant qu'elle ne me voie, je leur faussai compagnie pour boire un granizado à l'heladería. J'achetai en route des cartes postales dans une boutique pour touristes, écrivis à Lara, reprenant les propos du chauve, et peu à peu, dans l'ombre de ces mots-là, Alexandra me sortit de l'esprit.

II

C'est le dernier soir que les choses changèrent. Nous ne la voyions presque pas. Ni en ville ni dans les salons de l'hôtel. Fred était lui aussi moins présent et nous pensions tous qu'ils flânaient ensemble ou étaient enfermés dans leur chambre. L'emploi du temps s'était relâché, ces séminaires ne servaient à rien et chacun le savait. Entre deux séances de travail, je m'échappais dans les jardins du vieux palais arabe. Sous mes pieds poussaient l'herbe et les fleurs et les plantes grasses qu'abreuvait l'eau des bassins et je contemplais là-bas les montagnes qui se dressaient en vibrant dans la chaleur comme les hautes limites du monde, comme si les hommes avaient buté là et s'étaient arrêtés, effrayés, pour bâtir cette ville des confins bardée de croix et de clochers.

J'étais souvent seul mais le sentiment de solitude m'avait abandonné. Quand Lara appelait, je ne me plaignais plus. Je lui racontais ma journée, lui disais que je l'aimais et j'avais même trouvé le courage de lui dire la vérité : je voulais déménager, ne plus rien devoir à son beau-père, ni appartement ni travail, et quitter Focus pour monter ce jeu d'étudiant qui m'obsédait encore... Elle avait hésité et dit : « Si tu crois que c'est mieux pour nous, on fait ça. »

Depuis qu'elle était partie, nous n'avions jamais été aussi proches et cet amour m'accompagnait sans cesse dans les rues chaudes l'après-midi. J'oubliais ma peur, je respirais, et dans ce souffle le monde pénétrait à flots.

La solitude, ce n'est pas être seul avec soi mais être toujours hors de soi. Dans une vie qu'on espère ou dans une vie qui ne nous convient pas et qu'on s'acharne à vivre quand même. Dans l'inquiétude ou le désir du lendemain, dans celle des choses et des êtres, dans les masques qu'on porte au bureau ou à la maison. Elle est là depuis l'enfance. De tous les êtres, les enfants sont les plus seuls. Seuls quand ils attendent leurs parents dans leur lit, seuls quand ils obéissent aux maîtres ou enlèvent leurs coudes de la table, seuls encore quand ils vont à cette leçon de piano en rêvant de courir dans les rues. Je n'ai jamais été aussi seul que lorsque j'étais enfant.

Le business plan d'*Instant Billionaire* était déjà presque bouclé quand vint le dîner de départ. C'était une grande table en terrasse sur une place de la vieille ville. Autour dans les ruelles,

les bars débordaient de clients et de touristes, un verre de vin à la main.

Fred nous avait placés par groupes de travail (mon Américaine) mais à la fin du repas, tout le monde changea de chaise au gré des affinités. Certains s'éclipsèrent en donnant rendez-vous comme prévu dans la boîte de nuit où on devait se soûler pour clore par une gueule de bois ce fructueux séminaire.

L'Américaine partit, je fus seul un instant, regardai les touristes puis les étoiles, et quand je tournai la tête Alexandra demanda si elle pouvait s'asseoir à côté de moi.

— C'est beau, dit-elle en montrant les façades.

— Oui, je reviendrai.

— Moi aussi.

Nous contemplâmes patiemment les façades en question puis elle dit :

— Pardon pour l'autre soir dans la voiture. J'ai été un peu brusque. Tu m'en veux ?

— Non, tu avais raison.

Pour couper court, je demandai si elle avait aimé son séjour.

— J'ai visité les musées. Et puis je me suis pas mal promenée dans les rues. J'ai même pris un guide. Ça ne m'arrive jamais mais c'était vraiment intéressant.

Je fis mine de rire.

— Tu as réussi à traîner Fred dans les musées ?

— Non. J'étais seule. Enfin, avec le guide.

Je regardai Fred, à l'autre bout de la table. Il était très gai, entouré des jeunes graphistes ou programmeurs de Focus. Alexandra lui tournait le dos et me fixait toujours.

— Je ne comprends pas, dis-je.

— Moi non plus, je ne comprends pas. Je ne sais pas pourquoi il m'a demandé de venir. Enfin, ce n'est pas grave.

Il y eut un silence puis elle demanda :

— Tu la connais, la fille ?

— Laquelle ?

— Celle en blanc.

Je les regardai à nouveau.

— C'est Sophie. Elle est au marketing avec Jean.

— Et ça fait longtemps ?

— *Longtemps* que quoi ?

— Qu'il couche avec elle ?

Je dis que je ne savais rien et c'était vrai. Je dis qu'elle était nouvelle et je mentais. Tout le monde savait qu'il l'avait emmenée avec Jean à Copenhague il y avait plus d'un an, quand elle était arrivée, et qu'elle était partie plusieurs fois avec eux. Il y avait des rumeurs mais personne n'était sûr de rien.

— T'inquiète pas, dis-je, elle est sans intérêt. Y a rien entre eux.

— Tu la trouves belle ?

— Pas mal...

— Moi, je la trouve très belle, dit-elle.

Fred leva les yeux, nous vit et sourit. Un sourire amical. Et il reprit son show. Sur la place, le volume sonore était soudain monté après l'heure du dîner. Des enfants couraient, jouaient au ballon, les vieux avaient sorti des chaises et des touristes criaient en allemand, une bouteille de bière à la main.

— On bouge ? dit Alexandra. J'ai repéré un bar dans une rue plus bas. Tu m'accompagnes ?

Elle se leva et fit le tour de la table et mit ses bras sur les épaules de son mari et lui parla à l'oreille. Il me regarda et fit oui de la tête puis il l'embrassa. Quand nous passâmes derrière lui, il se retourna pour crier : « Vers une heure, une heure et demie, d'accord ? »

Nous avons dévalé un lacis de ruelles au pied des remparts de l'Alhambra. Plusieurs fois, Alex glissa sur les pavés et se rattrapa à mon bras puis elle s'y accrocha pour de bon. Elle tenta de me faire tomber à mon tour, elle riait. Ça ressemblait à un jeu mais quand je dus lui serrer la taille pour retrouver l'équilibre, tout s'envola. Les granizados, l'heladería et les mots d'amour au téléphone.

Nous fûmes en bas sous les réverbères orange de la ville nouvelle. Elle n'avait jamais trouvé son bar et tout à coup j'ai douté de son existence. Elle eut un drôle de ton :

— Qu'est-ce que tu t'imagines ?

— Je ne sais pas, dis-je. Mais je ne suis ni un

lot de consolation ni un instrument de vengeance.

J'ajoutai :

— Je crois que je vais rentrer même si j'ai très envie de t'embrasser.

Elle se tourna et approcha son visage du mien :

— Tu n'es rien de tout ça et si tu as très envie...

III

Je transpirais. La sueur me coulait dans le cou, le long des tempes, et les cheveux collaient à mon front. Alex, elle, avait toujours cette simple humidité qui lui couvrait la poitrine. Je ne voyais que ça, sa poitrine. Et ses yeux aussi. Ils ne me quittaient pas. Cela faisait presque une demi-heure que nous dansions face à face. Je lui fis un signe en entendant l'introduction de *Rapper's Delight.* Ce morceau durait plus de six minutes et je ne tiendrais pas. Elle continua de danser et je m'écroulai sur le canapé à notre table. De là, on voyait les lumières de la boîte de nuit et le visage des danseurs. Carole revint, me tendit une bouteille de Coca. Fred et les autres dansaient toujours, dopés à la vodka. J'observai Alexandra qui tournait sur elle-même en fermant les yeux. « Elle est belle, non ? » cria Carole. « Oui, elle est belle. » Elle sourit. Je me suis toujours demandé ce qu'ont les filles avec ça, cette question, « elle est belle, non ? », alors qu'elles connaissent la réponse. Seuls les hommes se trompent sur la beauté des femmes. Moi, j'avais renoncé à questionner Alex et à savoir ce qu'elle avait en tête. Il y a une semaine à peine, elle ne voulait plus me voir et ce soir elle s'était laissé embrasser. Elle était venue à Grenade en sachant que j'y étais. J'y penserais plus tard.

Je dansai avec Carole, avec Ingrid, avec Marc et Vincent, je dansai seul. Fred enlaça Alex, colla Sophie, nous rassembla au bar, fit rire tout le monde et commanda du champagne avant de dire qu'il rentrait se coucher. Il prenait un avion tôt demain matin pour une convention en Allemagne, bien plus tôt que celui qui nous ramenait tous chez nous. On trinqua à la réussite de ce séminaire, à l'Andalousie, à d'autres choses encore. Dans les bras de Fred, Alex me regardait et c'était comme un jeu entre nous.

Je fumais dehors à la porte quand ils sortirent. Je les vis parler près d'un taxi. Fred finit par y monter et la voiture s'éloigna. Alexandra revint, dit : « Bon, on y va ? » et m'entraîna à nouveau à l'intérieur. Je fus léger comme jamais, je dansai. Je la fis rire, me promenai avec elle parmi les tables, payai des verres, l'accompagnai aux toilettes. Le petit groupe qui était encore là savait que nous étions amis et que j'étais fidèle et qu'Alexandra l'était aussi. Un par un, ils rentrèrent se coucher, et le corps et le sexe et le désir d'Alexandra emplirent un peu plus l'espace. Nous fûmes bientôt entourés d'inconnus.

À présent, mes jambes dansaient sans effort et les mots futiles et tendres sortaient de ma bouche. Je la serrais contre moi sur la piste. Elle cria quand elle entendit l'introduction de *Smells Like Teen Spirit*. Nous fîmes aussi des gigues et des faux tangos jusqu'à tomber. Son corps baignait de sueur contre le mien, nous avions chaud et nous voulions la même chose. Bientôt nous fûmes presque seuls. Sa tête dans mon cou et ma bouche enfouie dans ses cheveux, il me sembla que nous étions des mains jointes. Jointes par un désir primitif et la plus ancienne des prières.

Elle marchait les chaussures à la main sur les trottoirs à damier et y sautait comme sur la marelle d'une cour de récréation. Je me souvins que la dernière case était celle du paradis. Elle rit. « Je n'y arriverai sûrement pas ce soir, dit-elle, j'ai trop bu. Mais je m'en approche, je m'en approche... » C'était la première fois que je la voyais si gaie, c'était une jeune fille.

Devant chaque hôtel, je pensais : « Entrons ici, prenons une chambre et elle retrouvera Fred au petit matin comme si elle avait dansé jusqu'à l'aube », mais elle s'engageait dans la rue suivante. Il y en eut d'autres, l'Alhambra Palace, la Casa Mario, le Reyes Católicos, et à chaque fois elle sautait joyeusement sur les pierres chaudes, faisait voler sa jupe, et je n'eus pas le courage.

Dans l'immense jardin près de la piscine, l'ombre noire des palmiers découpait les murailles de l'hôtel. Les lumières des chambres étaient éteintes. Nous avons fumé une dernière cigarette en silence. On dit que parfois on rencontre son ange ou son démon. Elle était le mien, les deux à la fois. Et nous étions plantés là, sans savoir que faire de nous-mêmes, sous la ramure des étoiles, à nous désirer l'un l'autre.

Brusquement elle se dirigea vers le patio et, au bas de l'escalier qui menait à sa chambre, elle se retourna, posa un doigt sur mes lèvres, dit : « Merci, c'était bien, c'était doux », et monta se coucher.

Seul dans ma chambre, je réussis enfin à m'endormir et rêvai que je rentrais chez moi. Enfermée dans la salle de bains, Lara prenait une douche. Je montais sans bruit dans la chambre pour lui faire une surprise et m'allongeais sur le lit en écoutant l'eau qui coulait dans la baignoire. J'attendais qu'elle monte, me découvre, et se jette près de moi en me serrant contre elle.

Mais elle ouvrait en bas sa penderie et peu de temps après je l'entendis :

— Je suis prête.

J'entendis alors la voix d'un homme qui sortait de la cuisine.

— J'adore cette robe, elle est nouvelle ?

— Oui, et je me demande bien qui me l'a offerte !

— Sûrement quelqu'un qui t'aime, un de tes amants.

Ils rirent et claquèrent la porte. De la fenêtre, je les observai s'éloigner dans la rue en se tenant par la taille.

La scène m'était familière, les mêmes mots, les mêmes blagues d'amoureux, mais je n'y étais pas. J'étais absent depuis si longtemps : elle m'avait oublié.

IV

C'est une petite pension sans charme mais fraîche, tout en carrelages bleus et blancs. Le lit est dur, la salle de bains est bricolée et un méchant tableau pend au mur mais à travers les volets mi-clos montent le tumulte de la ruelle et du marché tout proche.

J'y posai ma valise et m'endormis aussitôt la tête renversée dans ce bruit. Le matin en quittant l'hôtel, j'avais décidé de rester dans cette ville deux jours de plus, d'échapper au retour en groupe et à ce week-end qui débutait. Je n'avais ni travail ni famille à retrouver. Tout à l'heure, je retournerais à l'heladería écrire une nouvelle lettre. C'était mon seul projet, rien ne l'empêchait : j'étais heureux que la soirée d'hier se soit terminée ainsi. Seul dans ma chambre la nuit dernière, j'en étais venu à croire que si je pensais sans cesse à Lara, si je lui écrivais, si je l'aimais et le lui prouvais, alors une puissance supérieure et inconnue surgirait et nous protégerait.

À 14 heures, le portable me réveilla : « Je suis à l'aéroport devant un taxi, dit Alexandra. Je le prends ou je monte dans l'avion ?

Je regardai la salle de bains, le tableau, hésitai et dis « viens » en lui donnant l'adresse de la pension.

Je l'attendis sur la place du marché, jetai son sac en refermant la porte et nous tombâmes sur le lit, tous deux à bout de souffle avant d'avoir ôté nos vêtements. Je pris ses lèvres, elle prit ma langue et déboutonna sa chemise et fit glisser sa jupe dans ce drôle de mouvement de contorsion où contre toute logique les bouches restent collées. Je sentis qu'elle tremblait autant que je tremblais et que sa peau perlait de peur comme si nous allions coucher ensemble pour la première fois. Bientôt je fus nu moi aussi, mon jean retourné et poussé avec les pieds, et nos mains furent libres de nous fouiller et de se consumer. La rumeur de la rue s'éloigna d'un coup : nous étions là, les yeux perdus, enfouis dans le souffle de nos bouches et dans la salive et la sueur et les liqueurs âpres et violentes de nos corps. C'est à peine si je me souvenais du renflement de son sexe, de ses hanches si larges, de ses seins de femme, des cheveux tirés sur sa nuque et de son dos piqué de taches de rousseur. Comme si la nuit de l'hôtel Saint-Georges que j'avais mille fois revue n'avait compté pour rien.

Nous avons marché longtemps dans la ville, nous n'avions encore rien mangé et nous étions faibles quand le soleil disparut derrière le bord occidental du monde dans une épaisse ligne de sang.

Nous continuâmes à la recherche d'un restaurant mais aucun ne nous convenait. Ils étaient pleins, ou laids, ou vides.

Lorsque tout se fut éteint et que la lumière du crépuscule fut pâle et uniforme, je m'assis sur un banc, contemplai les façades des maisons inconnues, le déroulement infini des avenues que nous avions parcourues et me sentis soudain faible et comme traversé par mon existence. Incapable de rien contrôler. Alexandra appela sa fille. Je pensai un instant à Lara. Elle raccrocha, me vit et demanda ce qui se passait. « Je crois qu'il faut que je mange quelque chose », dis-je.

Elle me poussa dans le premier bar venu, commanda des tapas au jambon, des saucisses, des sodas, je repris des forces et nous montâmes, enfin apaisés, vers les rues tranquilles qui entouraient notre ancien hôtel. Bientôt, le long des jardins d'acacias et de noisetiers, entre les cyprès et les ormes qui bordaient le palais d'été, la nuit nous enveloppa et avec elle la douceur d'un ciel clandestin, un de ces ciels qui s'étendent sur ces régions de confins où les hommes viennent se cacher de Dieu.

V

Le lendemain, nous étions un couple en vacances. Elle commanda des *boquerones*, but du vin rouge et des cafés serrés, acheta des journaux qu'elle ne lut pas et finit par poser sa tête sur mon ventre, allongée dans un parc sous les palmiers. Le soleil faisait rissoler la ville, la vie semblait s'être retirée dans l'ombre des maisons, au plus profond des arbres et des bassins. La conversation s'est décousue et Alex s'endormit. Je contemplai longtemps l'arrondi de ses lèvres, la mince frontière de cheveux en haut de son front et ses paupières closes dans une absolue confiance. Elle avait l'air d'être là depuis toujours.

J'écrasai ma cigarette et basculai moi aussi dans une de ces siestes où on sent la terre s'ouvrir dans son dos.

En rentrant, nous rîmes quand une femme en collant et soutien-gorge ouvrit sa porte et jeta sans regarder une bassine d'eaux usées qui nous éclaboussa les chevilles. Elle fit demi-tour en gloussant, nous montrant des fesses gigantesques comme si c'eût été une blague à leur mesure. J'aimais cette absence de pudeur, ce débordement des cuisines et des passions, et j'éprouvais une joie enfantine à me promener au bras d'Alexandra dans ce pêle-mêle de ruelles et de voix.

Nous ne parlions jamais d'amour ou des raisons pour lesquelles nous étions ici tous les deux. Mais chaque fois que nous retrouvions notre chambre, à peine la porte fermée, nous nous jetions l'un sur l'autre comme deux amants séparés.

C'est dans un de ces moments-là que Fred a appelé. J'étais déjà sur le lit et elle à demi nue. Elle a regardé le nom s'inscrire sur l'écran, m'a regardé en haussant les épaules et a décroché. « Oui, tout va bien, mon chéri. Zoé est partie faire des courses au village et moi je traîne... Non, dis-moi... » J'allais allumer une cigarette mais elle me l'ôta des mains et finit de se déshabiller en lui parlant. Il était question d'un dîner. D'une main, elle a fait tomber sa jupe, ôté sa culotte et s'est avancée sur le lit, les genoux de chaque côté de ma poitrine et son sexe à quelques centimètres au-dessus de moi. Je n'osai la toucher. Je voyais s'élever l'intérieur de ses cuisses, le dessous de ses seins, le renflement de son ventre et sa bouche qui là-haut parlait à Fred. Elle répétait « oui, mon amour », me jetait un coup d'œil et semblait trouver là un plaisir nouveau et infini. Elle raccrocha, dit en riant : « Qu'est-ce qu'il est pénible », et s'assit sur moi en faisant basculer son bassin et en vidant ses yeux.

La nuit tombée, nous descendîmes boire un verre puis nous fîmes encore l'amour et nous repartîmes dans les rues sans un mot accrochés l'un à l'autre et on eût dit que nous étions mus par un ordre implacable et lointain. Sur une place de la ville nouvelle, il y avait une de ces fêtes de quartier organisées par la paroisse, un parti politique ou une association d'anciens. Une sono diffusait des chansons andalouses et de la pop espagnole. Devant un local éclairé au néon, des femmes faisaient griller des brochettes et des saucisses. Nous nous sommes assis en face, sur les marches d'un immeuble.

Longtemps, nous avons regardé la fête.

Alexandra dit que c'était bien parfois de ne rien comprendre à ce que les gens disaient, c'était comme une musique et on pouvait imaginer des paroles.

— Et tu imagines quoi ?

— Je ne sais pas. Des histoires d'amour, des disputes... Et toi ?

Je songeai à ce bout d'Europe où chacun est d'ici et où tout le monde est venu d'ailleurs. Un pays mille fois conquis et brûlé et reconstruit et encore démoli par d'autres envahisseurs plus puissants. « Un pays qui ressemble à ma vie », dis-je. « Et maintenant, à la mienne », répondit Alexandra.

Je la pris dans mes bras.

Pourquoi est-ce que je n'avais pas vu ça plus tôt, quand nous logions près de l'Alhambra ? « Il n'y a que des touristes là-bas, dit elle, alors c'est là-bas que tu es allé », et elle mit sa tête sur mon épaule.

J'embrassai ses cheveux et songeai qu'on ne voit jamais que ce qui nous sourit ou le chemin qu'on nous trace. Parfois, l'imprévu s'invite mais jamais pour longtemps, comme cette femme que je serrais contre moi et qui demain allait retrouver son mari et sa fille. Était-ce du courage de prendre un chemin de traverse, de la lâcheté ? Je ne savais pas, j'y penserais plus tard.

Nous avons erré sur la place parmi les stands. Dans un coin des ados fumaient, des vieilles sur leurs chaises en plastique regardaient les lampions et les hommes buvaient et s'agitaient et parlaient fort. On semblait nous éviter. J'aimais cette bonhomie et cette méfiance, cette joie de vivre qui se hâte avant que s'abatte la prochaine épée et que tout brûle à nouveau.

Nous décollions à l'aube mais au lieu de rentrer nous profitâmes de la leçon. Je retrouvai mes jambes et dansai avec Alexandra, une brochette à la main, jusqu'à l'extinction des dernières lanternes.

C'est en réglant son réveil à l'hôtel qu'elle

s'aperçut que son téléphone était saturé de messages. Cette fois, elle s'enferma aux toilettes pour les écouter puis se rhabilla et descendit dans la rue. Elle devait téléphoner et ne dit pas à qui. Quand elle revint s'allonger près de moi elle avait l'air bouleversé. « C'est rien, dit-elle, des histoires... » Elle se tourna vers moi, me regarda dans les yeux et dit :

— Promets-moi que, quoi qu'il arrive, quoi que je dise, tu ne m'en voudras pas. Qu'on sera toujours amis.

— Mais... on est plus qu'amis.

— Promets-moi.

Je promis.

Quand le réveil sonna, elle n'avait pas dormi.

VI

Au bureau, j'avais ce mail.

Monsieur.

J'ai bien eu votre message concernant vos ennuis avec votre patron. Je crois qu'il y a une solution pour régler cette histoire de sms. Il faudrait que j'en sache plus. Je suis en vacances jusqu'au 30. J'espère que ça peut encore attendre, contactez-moi à mon retour.

Cordialement.

Sabrina.

PS. Merci pour *Loves Lies* : j'y ai beaucoup joué. À quand la suite ? (s'il y a une suite ☺)

C'était le message d'une employée de Vodaphone que j'avais contactée. J'examinai son profil, ses amis, ses photos. Une femme de 35 ou 40 ans, sans année de naissance. Pas franchement jolie, pas laide non plus. Il y a trois heures, elle avait posté une vidéo d'Adele. Sur une des photos, prise par la caméra de l'ordinateur, elle posait souriante et entourée de deux enfants en bas âge faisant des grimaces. Derrière eux, le haut d'une armoire Ikea.

Je répondis : « Merci, Sabrina. Votre gentillesse me touche. Je désespérais. *Love Lies* II, c'est pour bientôt et il sera d'abord pour vous. Vous contacte le 31. »

Enfin une éclaircie. Je calculai le nombre de jours qu'il restait avant le retour de Lara. Ça irait.

La citation de Guitry que cette femme avait mise en exergue disait : « J'ai la prétention de ne pas plaire à tout le monde. » Et ça m'a plu.

VII

De haut infiniment la pluie tombe sur la ville. Je suis dans la foule, je cours, je pousse la porte, je suis en retard. Sabrina a commandé un verre de vin blanc et explique que rien n'est perdu d'un ton amical et professionnel : les serveurs ne conservent pas éternellement les messages non reçus, dit-elle, ça serait l'explosion, ils l'effacent automatiquement au bout d'un certain temps, un temps qui varie selon les opérateurs.

Nous comptons ensemble. Le sms sera automatiquement détruit dans huit jours à 18 h 17. La même heure que celle où je l'ai expédié.

J'inscris les jours du mois sur la nappe en papier du restaurant, je les barre, j'entoure celui où le message disparaîtra puis celui où Lara reprend l'avion. Je recommence deux fois et laisse tomber mon stylo.

— Mon patron revient deux jours avant, dis-je.

Elle me regarde, désolée.

— Y a pas un moyen de raccourcir la durée de vie du message ? dis-je. Je sais pas, des paramètres à changer ?

— Non. Ce sont les paramètres généraux de Vodaphone.

— Alors... alors c'est foutu, dis-je. Il rentre dans six jours et dans six jours et une heure je suis viré. Pour une connerie.

Elle réfléchit. Elle prit le stylo, entoura longuement le jour du retour comme pour en faire surgir un bon génie puis dit :

— Y a pas un moyen de le retenir là où il est, de le pousser à prolonger ses congés ? Je ne sais pas, lui faire passer un message. Il ne doit pas être totalement injoignable, c'est le patron, quand même. Et puis dites que vous vous chargez de la tâche pour laquelle il doit rentrer. Ou vous repoussez le rendez-vous qu'il a ici... Vous ne savez pas pourquoi il rentre ce jour-là précisément ? C'est bête... ça se joue à quarante-huit heures.

J'ouvris la bouche, les yeux, la fixai.

— Je n'y avais même pas pensé, dis-je. Le retenir... suis con.

— C'est normal. Vous ne saviez pas. On ne peut pas stocker pendant des années tous les messages en attente...

Et en voyant ma tête, elle éclata de rire.

— Je vous offre quoi ? dis-je. Un dessert, la farandole des desserts, une paire de chaussures, une combinaison de plongée, un saxophone ?

Je me levai, fis une petite danse. J'eus envie de l'embrasser. Il suffisait de retarder mon patron ! Nous élaborâmes des stratégies, divers mensonges, et finîmes par nous raconter nos vies. La nuit avançait, le restaurant s'était vidé, nous fûmes seuls et je lui dis la vérité. Lara, Alexandra, le message et mon cœur incertain.

— Je ne sais plus quoi penser. En rentrant de Grenade, elle est montée dans un taxi et m'a dit : « Surtout tu ne dis rien, même la tête sur le billot. » Elle a fait un signe de la main et a ajouté : « À bientôt peut-être et merci pour ces jolis moments. » *Jolis moments !* C'est dingue, non ?

— C'est pas le terme que j'aurais employé, mais elle est peut-être timide...

— Soit cette fille porte une armure, soit elle se fout de moi. Remarque, pour moi c'est pareil, depuis le début je ne sais pas si je joue avec elle ou si je suis sincère. C'est comme si je me laissais prendre au jeu et que tout devenait vrai pendant que je joue. À Grenade, j'ai eu l'impression que je l'aimais vraiment. Et puis en rentrant...

La pluie avait cessé, tout semblait lavé de cette poussière de l'été qui ternit les arbres et les rues.

— Chez moi, dis-je, il y a une photo de Lara sur le frigo. Un Photomaton qu'elle déteste et qu'on a pris ensemble dans une gare en Belgique. Dessus, elle rit parce que je fais l'idiot derrière le rideau. Je l'ai regardée rire et je me suis demandé ce que j'avais foutu pendant ce week-end. Et pourtant, avec Alex, j'ai envie que ça recommence.

— On est des animaux, dit la fille.

Elle me regarda dans les yeux :

— C'est puissant le sexe, tu sais. Et c'est vrai aussi. Faut pas sous-estimer ça, c'est aussi vrai et aussi fort que les sentiments.

Je fus surpris qu'elle soit si directe. Je n'avais jamais entendu une femme dire ça. Je commandai pour elle un autre verre de vin et revis le corps d'Alexandra, nue au-dessus de moi, quand elle était au téléphone avec Fred. Ça la faisait jouir, c'était sûr, mais je ne sentais pas le mal en elle. J'étais seulement en colère qu'elle m'ait quitté comme ça à l'aéroport et cette colère ravivait mon désir de la posséder plus entièrement encore. Qu'elle soit amoureuse de moi.

Nous parlâmes longtemps sur le trottoir mouillé. Elle avait défait ses cheveux et remontait régulièrement les mèches qui tombaient devant ses yeux. Debout face à elle, je vis qu'avec sa jupe stricte et son chemisier bleu pâle elle portait de grosses bottes marron en peau retournée, enfilées sur des jambes nues. Des bottes de lycéenne d'où jaillissaient des genoux puissants. C'était à présent une fille joyeuse et maladroite qui me parlait les mains dans les poches de sa jupe.

C'est toujours la même chose, pendant des heures ou des années on parle à quelqu'un et à l'instant où il va partir on le découvre enfin. Mais il est trop tard, on n'a pas été assez curieux. Je n'essayai pas de la séduire comme je l'avais fait sur le net pour la convaincre de venir ce soir.

Elle devait rentrer. En me quittant, elle m'embrassa sur la joue et ce fut le baiser le plus heureux de mon pénible été.

VIII

Lara fut si heureuse du message que j'avais laissé pour elle à l'épicerie que j'en fus désarmé. Elle avait cru à un accident et riait maintenant au téléphone. Mon plan pour la retenir s'effondra dans l'instant : « J'avais seulement besoin d'entendre ta voix », dis-je. Elle avait hâte de me voir, c'était dans pas longtemps.

Oui, dans pas longtemps. Je pensai aux quarante-huit heures et je me repris. J'étais heureux qu'elle rentre, heureux de la serrer bientôt dans mes bras mais ça tombait mal. On finissait *Opium* et je ne serais jamais à la maison avant tard dans la nuit. « On ne se verra pas, quasiment pas. Ça ne va pas durer longtemps, deux trois jours, mais il faut que je le fasse. Tu devrais rester un week-end de plus et profiter de la campagne. Je peux encore changer ton billet si tu veux. »

Mais rien n'entama sa gaieté.

Ce n'était pas grave. Elle avait des milliers de choses à faire et elle serait tout près de moi et elle m'attendrait dans le lit et on ferait l'amour quelle que soit l'heure... Elle s'arrêta, éclata de rire et je vis l'épicerie autour d'elle. Peut-être y avait-il quelqu'un qui comprenait ce qu'elle disait. Elle ajouta tout bas :

— Tu me réveilleras, hein, si tu n'es pas trop fatigué, promis ?

— Promis.

— Et on fera l'amour ?

Je distinguais clairement son visage, son sourire, le feu de ses joues et le cœur me manqua.

— Oui, on fera l'amour.

J'avais maintenant besoin d'un miracle pour qu'on le fasse vraiment.

IX

Dans certains quartiers, les gens galopent en traversant la rue pour éviter les voitures, dans d'autres ils prennent leur temps, sûrs de leur bon droit et l'esprit tout occupé par l'énormité de leur présence. C'était dans une de ces zones protégées, entre les bacs à fleurs et les grosses chaînes noires faussement anciennes que je trouvai le porche vert. Je fis le code et appuyai sur une des sonnettes, toutes anonymes : *AW-2G,* « comme *Andy Warhol, Deuxième Gauche* », m'avait dit, assez content de lui, l'homme au téléphone.

Accrochés au mur de la salle d'attente, au-dessous d'une série de diplômes, des reproductions de Warhol. Seule surprise, à côté du portrait de Liz Taylor, une litho de la série *Disaster.* Une chaise électrique sur fond rose. Tout allait bien. J'étais chez un professionnel.

Une femme me fit asseoir : « Il en a pour un quart d'heure grand maximum. » J'allais encore être en retard et la journée serait courte.

Demain c'était le bal et à 16 heures tout le monde quitterait le bureau. Deux jours qu'on ne parlait que de ça. Je n'étais pas encore passé chercher mon smoking, un smoking violet parce qu'à un bal précédent j'avais entendu Alex se moquer des hommes sans fantaisie.

Derrière une porte, quelqu'un parlait au téléphone. Ça devait être lui. J'ouvris un magazine de cuisine, lus quelques lignes du dossier *Tous des chefs* et le reposai en soupirant. Tous des chefs ! c'était rassurant. Ce matin, LVMH avait annoncé qu'il délocalisait une de ses usines et que personne n'y pouvait rien. Je songeai qu'un jour la holding qui contrôlait Focus me mettrait moi aussi en compétition avec des game designers de Bangalore ou d'Hô Chi Minh-Ville. Ce jour-là, je me mettrais à la cuisine. Et je serai enfin chef, ha ! ha !

— Trop de risques, dit l'homme. Ce n'est pas le genre de mission que j'accepte. Je ne peux pas sortir du cadre légal, vous comprenez ? Filature, protection, recueil d'informations, c'est sans problème. On appelle un ancien collègue aux cartes grises pour obtenir le nom de l'individu... Mais là, un cambriolage...

— Je ne vous demande pas ça, juste de fouiller pendant qu'elle n'est pas là, dis-je, trouver ce portable et me le rapporter.

L'homme se gratta le nez. Il l'avait épais et astiqué, un nez habitué au grattage.

— Fouiller, ça veut dire s'introduire illégalement dans un lieu privé et dérober un effet personnel. Effraction, plus vol. Si je me fais pincer je vais directement en prison sans passer par la case départ, hé ! hé !, et en sortant je perds ma plaque.

C'est bête mais pour moi un détective était une sorte de gangster déprimé, alcoolique et un peu ringard. Celui-ci était ringard, possiblement alcoolique, mais pas du tout gangster ni déprimé.

— Alors je fais quoi ?

— Je ne devrais pas vous le dire mais si c'est vraiment ce que vous voulez, il faut vous adresser à des gens dont c'est... (Il mima des guillemets)... le « travail ».

— Vous en connaissez ?

— On en connaît tous dans le métier. Mais là, c'est vous qui prenez les risques. Le premier c'est que le « travailleur » en question ne soit pas très « travailleur » justement... (Il se mit à rire.) Et qu'il disparaisse avec l'acompte que vous lui aurez donné.

Il fit une mine sinistre.

— Le deuxième, c'est qu'une fois sur place ça se passe mal et qu'il se fasse surprendre. Il y a des mecs réglos, mais on ne sait jamais comment certains peuvent réagir en cas de pépin. C'est pas des anges, hein ! Là, c'est votre femme qui est en danger.

J'examinai plus attentivement ce petit bonhomme tassé dans un blazer bleu marine et qui employait des termes de flic en service : délinquants, véhicule, individu... Il avait l'air aussi déplacé dans ce quartier d'architectes et de webmasters qu'une chambre de bonne non rénovée.

— Vous proposez quoi ?

— Si j'étais vous, dit-il, j'opterais pour une autre solution.

— Il n'y a pas *d'autre* solution !

Il leva la main pour me faire taire.

— Je sais, je sais ! Code PIN, code PUK, le serveur qui envoie le bazar quand on se connecte... vous avez un problème, disons « technologique », c'est ça ?

— Oui.

— Et vous voulez le résoudre en fracturant une porte avec un pied-de-biche ? Vous êtes drôle, vous... Allez, suivez-moi.

Nous traversâmes une cour et dans ce qui avait dû être un atelier ou une remise il me présenta deux jeunes gens penchés sur des ordinateurs. Chemise blanche à manches courtes, pantalon à pinces et jupe plissée, tous deux étaient brossés comme une paire de missionnaires mormons.

— Voilà Andy et Sarah, faites pas attention à la tenue débraillée.

Andy sourit, ça devait être la blague habituelle.

— Ici, c'est le *Nautilus,* reprit le patron. On surveille les PC et les téléphones portables de nos clients. Enfin, ceux des femmes ou des maris de nos clients ! Ou ceux de leurs employés, vous voyez, quoi... On implante dans leurs appareils des logiciels qui piratent en temps réel leurs boîtes mail ou leurs portables. Tout défile : on lit les textos, les numéros entrants, sortants, les mails envoyés et reçus, les *chat,* les photos et les vidéos prises par un portable... et on peut même les localiser sur une carte du monde avec un système GPS. (Il soupira.) Quand je dis « du monde », la plupart du temps c'est l'hôtel du coin ou la maison du voisin ! Mais bon, on a quand même eu des palaces à New York et des resorts aux Maldives.

Il prononçait *Nouillorque, rizorte,* et me faisait l'article avec l'œil d'un vendeur de détachant miracle. Il expliqua qu'au final c'était comme une caméra qui filmait en permanence l'écran de l'ordinateur ou du téléphone de la personne qu'ils surveillaient.

Je m'y connaissais un peu en informatique mais je n'avais vu ça que dans les séries. Je commençai par penser à moi : et si on m'avait piraté moi aussi ? Fred, le beau-père...

On pouvait même acheter ces logiciels sur le net, dit-il, mais ils étaient moins pro que les siens et il fallait s'en occuper soi-même, noter, surveiller. Un boulot à plein temps.

— Votre cas n'est pas banal, d'habitude c'est

le cocu qui vient nous voir mais dans le fond ça change rien : quarante pour cent des adultères commencent sur internet ou sur un mobile. Alors évidemment, tout le monde soupçonne tout le monde à un moment ou l'autre. Avant, on planquait et on prenait des photos de couples dans des voitures. Au pire on avait un petit bisou, mais là... non seulement on se casse plus le dos mais on en voit de drôles. Quasiment en direct. C'est fou ce que les gens sont imprudents. Dès qu'ils ont une caméra sur leur portable ou une webcam, ils peuvent pas s'en empêcher ! Enfin, les hommes... c'est toujours les hommes qui filment. Pas vrai, Andy ?

— Carrément, dit Andy.

Ils se mirent à rire.

— Enfin, vous c'est plus compliqué, reprit le détective.

Il redevint sérieux et me proposa un café.

— Beaucoup plus compliqué.

Je sentais qu'il allait me parler d'argent.

Il se balança d'un pied sur l'autre.

— Qu'est-ce que t'en penses Andy ?

— De quoi ?

— De supprimer un sms à distance sur un portable ? Un portable éteint et hors réseau, en plus.

— Hum, pas facile. (Andy se tourna vers moi.) Nous, on ne fait qu'enregistrer. Ce truc-là, dit-il en désignant son écran, c'est un clone de l'ordinateur ou du portable qu'on surveille, vous comprenez ? En gros, on s'introduit dans l'appareil, on balance dedans un mini-logiciel espion et ce mini-logiciel nous envoie une copie de tout ce qui se fait avec. Juste une copie.

J'ai pensé un instant que j'aimerais bien avoir une copie de tous les sms et des mails de Lara et j'ai trouvé ça moche. Moche et tentant.

Andy se gratta le nez, un tic corporatif sans doute, puis il dit :

— Y a peut-être un truc mais il faudrait que le téléphone soit allumé et sous réseau. Là, on lui balance par mms un logiciel virus qui s'active quand la personne veut le lire. Elle croit que c'est une photo ou un truc comme ça, elle l'ouvre... et ça pète.

— Ça pète ?

— Ça détruit toutes les données. Les photos, les numéros, les sms... Un virus quoi. Après, le téléphone est foutu, faut le savoir. C'est tout ou rien. Pas de bombardement ciblé.

Dans la cour, nous décidâmes que le meilleur moyen était de mettre dès demain le portable de Lara sous surveillance pour ne pas rater le moment précis où elle le rallumerait. Dans la seconde, je devrais envoyer le mms viral depuis mon portable. Il s'ajouterait en haut de la liste, bien avant mon texto à Alexandra. Elle ne se méfierait pas et l'ouvrirait en croyant lire un message de moi. Impossible de l'expédier avant, m'avait expliqué Andy, les serveurs des opérateurs détectaient les gros fichiers, spécialement les logiciels, et ne les stockaient pas plus de quelques heures.

Dehors, l'air était léger et dans une vitrine je vis ma silhouette améliorée d'un je ne sais quoi d'encourageant. Mais plus j'avançais vers la maison, plus elle semblait hésitante. Tant que je n'avais pas eu le choix, j'avais buté sur ce texto. Pour la première fois j'avais une solution et pour la première fois je me demandais si je l'utiliserais. Comme disait le chauve : moi, *je savais*, et ça nous tuerait tous les deux. Il était d'accord avec Andy : pas de bombardement ciblé.

X

Hôtels, week-end, dîners, l'argent commençait à manquer. Je versai sur mon compte ce qui restait de notre livret d'épargne commun. Sans compter le chèque que je venais de faire au détective, j'étais encore au-delà du découvert autorisé. À la banque le chargé de clientèle me tendit ma nouvelle carte de crédit et répéta qu'il la bloquerait si je ne « régularisais pas ma situation sous trois jours ».

Dehors je regardai dans la rue autour de moi comme s'il y avait un pot d'échappement sous lequel par magie j'allais trouver cet argent. Je n'avais pas payé les factures de l'appartement ni envoyé au beau-père le chèque du loyer que j'avais tenu à lui payer chaque mois.

J'entrai dans un café, commandai un Coca et comparai les prix à ce que je gagnais : une heure de travail pour un plat, vingt minutes pour un verre de vin. Le *New York Times* avait calculé qu'avec les mesures d'austérité un Grec qui boirait deux cafés par jour en terrasse à Athènes y laisserait plus de la moitié de son salaire. On y était bientôt.

Restait Fred et sa proposition. J'hésitais. Lara connaissait les défauts de son beau-père, son égoïsme, sa soif de pouvoir et d'argent, mais il avait sauvé sa mère. Sans lui, disait-elle, elle serait morte. Irina faisait encore de longues dépressions, surtout au printemps quand les jours rallongent et que la vie revient pour les autres. Le beau-père la soutenait, l'aimait. Toujours, il avait été là pour sa mère et avait recueilli Lara.

C'est tout ce que je savais. Elle n'en parlait pas ou s'arrêtait en disant : « Pardon, ça m'angoisse. » C'est pour ça, je crois, qu'elle partait chaque année, pour soigner ces angoisses-là. Si je trahissais le beau-père, je perdais Lara. Elle aurait peur pour sa mère et il fallait imaginer autre chose.

Au bureau, le nouveau de la comptabilité (*Chief Accounting Officer*) fut intraitable : impossible de me verser une avance sur salaire. Focus n'était pas au mieux en ce moment. Il replongea dans ses tableaux Excel.

En bas, Fred mima la surprise : « je croyais que tu n'étais déjà plus parmi nous », et insista : il voyait Elsen demain midi. Ça ne m'engageait à rien de l'accompagner. J'étais en position de force, j'avais conçu ce moteur qui générait les décors 3D. Il avait été déposé par Focus à qui j'avais abandonné les droits d'exploitation mais il mentionnait mon nom et rien ne pouvait se faire sans mon accord, l'unique précaution que j'aie jamais prise dans ma vie. Je dis que demain j'étais à la campagne chez les parents de Lara. C'était vrai. Fred prit son téléphone, sortit dans le couloir, revint en parlant toujours à son interlocuteur : « Ça me ferait plaisir que tu le rencontres... » Il me regarda. « Oui, il est là, je l'ai enfin sous la main, ha ! ha ! non, c'est pas facile mais il ne peut pas demain. On peut se croiser maintenant. À ton hôtel. » Il me fixa : « Maintenant tu peux ? » Je fis semblant de réfléchir et acceptai.

Une heure plus tard j'étais face à un petit basané qui n'avait rien de l'image que je me faisais des dirigeants danois d'Elsen. L'homme fut direct. Ouverture d'une division indépendante au sein de leur département jeux, liberté totale de recrutement, de décision et de création dans la limite d'un budget qui me parut énorme, actions, stock-options et royalties... en euros, ajouta-t-il sans rire. Le groupe se chargeait aussi de notre installation à Copenhague. En échange, Fred et moi partagions avec Elsen la propriété du moteur et je développais la nouvelle génération prévue pour Focus. Elsen prendrait en charge les éventuels procès que le beau-père ou les Américains pourraient nous intenter et qu'ils étaient sûrs de gagner. Il s'arrêta un instant, me fixa et annonça pour chacun de nous un revenu annuel qui aurait fait rêver un footballeur du Real Madrid. Enfin, presque.

Alors ?

Un silence. Fred et le petit basané me regardaient.

Alors... j'avais dans la main un bol de cacahuètes et j'eus le sentiment d'avoir trouvé ce trésor sous un pneu de scooter. Je rêvassai un instant à la vie que nous pourrions avoir et ne pus m'empêcher de sourire en revoyant ce con de banquier qui il y a deux heures menaçait de découper ma carte de crédit.

Le Danois posa un dossier devant moi.

— Je ne vous demande pas une réponse dans l'instant, mais nous avons besoin rapidement d'un nouveau moteur. Nous avons décidé que le vôtre conviendrait parfaitement à notre future stratégie. (Il tapota le dossier.) Nos propositions sont là, lisez-les tranquillement et faites-moi savoir.

— Quand ?

— Mercredi prochain. Je ne peux plus attendre. Un de mes collègues est en ce moment chez Oberon en Israël. Ils ont aussi un moteur. Si nous dites non ou ne donnez pas de réponse, il signera avec eux. Ça serait dommage. Si vous voulez venir à Copenhague ce week-end pour vous rendre compte, ça sera avec plaisir. C'est une ville très agréable, très vivante et créative.

L'homme nous raccompagna vers la sortie en décrivant sa maison tout en verre et en bois, les soirées au bord de la mer, l'école des enfants à quelques rues et les nouveaux quartiers de Christianshavn où ma femme trouverait facilement un atelier pour peindre. « Elle peint, n'est-ce pas ? »

Il était parfaitement renseigné.

Au-dessus des rues où se bousculaient les voitures, la lumière du soir teignait les toits et l'acier poli des immeubles de bureaux. C'était l'heure de la sortie. Dans le vacarme, le dossier à la main, j'imaginais Copenhague, ses vélos surtout, des milliers de vélos silencieux et puis un enfant très blond qui irait à l'école en pédalant la tête au vent comme dans un film de Spielberg. Tout semblait possible et peut-être qu'on deviendrait blonds nous aussi.

À la maison et comme fait exprès, je trouvai une carte postale de Lara représentant un autre paysage : un village dans la forêt et au loin des montagnes filant droit dans un ciel sans nuages. Au dos elle avait écrit : « Il est midi. Je mange des tomates séchées et je t'aime. Triste ou gai, c'est fou comme je t'aime et ça m'emplit totalement. Courage et baisers sur tes yeux fatigués. »

Je la mis dans la poche de ma veste contre mon cœur. Autant j'étais compliqué, lyrique, désireux de formules et de nuit, autant elle était directe et lumineuse. Je devrais lui parler de cet enfant et de Copenhague. Mais j'avais mieux à faire avec ce dossier.

XI

Irina passa me chercher à la boutique. J'y avais loué un smoking violet qu'elle trouva superbe. La clim de la voiture me fit du bien après l'agitation du jour. J'avais passé la matinée à dormir, l'après midi à terminer *Opium*, et la nuit précédente à étudier le contrat d'Elsen. Certains détails dictés par Fred m'avaient amusé. Alexandra, par exemple, décorerait les locaux de la nouvelle division « jeux ».

Irina prit mon silence pour de la tristesse. Elle mit un concerto de Chopin et trouva un sujet de conversation : le beau-père avait fait un effort surhumain, il était allé acheter chez le fermier des fruits qu'elle avait transformés en salade, mon dessert préféré.

J'étais heureux de quitter la ville et eux de m'avoir à dîner. Nous parlâmes osso bucco et légumes du potager, Irina donna des nouvelles de Lara qui avait appelé tout à l'heure. En servant le café, le beau-père voulut savoir où j'en étais de ce jeu qu'il m'avait confié et Irina en profita pour aller se coucher. On lui avait dit que j'avais fait *forte* impression à Grenade mais avais-je suivi les recommandations du dossier bleu ?

Je mentis.

En réalité j'avais survolé quelques pages. C'était une note d'intention destinée à un club d'influence nommé « Condillac ». Elle recommandait d'investir dans le jeu vidéo qui devait apprendre à « libérer l'initiative individuelle », « libérer le génie de chacun », « s'émanciper des conservatismes »...

En lisant ces formules creuses, j'avais revu mes parents attablés avec leurs amis. Eux aussi répétaient ce mot, *libérer*. Dans un sens différent. On avait tenté de m'expliquer : les ouvriers, les capitalistes, la société de consommation... mais tout s'était mélangé et dans mon cerveau d'enfant il n'était resté qu'une image. Une image d'autrefois.

La droite ressemblait à un lourd navire marchand sans fantaisie et sans crainte, chargé d'esprit de sérieux et imprégné de tragique. La droite disait : *les hommes sont ainsi, c'est l'ordre des choses, un sou est un sou*... La gauche, elle, ressemblait aux bicyclettes des vacances et à une tente plantée dans la luzerne. La gauche disait : *il faut libérer, soulager, alléger*. Avec elle on travaillerait moins, on s'entraiderait, on ferait l'amour librement et on brûlerait les soutiens-gorge.

À la fin de la soirée, mes parents riaient, se

disputaient ou s'embarquaient dans d'austères théories et je m'endormais sur la banquette du restaurant.

Puis ils avaient disparu, et je ne sais comment, tout s'était retourné. Les mots qu'on pêchait dans leurs bouches étaient devenus le nerf du négoce, du shopping et du bonheur de centre commercial : *flexibilité, allègement, libération, plaisir, révolution*... On éreintait *les vieilles habitudes, les carcans, les conservatismes, l'immobilité.*

Le bateau de commerce avait appris la légèreté. Il louait le changement, le renouvellement incessant des hommes et des marchandises et le profit immense du désir et de la pulsion. C'est sur son pont désormais qu'on enlevait son soutien-gorge et qu'on allait jouir. La gauche, elle, avait appris la lourdeur et le tragique et c'était elle qui freinait l'élan vers les paillettes et le bonheur instantané.

Chacun savait bien que cet allègement, cette libération étaient faits pour les loups, mais le moindre mouton rêvait aujourd'hui d'en être un.

Là était la défaite, dans ce rêve : la gauche avait perdu la bataille culturelle. La seule bataille qui compte. Celle qu'avaient menée mes parents.

Ce dossier bleu les aurait bien fait rire. Pas moi. Il était pour eux une deuxième tombe, plus profonde encore, et j'eus honte d'avoir accepté de la salir.

Allongé dans le lit de jeune fille de Lara, je m'endormis et rêvai que je rentrais chez mes parents. J'étais dans ma chambre quand soudain je l'aperçus, penché sur moi, en haut de l'armoire. Un despote immense et bienveillant me regardait.

Ma mère poussa la porte, elle était en colère : pourquoi l'avais-je laissé entrer ?

— Ce n'est pas moi, dis-je.

— Tu es grand maintenant, dit-elle, fais ce que tu veux.

Et elle redescendit au salon rejoindre mon père.

Il était toujours là, perché, et je compris que c'était lui qui désormais s'occupait de moi. Lui, qui régnait sur nos vies, soucieux d'assurer à chacun sa minuscule jouissance quotidienne pourvu qu'il ne fasse que *jouir*. Il était doux avec ses sujets et intraitable avec les autres. Un tyran qui ôtait les nerfs et maintenait les êtres dans l'enfance, façonnant leurs espérances et leurs désirs. Devant lui, je vis une foule innombrable d'hommes et de femmes uniquement préoccupés d'eux-mêmes et qui emplissaient leur vie et leur âme de plaisirs de pacotille. Ils avaient l'air paisible et j'allais les rejoindre quand mon père est entré. Il marchait vers moi les yeux fermés avec ce visage de cire qu'il avait dans son cercueil.

Je me réveillai en nage, terrifié, et descendis dans la cuisine.

XII

Irina était déjà debout. Elle avait fait du café et m'en versa un bol. « Je me lève toujours avant l'aube, dit-elle, c'est une chose que je n'ai pas réussi à changer. Mais c'est bien, tout est tranquille. » Je savais qu'elle parlait de ses années d'internement mais elle n'en dit pas plus. Irina ne se plaignait jamais et malgré les souffrances endurées voyait toujours la part heureuse des êtres et des événements.

Elle me proposa de ne pas attendre son mari et de rentrer en ville avec elle. Elle ajouta en souriant : « Si tu préfères, évidemment. » Je lui rendis son sourire : « Évidemment. » Cette complicité me touchait.

Sur l'autoroute, elle me demanda ce qui n'allait pas.

— Je ne suis pas aveugle, dit-elle. Lara non plus n'a pas l'air très en forme.

Je dis :

— C'est mon travail, je crois. Tout se mélange,

la famille, le bureau. Ça me pèse. Et puis il y a des tas de projets que j'ai laissés en plan.

— C'est bien... que ça te pèse. Tu n'es plus un enfant et Lara non plus même si on s'appelle tous les jours. Vous devriez partir, aller vivre ailleurs quelque temps. Maintenant tu gagnes ta vie et les choses s'arrangent avec le juge, non ? (Elle me jeta un coup d'œil.) Vous vous aimez toujours ?

— Oui.

Elle me déposa en ville et se pencha à la vitre :

— En attendant, viens ce soir, même si ce n'est pas très drôle ça te changera les idées. Et allez, t'en fais pas, la vie est longue. Les choses changent. Si on les fait changer.

Je n'avais jamais pensé à ça : la vie est longue !

Dans le bus, je songeai à la sienne, puis à l'image de mon père, à leur courage et leur optimisme, et je fus soudain plein d'une énergie nouvelle. Je m'étais trompé. Le beau-père avait raison, mon jeu d'étudiant était naïf et dépassé. Mes parents avaient combattu des dictateurs à casquettes ou des bourgeois à principes et je n'avais pas vu qu'une nouvelle génération de despotes avait endossé des costumes à la mode. Qu'ils étaient gentils et drôles et décomplexés. Ils n'avaient plus rien à voir avec les banquiers et les capitaines de mon jeu. Pire, je les avais laissés entrer dans ma vie, dans mon appartement, dans mon travail.

Par peur et par confort.

La peur nous convainc toujours de supporter *encore* ce qu'on ne supporte plus. Supporter *encore un peu.* Comme si ça pouvait changer par miracle.

Devant le miroir, en me rasant, j'allumai une cigarette et m'envoyai longuement la fumée à la figure. Il était interdit de fumer dans la salle de bains, et j'y pris un plaisir fou. J'en allumai une autre dans la chambre, interdite elle aussi, et en m'habillant passai en revue les événements de ces derniers jours. Le dîner, la jalousie de Lara, les hanches d'Alex, le sms, la mascarade de Grenade, la proposition du beau-père, celle de Fred et l'argent d'Elsen et puis Camille et son sac et cette actrice qui éclairait la ville. Toutes ces petites jouissances tyranniques, tous ces rêves qui me retenaient d'agir et d'aimer vraiment. Sur le réfrigérateur, j'entourai d'un cœur le visage de Lara et sortis sans vider les cendriers.

Je venais de décider que je ne ferais pas ce jeu, quoi qu'il m'en coûte, et je n'eus plus peur. Celui que je fabriquerais à la place les ferait pâlir. D'envie et de colère.

Cette aventure, cette *histoire* comme avait dit Lara alors qu'elle n'existait pas encore, m'avait mené ailleurs. Beaucoup plus loin que dans les bras d'Alexandra.

En arrivant au bureau, il y avait une petite enveloppe sur l'écran de mon portable. Le message, envoyé au petit matin, disait : « Besoin de te parler. Pour le smoking : tout sauf blanc ou noir, ça ne collerait pas. Serai en rouge explosif... en Grenade. »

Suivait un smiley, celui avec un clin d'œil.

Je crus d'abord qu'Alexandra s'était trompée de destinataire. La première phrase m'inquiétait et je tentai de décrypter la suite. Seule chose évidente, elle comptait danser avec moi puisqu'il fallait que les couleurs se marient.

Je dus me retenir pour ne pas lui répondre et me vis avec elle, cachés dans les jardins sombres du bal de l'Étoile.

XIII

Les premiers invités arrivaient quand je m'engageai avec Camille sur le tapis rouge.

Le hall de ce vieil hôtel particulier était planté d'arbres pour l'occasion, et on entendait l'écho des voix et les cris de surprise des nouveaux arrivants. En cravates et cols cassés, robes longues et épaules nues, ils s'apercevaient, s'embrassaient ou feignaient de s'ennuyer déjà.

Au bas du grand escalier Camille ralentit devant les miroirs, remit en place une mèche, vérifia le tombé de sa robe et effaça un pli sur la courbe de ses hanches. Elle voulait voir ça, le bal, et je lui avais donné le carton de Lara.

Elle s'était occupée de ma coiffure, de mes chaussures, de me faire rire et je me sentais beau. Personne n'aurait cru que nous venions de passer des heures à choisir ma chemise à fleurs orange.

À peine entrés dans la grande salle, nous fûmes repérés et entraînés vers un des buffets par les prétendants habituels de la Camille standardiste. Ils voulaient danser, faisaient des blagues idiotes, « tu m'inscris sur ton carnet de bal ? », et prétendaient surtout passer la nuit avec elle. Elle cria : « Oh, vous me lâchez là ! », et leur fit comprendre qu'elle n'était ce soir à la disposition de personne.

Elle regarda autour d'elle et je crus qu'elle était intimidée. Les lustres, le fané des moulures, la volée de portes-fenêtres ouvertes sur les jardins, rien ne ressemblait au monde auquel elle était habituée. Mais elle se pencha et dit : « J'en ai marre d'être toujours la seule négresse. Dans ce genre d'endroit, soit on me prend pour une fille d'ambassadeur, soit pour une pute. »

J'eus un peu honte, nous étions tous blancs et ça ne m'avait jamais frappé alors que je trouvais normal qu'il y ait des Noirs dans la rue.

— T'en fais pas, ce soir tu es ma cavalière. Sauf si Alexandra décide d'aller faire un tour avec moi dans le jardin.

Elle rit et dit :

— J'espère bien que oui.

Je lui avais raconté Grenade, le jeu, le beau-père et le sms de ce matin. « Bien fait pour ce gros dégueulasse », avait dit Camille à propos de Fred. Chaque jour, il l'appelait dans son bureau pour un rien et lui avait même proposé de l'accompagner dans une convention. Que tu te tapes sa femme, je vote pour... » Nous avions parlé d'histoires d'amour, de tromperies — en couchant avec moi elle avait trompé son petit ami —, et puis des fantômes affamés. J'en ferais un jeu et pourrirais celui du beau-père. Elle avait battu des mains et étalé sur mon visage un peu de cette crème qui retend la peau quand on n'a pas assez dormi.

Nous marchions un verre à la main parmi les groupes d'invités. La salle s'était remplie, la musique avait changé et on commençait à danser. J'avais vu que le beau-père, Irina et leurs amis se tenaient dans l'angle fermé sous la grande tapisserie. Ils ne bougeaient pas, on venait à eux. En approchant j'aperçus Fred. Elle aussi était là. Nos regards se croisèrent.

— Viens, on va les saluer, dis-je. Je suis obligé en tout cas.

— J'ai pas très envie, je suis standardiste, moi.

— Tu es une amie et je te présente. Une amie comédienne si on te demande.

— Comédienne ! encore moins.

— On ne te demandera pas. Ils sont trop bien élevés.

Irina, en effet, trouva aussitôt un sujet de conversation avec Camille. Fred feignit de ne pas la connaître, m'embrassa avec exubérance et fit rire de ma tenue : j'avais l'air de sortir d'un *Top of the Pops* des années 60. Alexandra ne se retourna pas, elle parlait avec un petit homme à la barbe soigneusement négligée. Au bout d'un temps infini où je ne sus que faire, elle feignit la surprise et me demanda des nouvelles de Lara.

Avant que j'aie eu le temps de répondre, l'homme dit : « Ah, vous êtes l'ami de Lara ! On était au lycée ensemble », puis il se retourna vers Alexandra : « Tu ne veux pas venir danser maintenant ? Danser, tu sais, le truc où on bouge son corps... » et il mima un déhanchement qui la fit rire.

Je me forçai à rire et dis : « C'est vrai, je danserais bien. D'ailleurs, tu m'as promis, non ? » et je montrai mon smoking violet.

« Si je t'ai promis... » Et elle m'entraîna vers les danseurs qui avaient maintenant dégrafé leur nœud papillon.

Après quelques banalités, elle se tut et se concentra sur le mouvement de ses pieds. Elle levait parfois la tête, me souriait, mais regardait là-bas le groupe où nous avions laissé Fred et le barbu. À la fin du morceau, je la raccompagnai et, pour ne rien montrer, j'invitai Camille sur la piste.

Il fallait laisser tomber. Ou simplement attendre, dit Camille.

— Ce n'est sûrement pas le moment : son mari est là, elle parle à ce type... C'est un acteur... mais si, on l'a vu partout cet hiver.

Je me moquai :

— Ah ! et il joue aussi dans un groupe de rock, non ? Et il monte des installations vidéo, c'est ça ?

— Tu ne crois pas si bien dire. Je ne l'avais jamais vu de près. Il est vraiment pas mal.

Elle vit ma tête et ajouta :

— Allez... laisse-la faire sa petite séduc. Tu ne peux pas débarquer comme ça et être tout d'un coup le centre du monde.

— C'est vrai, j'oublie à chaque fois... Mais le texto ?

— Attends deux secondes ! Elle t'en parlera. Et puis je suis là, t'es pas bien avec moi ?

Elle prit son air de peluche triste et je la fis danser et tourbillonner jusqu'à ce que la tête me tourne aussi.

La nuit était tombée. Nous nous étions rapprochés des portes ouvertes sur les jardins pour chercher un peu de fraîcheur et observer la salle. Après l'acteur, Alexandra dansait maintenant avec Fred, et c'était un crève-cœur. Ils étaient accrochés l'un à l'autre, les yeux dans les yeux, et leurs regards semblaient se dire tout ce que j'aurais voulu entendre.

Toute la soirée on m'avait fait des réflexions à propos de mon smoking violet et de ma chemise orange : c'était un bal costumé ? Au bras de Camille j'en avais rajouté, « elle préfère les hommes de couleur ! », mais à présent qu'elle était partie je me sentais ridicule. Je m'étais réfugié sur une des marches de la terrasse. J'allumais des cigarettes, les écrasais, faisais défiler les contacts de mon portable et j'aurais aimé que quelqu'un m'appelle. Même le chef comptable. J'aurais surtout dû rentrer mais je n'en avais pas le courage.

J'ai fini par me souvenir que je n'avais plus peur et par danser et crâner jusqu'à ce que la salle soit vide. J'ai même failli demander au DJ de changer de musique, ce qui est la preuve qu'on a vraiment raté sa soirée, pensai-je.

Dehors, des couples se souhaitaient bonne nuit, d'autres promettaient de se revoir très vite en sachant qu'ils ne le feraient pas. Je relevai le col du smoking et tentai d'éviter Zoé qui avait surgi au coin de la rue : j'en avais assez pour aujourd'hui.

— Tu réponds jamais au téléphone ? dit-elle.

— Ah... pas entendu.

— J'ai dû prendre un taxi pour venir te chercher.

XIV

Alexandra sentit ma présence et ouvrit les yeux.

— Ne t'inquiète pas, je n'ai plus mal, le médecin est passé.

Elle désigna un verre sur la table de nuit à côté d'elle, je le luis tendis et elle but en grimaçant. L'appartement de Zoé était silencieux, encore plein de cartons de déménagement, et allongée sur le lit dans sa robe de bal, Alexandra ressemblait à un objet qu'on venait de poser là au hasard. « Fais voir », dis-je. Elle posa le verre, roula sur le côté et montra son dos couvert d'hématomes.

— J'en ai devant aussi, et partout sur les cuisses...

— A priori rien de cassé, dit Zoé, mais le médecin a dit d'aller à l'hôpital faire une radio. Et à la police.

Alexandra se remit sur le dos et me regarda.

— Je ne veux pas porter plainte, dit-elle. C'est un fou dangereux. Il sait tout. Le Saint-

Georges, Grenade... tout. Flics ou pas flics, il te tuera, je le connais. Ou il nous écrasera. Tu as du sursis, non ?

— Trois mois.

J'eus peur. J'aurais dû penser à elle, à sa douleur, mais j'eus peur de retourner en prison. Et je ne comprenais rien, je les revoyais enlacés tout à l'heure en train de danser.

— Ils m'ont frappée devant chez moi...

— Comment ça, *ils* t'ont frappée ?

— C'est pas Fred, c'est deux types. (Elle souffla, prit sa respiration.) On dansait... j'étais fatiguée. Fred m'a dit : « Rentre, je dis au revoir et je te rejoins. » On avait chacun notre voiture. Ils me sont tombés dessus quand je me suis garée, juste devant chez moi. Ça a duré, duré.

Elle se mit à pleurer.

— Et puis ils sont repartis avec ma voiture et mon sac. Comme pour un vol. Mais je sais que c'est lui. Et ça le fait jouir j'en suis sûre, que je sache et que je puisse rien. C'est son truc, c'est un malade. T'es en danger toi aussi. Il trouvera un moyen de te faire plonger. Oh, je ne sais pas quoi faire... je suis nulle.

J'eus l'impression que ce n'était pas vrai et que ça allait s'arrêter. Elle voulut se moucher, mit la main sur ses côtes et Zoé partit chercher un autre antidouleur. Je n'osais pas la toucher ni poser de questions. Ça allait trop vite, je me voyais face à Fred, lui fracasser le crâne à coups de poing, à coups d'extincteur, acheter une arme...

Alexandra me regarda. Elle avait le visage défait, le maquillage et le nez qui coulaient.

— Pardon, dit-elle, je suis désolée.

Zoé revint, lui tendit une gélule et le verre.

— Désolée de quoi ?

— De t'avoir entraîné dans cette histoire. (Elle avala son médicament.) C'est moi qui lui ai dit pour nous deux. On s'est disputés avant-hier soir. Ça fait des années qu'on se dispute, mais là je supportais plus. J'ai fini par dire qu'il n'y avait pas que lui qui...

Elle bougea, fit encore une grimace.

— J'ai dit qu'il était juste bon à se taper des putes. Que moi au moins je couchais avec quelqu'un que j'aimais. Il m'a fait répéter et je l'ai redit. Il a demandé si c'était toi. J'ai dit non mais il a dit qu'il savait, il savait depuis Grenade. Il m'a giflée et m'a demandé de lui montrer mon billet d'avion, le billet de retour. J'étais censée être chez Zoé à la campagne. Je l'avais jeté, évidemment... Tu te souviens des messages sur mon portable le dernier soir à la pension ?

— Oui.

— C'était lui. Des insultes. Des menaces. Il me demandait de le rappeler et disait qu'il voulait te parler. Il disait des choses horribles sur toi, sur Zoé. C'est Zoé que j'ai appelée cette nuit-là dans la rue. Pour la prévenir, qu'elle ne lui donne pas l'adresse d'ici.

— Pourquoi tu m'as rien dit?

— C'était une connerie. Mais c'était moi qui avais pris ce taxi pour rester avec toi. Et puis il était soûl et je croyais que ça passerait, qu'il ne savait rien et qu'il bluffait pour que je dise la vérité. Toute la nuit j'ai eu peur qu'il t'appelle... et aussi les jours d'après. Mais il est trop fier. Si ç'avait pas été toi il serait passé pour un con et un cocu. Et puis il était pas encore sûr. Maintenant il sait. Et toi aussi tu sais.

Elle rit, se tordit en deux et toussa, les yeux exorbités. Mon cœur battait. Ce n'était plus la peur : elle venait de dire qu'elle m'aimait. Peut-être qu'elle lui avait dit ça pour lui faire mal. J'essayai de rester calme, d'avancer :

— T'as gardé les messages de menace?

— Les types m'ont pris mon téléphone. Ils cherchaient ça aussi, je crois.

Elle s'essuya la bouche. Je regardai ses yeux et j'eus l'impression qu'elle allait s'enfoncer sous l'eau.

Je voulus la retenir et poser encore des questions. Je songeai au texto d'hier. Elle l'avait envoyé cette nuit-là, celle de la dispute.

— Et le bal? ça avait l'air d'aller. Je vous ai vus danser ensemble.

Elle rit et se fit mal à nouveau.

— Il a fini par se calmer. Ce matin il s'est excusé. Son boulot le rendait dingue et il avait des choses à se reprocher lui aussi. Il a dit qu'il m'aimait. Qu'on allait partir vivre à l'étranger et tout recommencer. J'ai cru que c'était passé. Il a été gentil toute la journée. Il est même repassé voir ma robe, voir si elle m'allait bien. Et puis on s'est rejoints au bal... Il avait déjà monté son coup, le malade.

Réfugié dans la cuisine, je parlai longtemps avec Zoé, à voix basse. Alexandra s'était endormie. Nous écrasions nos mégots sur des sachets de thé, elle ouvrait la fenêtre pour aérer et allumait une autre cigarette. Je finis par tout dire de Fred et d'Elsen, de Lara et du texto qu'elle n'avait pas encore reçu et de cette obsession que j'avais pour Alexandra.

Elle dit qu'Alex lui avait parlé de moi il y a longtemps : « Tu venais d'arriver à Focus, je crois, mais tu étais déjà avec quelqu'un. » Elle me raconta leur enfance, leurs escapades et leurs rêves de grande ville. Et la difficulté qu'avait déjà Alex à dire les choses, même les plus heureuses. Avant, elle était libre, une liberté folle, obstinée, comme si elle avait peur qu'on ne la contrôle. « Ça l'a emmenée trop loin, dit-elle, je n'ai pas suivi et on s'est perdues de vue. Je crois qu'elle en souffrait. »

Elles s'étaient retrouvées quand elle avait rencontré Fred. Il l'avait aimée, équilibrée, elle s'était épanouie et aujourd'hui il l'étouffait. « C'était le même excès, dans l'autre sens. Elle s'est éteinte petit à petit. Parfois elle le sent, elle vient me voir, mais elle n'arrive pas à le quitter.

Elle a peur, je crois. C'est une forme de dépendance. Il ne la frappe pas, c'est la première fois que ça arrive. Mais j'ai toujours pensé que ça viendrait : il l'a soumise, c'est ça. Et la soumission, quand on commence, ça ne s'arrête jamais. Elle est passée d'un extrême à l'autre, elle est comme ça et je n'ai jamais réussi à la protéger. Je veux dire, à la protéger d'elle-même. »

Elle m'observa et dit : « Encore une chose. Je ne sais pas comment elle a fait pour surmonter ça, cette peur, et rester avec toi au Saint-Georges et à Grenade. Je ne sais pas. Mais c'était la première fois qu'elle avait ce courage-là. Écouter autre chose que sa peur. »

Il était tard et je m'allongeai sous une couverture à côté d'Alex.

Elle murmura :

— C'est toi ?

— Oui, c'est moi.

Et elle se rendormit.

XV

Le soleil tient la ville sous son genou. Il n'y a pas d'ombre et dans les rues c'est un troupeau de bêtes calcinées qui ne savent plus où s'abriter.

Je ralentis au coin de ma rue, examinai les voitures en stationnement. Toutes vides et sur les trottoirs des lycéens qui mangeaient leurs Pastabox. Évidemment, personne ne m'attendait pour me battre ou me tuer. C'est à l'étage, en mettant ma clef dans la serrure, que je sursautai : mon portable vibrait dans ma poche. Depuis l'aube, Fred tentait de me joindre sans laisser de messages. Cette fois c'était un sms : « Tu es où ? »

Je fis couler un bain froid, pris un sac de sport, y fourrai quelques vêtements, un livre et mon petit ordinateur puis débranchai le gros PC, ôtai le capot, le Pocket Media, et dévissai le disque dur. Je ramassai tous les disques externes et les clefs USB, les jetai dans la baignoire. Quand ils furent noyés, je les enfermai dans un sac-poubelle avec les pots de yaourt et les morceaux de pizza de la semaine.

Dans le placard je pris mon passeport, le disque qui contenait mon projet d'étudiant et la première version du moteur Unreal, cherchai le contrat d'Elsen et les dernières cartes de Lara puis refermai le sac et repris lentement le couloir tapissé de hautes étagères. Il y avait là tous les livres que je ne lisais plus, les disques que je n'écoutais plus, cette musique infiniment belle et aujourd'hui inécoutable. Il y avait là la colère et le bruit de mon adolescence et la révolte d'une époque révolue et désormais incompréhensible.

Il y a dans la vie quelque chose qui échappe et réduit les rêves d'autrefois. On rit, on danse, on s'installe et puis un jour on range le dernier CD qu'on écoutait avec passion et plus jamais on n'en achète un autre. Ça se fait comme ça, un jour ordinaire, sans intention particulière. À la place on écoute la météo pour savoir comment s'habiller et on se réveille des années plus tard sans savoir pourquoi on s'est laissé enfermer là.

Je regardai une dernière fois tous ces objets, dis « au revooooir » en imitant les adieux télévisés d'un ancien président et souris en claquant la porte.

Quelques rues plus bas, je jetai les disques durs dans une poubelle et descendis au parking pour prendre la voiture de Lara.

Je tournai un temps dans ce quartier lointain

où je m'étais égaré avec le chauve et pris une chambre au dernier étage d'un hôtel pouilleux. Des lits jumeaux, un lavabo, une ampoule nue au plafond et une armoire sans porte. J'ouvris les volets, regardai en bas le canal se perdre entre les immeubles aux fresques déjà fanées, écoutai les enfants crier dans le square puis m'allongeai sur un des lits et respirai enfin.

Tout s'apaisa.

J'étais loin, en sécurité dans ce faubourg où personne ne possède rien d'autre que ses bras.

Le jour baissait quand je me suis réveillé. Tout avait changé. La chambre était triste et la fenêtre donnait sur un ciel vide. Fred avait continué à appeler et à raccrocher, régulièrement, toutes les demi-heures. Puis il avait écrit : « Parlons, c'est notre intérêt à tous les deux. Demain 9 h 30 chez moi. »

Pas un mot d'Elsen, il était trop malin pour ça.

Je savais ce qu'il voulait me proposer : le programme du moteur en échange de son silence à propos d'Alex. Il me laisserait Lara et filerait à Copenhague. Si j'acceptais, il pourrait encore se venger quand il voudrait. Dans un mois ou un an... Mais il n'était pas bête et avait sûrement des garanties à m'offrir.

Il fallait trouver un moyen de le coincer.

Je relus en détail le contrat d'Elsen mais sans sa signature ça ne valait rien. Je jetai mon mégot dans l'eau du verre à dents et la vidai dans la gouttière. Ces dernières années, j'avais imaginé des dizaines de scénarios dont les héros étaient traqués. Juste avant de se faire tuer, ils trouvaient toujours une arme cachée ou une porte dérobée dans une falaise. J'y avais cru et des milliers de personnes y avaient cru, mais ce soir j'avais beau chercher, je ne savais quoi faire.

À part boire ou me défoncer.

J'ouvris mon sac, contemplai tout ce qui me restait, mon petit ordinateur, le disque dur et les cartes postales de Lara. La dernière était signée d'un cœur et je me mis à pleurer.

XVI

Je réussis enfin à joindre Camille. Elle venait de quitter le bureau et allait dîner et dormir chez son frère, mais elle était d'accord pour m'accompagner si je faisais le taxi. Je notai l'adresse, lui donnai rendez-vous plus tard et me garai en bas de chez Zoé.

L'ambiance était gaie. On aurait dit qu'elles vivaient ensemble depuis toujours. Elles avaient déjà dîné mais avaient gardé pour moi du fromage et de la salade.

Je me suis mis à table, elles se sont reversé du vin et nous avons parlé de choses sans conséquence. Parfois Alex demandait qu'on arrête de la faire rire, elle avait mal, puis elle riait de plus belle et j'en ai oublié Fred. Ce soir-là, j'eus un instant le sentiment que nous vivions tous dans cet appartement en chantier. Ou que nous étions des amis en vacances. Je blaguai avec Zoé, débarrassai et l'aidai à faire la vaisselle. Alex fit la conversation et après le café Zoé partit se coucher.

Je ne sus plus quoi dire et me calai contre le plan de travail. Alex se leva, fouilla dans un placard, dit qu'elle avait trouvé les tomates cœur de bœuf au marché d'à côté, referma le placard, en ouvrit un autre, parla encore du marché, s'arrêta et dit :

— Tu viendrais avec moi dans le Sud ?

— Je ne sais pas...

— Ils ont des tomates aussi... (Elle éclata de rire.) J'ai décidé d'aller chez une amie. Elle a une maison, un club de voile. Elle loue des petits bateaux aux touristes.

— Tu y vas pour les vacances ?

— Pour vivre quelque temps. Elle m'a dit qu'elle n'avait pas besoin de moi, je ne connais rien à la voile, mais qu'elle pouvait m'héberger. C'est bientôt la fin de la saison. Va falloir repeindre, retaper. Tu es le bienvenu si tu veux.

Elle avait dit ça d'une traite comme si elle n'était pas sûre d'aller jusqu'au bout.

— Tu as peur ? dis-je.

— Non, c'est fini. Je quitte Fred. Pour de bon cette fois. Il voulait qu'on parte... eh bien, c'est moi qui pars et il ne me retrouvera pas.

Elle s'appuya à côté de moi sur le bord de l'évier et regarda devant elle.

— C'est juste une proposition, dit-elle. Au cas où toi aussi tu voudrais t'en aller.

— Fred ne me fera rien. Je me défendrai, je ne sais pas comment mais je trouverai.

— C'est pas à ça que je pensais. Je me disais... enfin, ça me plairait que tu viennes.

Elle ajouta :

— Ça me plairait vraiment.

Je me suis tourné et approché d'elle jusqu'à la toucher. Elle avait toujours les mains cramponnées au bord de l'évier et la poitrine en avant comme si elle allait tomber puis elle baissa la tête. Je posai mon front contre le sien et elle murmura : « Je n'ai jamais su parler de ces choses-là. »

J'ai vu sa jambe se lever et frôler la mienne. Mon cœur battait comme une houle. Il me semblait entendre le sien. Je n'avais pas répondu à sa question : j'étais ailleurs. J'étais là, dans ses bras.

XVII

Je saluai le vigile derrière sa vitre sans tain, collai mon badge contre le tourniquet et nous prîmes le couloir qui menait à mon bureau.

Je savais qu'il nous suivait sur ses écrans de contrôle.

Camille avait cessé de se plaindre qu'il était tard et s'assit à côté de moi quand j'ouvris ma session. Elle avait posé un dossier à côté du clavier et quand la machine lança le programme, je l'envoyai chercher des DVD, des disques durs puis des CD-ROM pour que l'homme s'habitue à la voir se déplacer entre les bureaux vides. Ça n'était pas la première fois que je venais travailler en pleine nuit mais les vigiles changeaient souvent. Mieux valait être prudent.

Au bout d'un quart d'heure, je mis mon kit mains libres, Camille mit le sien et je l'appelai. Je parlai, fis un geste pour désigner l'étage supérieur. Elle se leva à nouveau et monta les escaliers vers les bureaux de la maintenance. J'activai une des scènes érotiques d'*Opium* sur mon écran, la fis glisser sur l'écran latéral, plus large, et ne gardai sur le mien que les commandes et les fenêtres de dialogue. La caméra était loin dans mon dos mais le vigile avait vue sur la fille que je faisais se déshabiller et se rhabiller juste avant l'instant crucial.

Mes gestes ne devaient pas trahir ma conversation avec Camille qui était arrivée là-haut.

— J'ai essayé tous les tiroirs, dit-elle, ils sont fermés. Je ne sais pas où le type met les clefs.

— Il n'y a qu'une seule clef qui commande tous les tiroirs. C'est pareil partout. Elle est toute petite. Pot à crayons, sous la lampe, le panier à formulaires...

— J'ai déjà regardé, je suis pas conne.

— Cherche encore. Derrière la chaise, y a des dossiers sur un petit rebord. Les gens planquent leur clef tout près de la porte, c'est la règle.

— Ou ils l'emportent avec eux !

— Non. Les types de la maintenance, ils tournent. Y a pas dix mille clefs, c'est interdit de faire des doubles. Et le remplaçant doit pouvoir la trouver sans problème. Si dans trois minutes tu ne trouves pas, tu prends un dossier sous une pile et tu redescends.

— Ok, chef. Mais bon, je suis pas une héroïne du *Da Vinci Code*, moi.

— Et moi, je vais pas pouvoir prolonger indéfiniment le strip-tease de la grosse espionne.

— T'as qu'à passer à l'acte.

— Y a pas d'acte, Camille, c'est pas un jeu porno. Ça s'arrête avant.

— C'est nul.

J'entendais sa respiration et des bruits métalliques, elle fouillait encore.

— J'ai un peu les jetons, dit-elle, j'ai l'impression d'être dans un film mais y a pas de musique.

— C'est un film muet. Alors prends ton temps, tout va bien.

Je tirai vers moi mon clavier, vis un stylo qui avait roulé dessous. J'étais toujours contrarié par ça au bureau, des choses idiotes comme la disparition des stylos. Je dis :

— Le clavier, Camille, sous le clavier... la clef.

— Je l'ai. Y en a plusieurs.

Quand elle revint j'étais debout et nous sommes allés à la cafétéria. Comme prévu, le vigile est venu prendre un café lui aussi, histoire de parler. Il nous plaignait, mais bon, c'était le taf. Lui, il devait faire son tour. Je lui demandai quand il finissait. Dans une heure. Et ça faisait six heures qu'il était là. « Ça fait long », dit Camille. « Long et mal payé », dit le vigile qui partit inspecter les locaux en traînant les pieds.

Dans le trousseau, je trouvai la bonne clef du premier coup, ouvris le bureau sans allumer, confiai à Camille le papier que m'avait donné Alex et quand elle s'installa devant l'ordinateur de Fred je ressortis en jetant un œil à la grande photo encadrée au mur. C'était Alex et Lara, de dos dans des fauteuils, sur une terrasse de la maison que nous avions louée un été à Spetses. Elles regardaient la mer et un ferry qui partait. Un temps ancien où nous étions deux couples d'amis.

Sur mon ordinateur, je modifiai un détail de la dernière scène d'*Opium* en me réjouissant de leur surprise, mais Camille ne trouvait toujours pas malgré les mots de passe qu'Alex avait notés en s'appliquant. Elle avait dit : « Rien de sûr. Fred les a peut-être changés ce matin mais il utilise tout le temps les mêmes. »

Le vigile allait bientôt se demander pourquoi j'étais seul depuis si longtemps. Le premier code n'avait pas posé de problème, Camille avait ouvert une session. Elle avait aussi cracké le *private* de Fred mais certains dossiers et les mails étaient toujours verrouillés. Elle ne parvenait pas à les copier sur mon disque dur.

Il y eut au loin des éclats de rire et des saluts. Le vigile accueillait son remplaçant et dehors la nuit tournait au gris au-delà des tours. Dans moins d'une heure les portes ouvriraient.

— Essaie encore, dis-je, tu as bien tapé le numéro du mois après chaque mot de passe ? 08... août...

— J'ai même fait juillet au cas où. Rien.

— Je te mets en attente, j'appelle Alex.

Alex s'était endormie chez Zoé. Elle n'avait

pas d'autre idée. On avait essayé toute la liste. Avec et puis sans le numéro du mois en cours. Le premier mot de passe était bien Alex08. Ensuite rien ne s'ouvrait. Dates et lieux de naissance, noms, prénoms, surnoms, marques de voitures, numéros divers et même les réalisateurs préférés de Fred qui leur avaient longtemps servi quand ils travaillaient ensemble. Elle ne sut quoi dire. Je raccrochai et perdis en même temps Camille.

Je regardai le stylo sur mon bureau et me répétai : chercher tout près. On pense d'abord à ce qu'on a sous les yeux, on désire ce qu'on a sous les yeux. Fred était tombé amoureux d'Alex quand elle était son assistante. Il y a quelques années, quand j'enquêtais pour un jeu, un *profiler* m'avait répété : « La première victime d'un tueur en série est toujours la fille de la maison d'en face. » Il avait ajouté : « L'obsession se cache tout près et les secrets crèvent les yeux. C'est pour ça qu'on ne les voit pas. »

Les vigiles faisaient un tour ensemble. J'attendis qu'ils prennent l'escalier et filai dans le bureau de Fred. Camille allait renoncer. Je m'accroupis près d'elle et tapai « Spetses » sur le clavier. Toujours rien mais j'étais certain que c'était là. Je rappelai Alex.

— Tu te souviens du nom de la maison à Spetses ?

— Je ne sais plus, Argonautes ?

J'essayai avec toutes les orthographes possibles. Ce n'était pas ça.

— Et le restaurant où on allait ?

Même chose.

Il y eut un silence. Je dis à Alex : « On rentre. »

Mon idée n'était pas la bonne et il faudrait que j'aille voir Fred à neuf heures et demie. Il avait gagné. On entendit les vigiles arrêtés au bout du couloir. Ils parlaient d'horaires et de relève. Il faisait jour et Camille me regarda effrayée. Fred nous enverrait les flics et porterait plainte. Effraction, tentative de vol de données.

Je pensai au *profiler* : « ... Ce qu'on a sous les yeux » et tournai une dernière fois la tête vers la photo, Spetses, la mer, les Argonautes, les nuques de nos fiancées, Alexandra, Lara... et mon cœur a bondi quand j'ai tapé « Lara08 ».

XVIII

Je connectai le disque dur à mon ordinateur et mentis à Alex : j'avais seulement mal orthographié Spetses. Elle se recoucha avec Camille qui avait ri tout le voyage en répétant : « Lara, Lara08, c'est énorme ! »

Zoé m'apporta un bol de café.

Je fouillai les dossiers et les mails de Fred. Zoé revint et me massa les épaules. Elle n'avait pas l'air surprise par ce mot de passe. Fred avait connu Lara bien avant moi. Il avait d'abord été l'assistant de son beau-père et elle le connaissait depuis l'enfance.

— Toutes les filles ont un faible pour ça, une admiration. Le jeune assistant. C'est normal, dit-elle.

— Ça me dégoûte, tout me dégoûte, même moi...

— Menteur. Tu es juste jaloux.

Elle ôta ses mains de ma nuque, se pencha pour me regarder en souriant.

— Et même s'il y avait eu quelque chose...

admettons qu'il y ait eu quelque chose... t'es mal placé pour leur en vouloir.

Je la fixai.

— Tu sais quoi au juste ?

— Je ne sais rien.

Elle avait l'air de dire la vérité.

— Et Alexandra ? elle sait quelque chose pour Lara et Fred ?

Elle posa son café et sortit de la pièce. Je la suivis dans sa chambre. Elle bouclait ses sandales et je reposai la question.

Elle s'énerva.

— Je ne sais rien ! Tout ce que je sais, c'est qu'Alex pense à toi maintenant, aujourd'hui, comme elle pensait à toi quand elle t'a rencontré. Au lieu d'être clair, tu fais un caca nerveux pour un mot de passe qui ne veut peut-être absolument rien dire alors qu'il y a deux heures tu étais ici avec elle dans un lit. Au fond tu te fous de Lara et tu te fous d'Alex...

— Mais non, simplement, je ne sais plus où j'en suis...

— Ah, mon pauvre ! Et Alex, tu t'es demandé si elle sait où elle en est ? Elle vivait sa vie. C'était pas bien gai mais au moins elle ne se retrouvait pas à l'hosto. Et là, tu débarques avec ton message de bouffon : « Allô, c'est moi qui vais changer ta vie. » En fait t'as fait : « Salut, je te veux », comme chez le marchand de bonbons...

— Ah ça va, hein !

— Me fais pas la leçon, toi et tes théories sur les gens et l'amour qui n'est pas un objet de consommation... tu parles !

Elle fit un geste de la main pour me dire qu'elle en avait assez mais je voulus encore me défendre.

— Je savais pas pour Alex...

— Tu ne sais rien, jamais, tu ne vois rien. Je vais être claire : avant d'emménager avec Fred, elle habitait un appartement dans un quartier pourri juste parce qu'un jour tu lui avais dit que tu aimais cet endroit.

Elle se leva, se planta devant moi les yeux pleins de colère :

— Et puis ça suffit ! Vas-y, trouve-le ton mail, sauve ton couple si tu peux encore, mais sois sincère avec toi-même, ou au moins avec Alex. C'est plus une petite fille, elle s'en remettra, si elle a osé une fois avec toi, elle osera avec un autre. La seule chose positive dans l'histoire c'est qu'elle se tire enfin de chez ce connard. En attendant, laisse-moi, je dois aller bosser.

Elle me chassa de la chambre et j'entendis la porte de l'appartement se refermer.

Je me rassis devant l'ordinateur. Elle avait raison, être sincère, mais je ne savais toujours pas ce que je ressentais. Jaloux ? amoureux ? consommateur de corps et d'émotions ? tout en même temps ?

La seule chose certaine, c'était que je devais

neutraliser Fred, arrêter cette machine que j'avais mise en marche. Je replongeai dans ses dossiers et cessai de penser pour n'éprouver nul regret, nul remords. Et qu'au moment de l'abattre ma main ne tremble pas.

XIX

L'aéroport brille comme un navire sous la pluie et c'est à peine si on voit les feux des avions. Dans la passerelle d'embarquement, tout le monde a peur et des ados rient trop fort. L'eau a inondé on ne sait comment le tapis antidérapant. Une mère serre contre elle son bébé, l'homme en chemise devant moi sent la sueur et un autre fait tourner les mails sur son BlackBerry.

L'hôtesse vérifie mon coupon, je veux rebrousser chemin mais il est trop tard, je suis embarqué. Je n'ai plus qu'à parier que ça marche, et qu'au bout il y ait une infinité de bonheur.

Comme Descartes j'ai toujours cru que la terre nous appartenait, et le ciel et la mer, mais je n'en suis plus certain. Tout m'échappe. Jusqu'à cet orage qui frappe les hublots et a rétréci l'espace autour de la carlingue glacée. Le commandant annonce que le départ est imminent.

Je sors une dernière fois mon portable pour l'éteindre, toujours pas de message.

Ce matin à 9 h 30 j'ai envoyé à Fred un sms qui disait seulement « Lara08 ». Il a répondu par un point d'interrogation et ajouté : « Comme d'habitude tu es en retard. Je t'attends. » Pour lui montrer que j'avais des preuves de sa trahison, j'ai alors recopié un numéro de compte à Malte, trouvé dans son disque dur, et sur lequel une filiale d'Elsen lui avait viré 100 000 euros. J'ai ajouté cette phrase : « Je sais tout, tu sais tout, et on oublie tout. Ok? » Cet idiot était tellement sûr de lui qu'il avait ouvert un compte au nom d'une société dont il était le seul gérant! Ça n'avait pas été long de le retrouver sur le net.

Toute la journée j'ai attendu un « Ok » ou un « Va te faire foutre », mais rien. Il devait mettre en place une autre stratégie et ça m'inquiétait presque autant que ce décollage.

Il y eut d'énormes sacs de pluie, les moteurs sifflant dans le vide et des aplatissements soudains, tout le monde semblait prier. L'avion secouait ses passagers et nous étions comme des pierres, puis il y eut des trouées de bleu entre des falaises de nuages. Je cessai de guetter les bruits de la carlingue en croyant voir enfin le soleil mais bientôt nous frappions une autre masse aveugle et ça n'en finissait pas. On apercevait un instant l'extrémité de l'aile où un flash clignotait, et l'instant d'après une laine sombre et follement agitée frottait à nouveau les hublots.

L'avion vira, une fois, deux fois, je comptai les secondes. Le moteur parut s'arrêter et je retins mon souffle, puis le soleil illumina d'un coup la cabine. Il faisait beau et les gens se remirent à parler.

Nous étions dans l'air transparent. Audessous, comme un tapis piétiné, des Everest de nuages et des glaciers bleutés dérivaient dans le ciel. Parfois, les cimes s'entrouvraient et on apercevait alors des effondrements gigantesques, des éboulements bourrés de suie noire et parcourus de foudres et d'éclairs argentés. L'orage n'était plus pour nous.

Les hôtesses se levèrent et la mécanique du vol se mit en place. Détail du trajet, vitesse, altitude, heure des repas... on occupe, on remplit le vide. Le commandant parla lui aussi, et nous souhaita bon voyage. Quel que soit l'avion il a toujours cette voix calme et lointaine et on s'en veut presque d'avoir eu si peur alors qu'il était là. L'homme à côté de moi ôta son petit bonnet, le posa sur ses genoux et ferma les yeux.

Je finis par obtenir une couverture, abaissai mon siège et me laissai aller au ronronnement des réacteurs. Quelque part sous nos pieds il devait y avoir des routes et sur l'une d'elles, une auto qui emmenait Alexandra et sa fille vers le sud.

En me voyant ce matin, elle avait compris que je ne viendrais pas. La veille, alors que nous étions dans son lit, je lui avais tout dit du texto mal adressé et des manœuvres de Fred avec Elsen. Tout dit aussi du petit hôtel que j'avais pris, autant pour fuir Fred que pour fuir l'appartement que j'habitais avec Lara. Pendant des années, avais-je dit, je m'étais acharné à vivre une vie qui n'était pas la mienne. Par faiblesse.

Elle avait relevé la tête et ajouté : « Et par amour aussi. »

J'avais décidé de ne plus mentir et je ne lui mentis pas. Je dis qu'aujourd'hui mon cœur était dispersé comme un feu dans lequel on a donné un coup de pied. Et il allait s'éteindre si je ne faisais rien et continuais à vivre ainsi.

Je dis encore : « L'amour ne sauve pas. Il faut d'abord se respecter soi-même, ne plus se maltraiter, se morfondre et être obsédé par soi, et alors seulement on peut aimer, être disponible pour voir l'autre et aimer vraiment. »

Elle me regarda. Il n'y avait rien de triste dans ses yeux.

« Tu as sans doute raison. J'étais persuadée d'aimer Fred, d'aimer cette vie, mais tu as laissé ce message et ça a suffi pour que tout s'effondre. Est-ce que c'était moi qui aimais ? ou celle que je rêvais d'être à tout prix ? J'ai eu le vertige et je l'ai encore. Je me suis trompée de vie toute seule. Tu vois, on est deux... c'est drôle. »

Elle a posé sa tête sur ma poitrine et dans la

faible lumière de la chambre les grains de beauté de son dos ressemblaient à des galaxies, à d'étranges signes du zodiaque parmi les bleus et les minces déchirures. Je contemplais ce ciel vivant qui dessinait mille avenirs possibles, et je ne sus quoi dire. Cette fille me bouleversait.

Je voulus dire « oui, c'est vrai, on est deux » et partir avec elle mais les mots restèrent dans ma bouche.

Il y avait Lara, et dans la poche de ma veste ce Photomaton d'une époque lumineuse.

L'amour a la couleur de la vie qu'on a. La mienne était devenue une prison et notre amour, notre amour étincelant, s'était perdu dans le gris des murs.

Le silence durait.

Alex me regarda et je pensai soudain que ce que j'éprouvais pour elle n'était peut-être que le désir d'une autre vie. « La folie, dis-je enfin, c'est refaire les mêmes erreurs en espérant des conséquences différentes. »

Alex se dégagea, alluma une cigarette, remonta le drap sur sa poitrine et fuma en silence. Le regard dans le vide, elle se força à sourire et dit : « Fais comme tu le sens. Fais du mieux que tu peux. Moi, je pars. »

Le lendemain, Alex m'avait emmené à la banque et avait retiré tout ce qu'elle pouvait du compte qu'elle partageait avec Fred. Elle m'avait donné la moitié du paquet de billets avec une petite enveloppe à ouvrir plus tard. À l'intérieur, il y avait l'adresse d'un loueur de bateaux. Rien d'autre.

Dans l'avion le jour baissait et le soleil avait plongé d'un coup derrière la courbure de la Terre. Tout était rouge. Pendant de longues minutes je n'avais songé à rien et j'avais contemplé le ciel, une gigantesque fonderie sous le lourd plancher de nuages où couvait l'incendie.

Je me tassai dans le siège, acceptai un verre de Coca et regardai par le hublot l'orage souffler au-dessous de moi. Éclats de vermeil sous les banquises bleues comme une grenade écrasée sous la neige, explosions de rouge et d'orange, soudures d'or et limaille de cuivre en fusion, et puis d'immenses filaments de cobalt qui se débattent et finissent par mourir avec les derniers rayons du soleil. À chaque éclair, le monde naît et guérit.

Quand je relevai ma tablette et m'allongeai après le repas, une coquille de lune s'était posée sur l'horizon. On avait éteint la cabine, mon voisin regardait un film indien où on dansait en chantant des mots d'amour et tout était comme nous, en suspens. J'allais enfin pouvoir dormir en attendant demain, le pire ou le meilleur jour de ma vie. Mais ce n'était pas important : au moins il serait vrai.

XX

— Andy à l'appareil, vous vous souvenez ?

— Andy...

— Pardon de vous réveiller, il est très tôt je sais, mais vous nous avez demandé de surveiller les communications de votre femme...

Je m'assis sur le lit, évaluai la lumière au-dessus des rideaux de la chambre. Il devait être midi.

— Oui, Andy.

— Votre femme vient d'allumer son portable.

— ... Quand ça ?

— À l'instant.

Je crus que j'étais ailleurs mais il y avait bien mon sac sur la chaise et les cartes postales de Lara que j'avais relues en arrivant ici tard dans la nuit.

— On est quel jour ?

— Ben... on est vendredi, monsieur. Je voulais vous dire que là on ne peut encore rien envoyer. Son portable est allumé mais dans une zone où le réseau est trop faible. Juste pour les messages d'urgence. Vous ne pouvez pas expédier le virus tout de suite, ça ne passerait pas... mais sûrement que ça ne va pas tarder si elle l'a rallumé. C'est juste pour vous prévenir, pour que vous soyez prêt.

— C'est gentil, merci, mais...

— Vous l'avez toujours dans votre portable, le virus ?

— Oui, je crois.

Je vérifiai, vis la petite enveloppe rouge intitulée *Mon amour* et finis par lui dire que ce n'était plus la peine. L'affaire était résolue et j'étais désolé de ne pas les avoir prévenus. Je n'avais plus besoin de leurs services.

J'allais raccrocher, puis demandai :

— Juste une chose, Andy, simple curiosité... Vous avez quoi sur votre écran ?

— Rien. Seulement un signal et les anciennes données.

— Quoi comme anciennes données ?

— Des sms. Les derniers datent d'il y a douze jours quand elle a éteint son appareil. Pas de photos ni de vidéos parce que c'est des fichiers trop lourds et que le signal est faible comme je vous ai dit.

— C'est bizarre.

— C'est normal, monsieur, le signal est pas assez...

— Je veux dire : c'est bizarre qu'elle ait rallumé son portable.

— Je ne sais pas, monsieur.

— Vous pouvez m'envoyer les derniers sms ?

— Vous devez vous connecter sur notre site et accéder à votre espace personnel. Vous aurez accès à toutes les informations et les captures d'écran que je suis en train de faire. Je vous renvoie votre code et votre login si vous voulez.

— Non, non, j'ai tout ça. Et puis... je n'étais pas bien réveillé tout à l'heure... je suis à l'étranger. Oubliez ce que je vous ai dit : on continue l'opération comme convenu. Mettez-moi à disposition tout ce que vous avez, je me connecte dès que je peux.

— Comme vous voudrez. Alors je vous enverrai un sms pour vous dire quand vous devrez expédier le virus.

Je descendis dans le hall de l'hôtel. On m'indiqua un cybercafé dans une rue voisine, une pièce aveugle éclairée au néon au-dessus d'un salon de coiffure où le patron dormait dans un de ses fauteuils. Ici, il était presque 15 heures et je dus le tirer de sa sieste.

L'écran afficha les copies des derniers sms de Lara. Le mien qui disait que je l'aimais et lui souhaitais bon voyage. Et un autre qu'elle avait écrit juste après, avant d'éteindre définitivement son portable :

« Suis dans l'avion... Baisers. »

Un message destiné à un numéro sans nom, un numéro étranger qui n'était donc pas dans ses contacts et qu'elle devait connaître par cœur.

Le numéro avait répondu : « Je serai là. Baisers. »

Je rentrai et changeai mes plans. Le grand moment de vérité attendrait.

XXI

À chaque fois, j'espérais que ce virage serait le dernier. Mais il y en avait un autre et la montagne semblait grandir à mesure qu'on grimpait. Parfois, la route plongeait entre les arbres, franchissait un pont où bouillonnait un torrent et s'enfonçait dans une de ces gorges sombres de châtaigniers où on n'aimerait pas tomber en panne. À d'autres moments, elle s'élançait sur le flanc d'un pâturage qui n'en finissait plus de tendre son herbe vers le ciel, une herbe rase trouée çà et là de quelques arbres ou d'un amas de rochers solitaires.

Je montai le volume de l'autoradio, poussai le moteur, et dans l'immensité du paysage j'avais soudain l'impression de m'envoler comme dans une pub pour un nouveau monospace. Je n'avais pas quitté mes écrans depuis assez longtemps pour échapper à ce genre d'images qui vous retiennent d'être tout à fait là. Mais si j'arrivais au bout de cette route, ça n'allait pas tarder.

Ça n'était pas gagné. Même si la voiture roulait, le volant se mettait à vibrer dangereusement au-dessus de 60 à l'heure. C'était une berline épuisée qui avait dû avoir plusieurs vies et dont la couleur des portières trahissait encore son dernier emploi. Un ancien taxi que j'avais acheté pour rien, ou presque, quatre cents euros, à un paysan que connaissait la patronne de l'hôtel. Pas question de retourner en ville et de louer, je n'avais plus de permis.

J'étais resté plus longtemps que prévu chez mon vendeur qui avait fourragé dans le moteur, fini par le faire tourner et s'était mis en tête de dessiner d'incompréhensibles schémas de la route que j'aurais à suivre et des cols à franchir.

Les dernières rampes étaient si raides que je dus les franchir en première. Parfois un camion surgissait, klaxonnait en me frôlant et j'avais à peine le temps de me coller à la paroi que le conducteur hilare, juste aperçu, avait dévalé la pente comme s'il roulait sur l'autoroute. Le cœur battant, je raccrochais la première dans un grincement de pignons et me félicitais d'avoir refusé qu'un de ces fous m'emmène comme on me l'avait proposé.

Je commençais à me demander si je ne m'étais pas trompé de région quand j'arrivai au sommet.

J'arrêtai la voiture au pied d'un panneau d'altitude indiquant « *2100 metri* », et les vibrations du moteur encore dans les jambes, j'allai pisser longuement dans le vent et sur mes chaussures.

Devant moi, la terre plissait à perte de vue et des montagnes bleues succédaient aux montagnes bleues de plus en plus délavées, jusqu'à confondre leur brume avec la courbure du ciel.

Un paysage très proche du silence.

Je restai ainsi, debout à fumer, porté par un de ces moments de bonheur et d'oubli où on se sent minuscule, où tout paraît dérisoire, un de ces moments qu'on glisse au fond de soi pour qu'ils vous sauvent le jour où plus rien ne vaudra la peine.

L'instant de vérité approchait, Lara devait être là dans un pli de montagne. Le vent me retourna encore : peu importe ce qu'elle dirait, peu importe qu'elle me pardonne ou que tout s'arrête ici, j'avais pris la seule décision possible et j'étais en paix.

La carcasse d'une vieille camionnette rouge et blanc était posée là, sur des parpaings, le nez face au précipice. Elle avait dû servir de buvette quand les touristes venaient encore et sur l'auvent rouillé on pouvait toujours lire, tracée par une main maladroite, cette inscription réjouissante et profonde qui semblait avoir été peinte pour moi : *NOT EX PENSIVE*...

XXII

« … Et eux c'est Kate et David, dit Lara. Sans eux, tout le monde serait mort de faim ici. Dans tous les sens du terme. »

Kate et David firent un signe de la main à travers le pare-brise, descendirent du van en souriant et disparurent dans le château, des sacs de pommes de terre à la main. Lara contourna le bâtiment et nous fûmes bientôt loin du perron où étaient assis les autres pensionnaires qu'elle m'avait présentés. Derrière chaque visage masculin, j'avais tenté de deviner l'homme à qui elle avait envoyé son dernier texto.

Elle prit mon bras et nous descendîmes en silence un grand parc en pente douce. Toujours sans parler, nous avons continué dans la forêt jusqu'à une maison en ruines et un puits fermé par des plaques de tôle au milieu d'une large clairière. Il y avait les restes d'un feu de camp, des chaises et une table à tréteaux. Elle s'assit d'un bond sur la margelle du puits comme si c'était un endroit habituel, posa ses mains à plat de chaque côté et m'examina longuement. On entendait le bourdonnement des insectes perdus entre les chênes et les hêtres.

Elle attendit encore, observant les arbres, et dit enfin :

— Alors ?

— Alors je suis là.

— Je vois bien que t'es là. C'est quoi le problème ?

Elle était en colère.

— Je voulais te voir...

— On part d'ici demain ! T'as quand même pas fait trois mille kilomètres pour me voir alors qu'on devait se retrouver dans deux jours !

— Fallait que je te parle, que je te voie ici... Je ne pouvais plus rester là-bas.

J'étouffais, j'allais exploser. Je pris ma respiration pour tout lui dire et je ne sais pourquoi je me mis à pleurer. C'est venu de loin, comme une ultime solution pour y échapper, peut-être. Je me suis assis dans l'herbe et j'ai baissé la tête, secoué par les hoquets comme un enfant.

Je répétais « pardon, mon amour, je suis désolé, je suis vraiment désolé... » mais avant que je ne continue, que je ne raconte toute l'histoire, elle est descendue de sa margelle de pierre, s'est accroupie et a pris mon visage entre ses mains.

Ses yeux se noyaient eux aussi.

— Tu étais inquiet ? c'est ça ? tu étais inquiet ? Tu voulais voir si j'étais ici, c'est ça ?

Les mots s'arrêtèrent et je ne sus quoi répondre. Elle posa son front contre le mien.

— Eh bien je suis là tu vois et je t'aime et c'est très bien que tu sois là. Pardon, mon amour, pardon.

On a séché nos larmes étendus l'un contre l'autre en parlant de jalousie et en riant des histoires qu'on s'invente parfois puis on a regardé le soleil jouer là-haut dans les feuilles. J'ai dit que j'avais bâclé la fin du jeu pour venir. C'est vrai, je voulais voir si elle était bien ici et c'était bête de ne pas avoir eu confiance. J'avais aussi besoin d'être loin de tout avec elle et qu'on se retrouve, qu'on parle de l'avenir. Nous pourrions passer quelques jours ensemble quand les autres seraient partis. J'avais pris des options pour plus tard sur les billets d'avion. « Au village, la femme chez qui j'ai loué une chambre pour ce soir m'a donné l'adresse d'une pension près d'ici. Elle dit que c'est magnifique. Enfin, le *magnifique* selon elle ! »

Lara a roulé sur moi et a dit d'accord. « Ça me fait bizarre que tu sois là mais c'est une bonne idée. Je te montrerai la rivière dont je t'ai parlé. Il y a une petite plage et j'ai toujours rêvé de me baigner là-bas avec toi. »

Elle m'a fait visiter le château, emmené dans la chambre qu'elle partageait au rez-de-chaussée avec une Américaine à l'air rieur et timide.

Nous étions tous les trois sur le lit quand la femme aux pommes de terre est entrée pour prévenir que la séance de l'après-midi commençait, puis elle s'est adressée à moi : « Je ne sais pas si Lara t'a dit mais il y a un dîner ce soir, à 20 heures, et une petite fête pour le départ. Tu es bienvenu, évidemment. » Lara me donna rendez-vous une heure avant à l'épicerie du village où elle devait passer avec Kate.

XXIII

Je repris la route vers cette maison au flanc d'une colline où j'avais loué une chambre. C'est l'épicière, justement, qui me l'avait indiquée. Occupée dans son jardin, la propriétaire me salua. La chambre était celle de son fils parti faire son service militaire. Punaisés aux murs, des posters de groupes de rock locaux. Parmi eux, l'affiche de *Matrix* et celle de Lady Gaga en soutien-gorge et culotte de cuir noir. Ils étaient arrivés jusqu'ici. Tout à l'heure, sa mère avait haussé les épaules en les désignant d'un coup de menton et s'était mise à glousser. J'avais dit « Lady Gaga » en remontant les sourcils d'un air faussement choqué, elle avait répété « da, da ! Gaga... » et elle était partie d'un fou rire, une paire de draps dans les mains.

Un jour qu'on se disputait à propos d'un jeu, Fred avait dit : « Tu ne te rends pas compte. Partout où tu vas, au Pakistan, en Malaisie, même en Iran, partout où ils nous crachent dessus, ils s'arrachent quand même des versions pirates de *Tomb Raider*, de *Grand Theft Auto* et *Call of Duty*. Y en a plein les trottoirs. On a gagné, mec, et c'est grâce à ça qu'on a gagné... Ils rêvent d'être nous, mec ! »

J'avais répondu que je ne savais pas en quoi c'était bien de gagner *grâce à ça*, des meurtres et du cul. Je ne savais pas si c'était bien de gagner tout court, ni qu'ils *rêvent d'être nous*.

Je m'étais emporté au milieu du bureau.

« Ils nous détestent à cause de ça justement, à cause de ce rêve et de la frustration. Ils savent très bien qu'il ne se réalisera jamais, pas pour eux en tout cas. Et tu sais ce qui se passe ? Ils se tournent vers des mollahs à la con. Des mollahs incultes et bornés qui leur disent que ce n'est pas leur culture. Alors ils cassent les télés, voilent les femmes, interdisent le cinéma, les livres, la musique. Fini les tentations. Fini les seins qui pointent et le body moulant de Lara Croft. Et puis ils nous font la guerre, celle qui tue des gens... Ils ne veulent plus être nous. C'est comme l'extrême droite ici. La même haine, pareil, et ça naît de la frustration et du ressentiment. »

Fred a dit que je n'y connaissais rien en géopolitique, que tout était une histoire de pétrole, et j'ai laissé tomber. C'était un de ces commerçants persuadés que l'économie explique tout. J'ai ajouté : « Les pires guerres se font pour l'honneur, Fred. À cause de l'humiliation. Pas seulement pour l'argent. Y a qu'à voir n'importe quel couple qui divorce... » Il a haussé les épaules et est parti.

Je repensai à Lara qui s'était laissé envahir par mes larmes au moment où j'allais parler. J'avais reculé et j'en avais profité. J'allais peut-être gagner, moi aussi, mais sans grandeur et sans vérité.

Je sortis mon portable pour programmer le réveil et dormir : j'avais plusieurs messages. Il y avait donc eu du réseau quelque part sur le chemin qui montait vers cette maison. Des messages vocaux inécoutables puisque ici je ne captais rien, et un texto d'Irina : « Je ne comprends pas pourquoi tu as fait ça. Si c'était pour l'argent, il fallait me demander, je t'en aurais donné. Tu le sais bien. »

Quel argent? Elle devait parler de ma visite avec Camille chez Focus. On m'accusait de vol. Ou encore Fred m'avait mis l'histoire d'Elsen sur le dos. Seule chose claire, elle n'était pas au courant pour Alexandra.

J'entrai dans une colère terrible.

Je composai un message destiné au beau-père avec en pièces jointes les documents récupérés dans l'ordinateur de Fred et descendis lentement la route qui menait au village en tenant mon téléphone devant moi en quête du point où ça captait. Après plusieurs allers et retours ridicules, je revins m'asseoir devant le jardin, sur les marches de la cuisine. Peut-être que ces messages étaient arrivés bien avant, sur la route.

La propriétaire binait son potager, elle avait les jambes de la même couleur que la terre. Je reconstituai le chemin parcouru pour venir ici : l'épicerie, le tour de la maison avec cette femme... et je me précipitai vers la balançoire en haut du potager. La femme releva la tête et fit mine de téléphoner en riant. Ça captait assez pour tout faire sauter, là-bas, à Focus. J'allais appuyer sur « envoyer » mais... mais je retournai dans la chambre.

Je réglai le réveil pour faire une sieste. Tout à l'heure je verrais Lara et ne changerais rien à mes projets.

Je ne pouvais pas envoyer ces documents.

Fred avait sûrement menti pour se protéger, j'étais viré de Focus et le beau-père m'en voulait pour de mauvaises raisons. Vol ou trahison de secrets industriels. Mais si j'appuyais sur le bouton, rien ne retiendrait Fred. Pure vengeance. Il dévoilerait mon histoire avec Alex et je perdrais en plus Lara. Je perdrais tout et lui aussi.

Je regardai ce téléphone en souriant, j'avais raison : les pires guerres se font pour l'honneur... Nous étions tous deux figés les yeux dans les yeux, comme deux épouvantails occupés à se faire peur et certains d'y passer.

Dans une scène de jeu ou de film comme *Matrix* justement, on appelait ça un « Mexican standoff », l'impasse mexicaine : chacun tient l'autre en joue et au premier geste tout le monde est mort.

XXIV

J'ai couru mais en entrant dans l'épicerie Lara venait de raccrocher. Elle me regarda, puis passa devant moi comme si je n'étais pas là. Elle voulut monter dans la voiture de Kate, chargée des dernières provisions pour la fête, mais je la tirai par le bras, refermai la portière en la serrant de plus en plus fort. Kate demanda si tout allait bien. « Vas-y, dit Lara, je te rejoins. » Kate démarra, Lara m'échappa et je courus derrière elle dans la rue qui descendait en direction du château.

Nous avions depuis longtemps passé la dernière maison du village quand elle dit :

— Si c'est pour ça que tu es venu, ce n'était pas la peine. Je viens de l'avoir au téléphone et je lui ai dit que tu étais là. Il est fou de rage...

— Mais qu'est-ce qu'il t'a dit ?

— C'était ma mère.

— Qu'est-ce qu'elle t'a dit ?

— Que tu as volé dans la caisse de Focus, que tu as détourné de l'argent ou des codes, je ne sais pas, je comprends rien, mais tu as encore déconné...

— Écoute...

Elle se retourna et cria :

— T'es dingue ou quoi ?

— Écoute, j'ai rien détourné...

— Écoute ! écoute ! dit-elle en m'imitant. Et Copenhague ça te dit rien Copenhague ?

— Si, mais c'est pas ce que tu crois... je me fous de Copenhague.

— Et pourquoi tu m'as rien dit ?... Je suis qui, moi ? Tu as pensé à nous une seconde ? Quand tu es sorti il y a trois ans je t'ai fait confiance envers et contre tout, contre tout le monde, j'ai juré que tu avais changé et je le croyais.

— C'est pas ce que tu crois.

Mais elle n'écoutait pas et reprenait sa marche.

Je criai de toutes mes forces « Écoute moi ! » et ma voix roula dans les champs et le long des murs de pierre sèche. Aux alentours les bêtes s'étaient tues.

Il y eut un silence.

Elle me regarda et soupira.

— Qu'est-ce que tu vas me raconter encore ?

— La vérité.

XXV

Je dîne. Je dîne d'un pain doré trempé dans la crème.

C'est mon dernier pain et ma dernière crème et le son des voix et celui des rires font vibrer leurs fines molécules d'or. Au bout de la table, Lara parle et me sourit. Nous avons décidé que la vérité attendrait la fin de cette soirée d'adieu entre les pensionnaires du château et quelques notables du village.

Le maire transpire dans sa veste de drap gris et l'épicière engloutit les navets et les côtelettes qu'elle a vendus tout à l'heure aux étrangers. Pendant longtemps je ne sais à qui parler ni quoi dire, puis avec le vin et la fraîcheur de la nuit chacun rit plus fort et ma voisine finit par me raconter quelques anecdotes du séjour, l'organisation spartiate de la vie au château et les arrangements des uns et des autres pour y échapper. Elle a cet enthousiasme spontané des Américains, cette absence de méfiance et d'engagement profond qui ce soir me fait du bien.

Je bois mon dixième ou mon vingtième verre d'eau, une eau si douce et si rafraîchissante que tout paraît s'y dissoudre, même la peur de ce qui va arriver. Lara a passé sa robe rouge et je voudrais danser avec elle une dernière fois.

Après le gâteau au miel et aux amandes, après les fruits, la confiture et les prunes distillées, le fils du fermier a coincé son violon sous un cou énorme et s'est mis à tourner autour de la table. Il arrache d'abord quelques longues notes déchirantes puis l'archet commence à piquer, tirer les cordes de plus en plus vite. Bientôt ses doigts carrés volent et rebondissent sous sa tête penchée.

La fête a débuté sans que personne, hormis le vin et l'envie de danser, ne le décide vraiment. À côté de moi, l'Américaine s'est levée, battant la mesure, et le maire qui servait l'eau-de-vie et faisait déborder les verres a tombé la veste pour chanter. D'une voix étonnamment fragile pour un homme si robuste, il a entonné un de ces airs slaves qui à force de gaieté sont en réalité infiniment tristes et vous renversent l'âme.

Le violon enflait, se gorgeait de sanglots, puis s'emballait à nouveau, déroulant son histoire, toujours identique ou presque, pourvu qu'elle fende le cœur. Amours perdues, trahisons, ou départ pour un pays lointain, elles répètent en tournoyant les mêmes mots, les mêmes espoirs de retrouvailles : « *Tu t'en vas, ô ma vie, mais quand je te reverrai, quand je te reverrai...* » Tout nous parle de nous, tout nous fait signe quand on espère.

C'est elle qui vint me chercher et me serra dans ses bras en me faisant tourner. Nous dansâmes longtemps, pressés l'un contre l'autre, nous dansâmes lentement quel que soit le tempo. J'étais plein de son corps, de ses hanches, de son dos sous mes mains, un corps que je connaissais par cœur et qui était ma maison.

Un homme avait passé les bretelles d'un accordéon, un autre frappait une sorte de tambourin et autour de nous les pensionnaires tournoyaient comme des enfants dans une boum de colonie de vacances. Quand ils nous bousculaient, Lara levait la tête, blaguait, puis enfouissait à nouveau son visage dans mon cou en disant qu'elle m'aimait et qu'elle était heureuse que je sois venu. Un de ces moments de plénitude qui nous faisaient soudain mesurer la chance que nous avions de nous être trouvés. Nous nous étions tellement battus pour vivre ensemble qu'il me semblait que nous n'en avions jamais vraiment profité avant ce soir.

Kate nous entraîna, l'Américaine aussi, David, puis d'autres pensionnaires nous prirent par le bras et nous nous sommes lancés dans une danse à la russe où chacun tombait à tour de rôle.

Le maire, renversé sur un fauteuil, dodelinait de la tête pour être encore de la fête et derrière lui une phalange d'ancêtres nous observait, sourire aux lèvres et des assiettes sur les genoux, en avalant ce qui restait des poivrons farcis et des concombres au sel.

Je n'avais pas bu d'alcool et mes jambes furent lourdes avant celles des autres. Je sortis reprendre mon souffle sur le perron et contemplai Lara. Sa robe rouge volait autour de ses genoux, elle avait l'air libre et heureuse. J'allumai une cigarette, levai la tête et soufflai la fumée vers le ciel tendu d'étoiles. Je n'avais jamais été aussi calme. Ici, je n'étais personne, seulement l'ami de Lara, mais je me sentais enfin chez moi.

XXVI

— Alors... dit-elle. Tu veux qu'on parle ?

— Si tu as le courage.

— Je suis un peu fatiguée mais ça va.

Elle vint s'asseoir à côté de moi sur le muret qui fermait la terrasse de notre chambre. C'était celle de Kate, dans une des dépendances du château, en bas du parc. Elle nous l'avait laissée pour la nuit. Lara sortait de la douche, du coton et un tube de crème à la main pour se démaquiller. Là-bas, on entendait les pensionnaires encore valides ramasser les derniers verres sur le perron. Les autres étaient allés se coucher, décimés par la prune, la danse et le tabac brun de l'épicerie.

« Alors... » Je pris mon élan et racontai en quelques phrases l'histoire avec Alexandra, l'erreur d'aiguillage du texto, le chantage de Fred et la nuit chez Focus. Je ne donnai aucun détail, ne mentionnai ni Grenade ni l'agression d'Alex.

— En prenant l'avion pour venir ici, dis-je pour finir, je pensais retarder ton départ.

T'emmener ailleurs quelques jours comme je te l'ai dit et que le message s'efface de lui-même. Mais je ne peux pas. Parce que je t'aime et que je ne veux plus te mentir.

Je me tournai vers elle.

— Voilà la vérité. Elle est moche et je te demande pardon. Je t'aime comme je n'ai jamais aimé personne.

Lara n'avait pas bougé, elle n'avait rien dit. Elle s'est levée, a marché à reculons vers la porte de la chambre en me regardant.

— Je ne peux pas ! dit-elle d'un seul coup.

Sa voix fila entre les arbres qui dormaient. Elle secouait lentement la tête.

— Tu l'as bien baisée au moins ? Tu as pris du plaisir ?... C'était quand ? c'était où ? Pas dans notre lit...

— Non, à l'hôtel... le soir où tu es partie...

— Je ne veux pas savoir ! À l'aéroport tu m'as dit que tu m'aimais, à l'aéroport... Tu m'as juré et tu m'as serrée dans tes bras et tu savais déjà...

— Non, je ne savais pas.

— Menteur ! Tu mens. Moi j'étais dans l'avion et je pensais à toi, je pensais que tu étais triste qu'on se quitte et ça me faisait de la peine et j'avais le cœur serré et qui battait pour toi, et toi tu allais la rejoindre...

Je tentai de m'approcher, de parler encore. Elle recula.

— Ne me touche pas ! ne me parle pas ! Ça me dégoûte. Elle a embrassé ta bouche et tu as mis ta bite dans sa chatte... et tu y pensais en me quittant, en me téléphonant, en m'écrivant. J'ai envie de vomir.

Elle se colla contre l'encoignure de la porte et mit la main devant sa bouche.

Si je bougeais elle allait fuir, crier.

Elle se redressa.

— Tu n'as pas pensé à moi, dit-elle. Tu vois ce château ? Tu crois que c'est drôle ce qu'on fait ici ? C'est pour nous aussi que je viens, pour aller bien et qu'on s'aime...

« Moi aussi, reprit-elle, y a des tas de mecs qui me tournent autour et je leur dis non... je suis vraiment conne. Tu ne changeras jamais.

— J'ai changé, je t'en supplie, écoute...

— Tais-toi ! Tu étais coincé, tu savais que j'allais tout découvrir alors tu es venu. Tu n'es pas venu pour moi, tu es venu pour te sauver. Et dire que tu aurais pu vivre avec ça et m'embrasser et me dire ma chérie, mon amour... oui, tu aurais pu puisque tu es là.

— Mais non, regarde, je suis là et je ne te mens plus.

— Et qu'est-ce qui me dit que ça n'est pas déjà arrivé ? Qu'est-ce qui me dit que ça n'arrivera pas encore si c'est arrivé une fois ? Je ne veux pas vivre ça, je ne veux pas être une femme trompée comme Alexandra... Je n'ai pas envie de cette vie-là.

— Je te jure, crois moi.

Je tombai à genoux, mains jointes. Je n'avais

jamais de ma vie supplié ainsi, mais elle ne me regardait pas. Elle n'écoutait plus.

— Je t'ai aimé comme une folle. Tu étais mon premier amour, mon seul amour, et je n'ai rien connu d'autre de la vie, rien. Ce soir j'ai mis la robe que tu aimes et je croyais en toi, je croyais que notre histoire était belle... et maintenant tout est laid et tout est vide.

Elle s'arrêta, regarda au loin le château qui luisait sous la lune et ajouta :

— Et tu m'as tout pris.

L'espace entre nous s'était agrandi comme si le ciel était en train de fuir démesurément. Elle examina le morceau de coton et la crème qu'elle n'avait pas lâchés, puis dit : « Je me sens seule », et elle se mit à pleurer et s'enfuit à travers le parc rejoindre le château.

C'est l'aube. Rien ne bouge. Un soleil roux éclaire la cime des grands chênes et dans le ciel immobile des moutons argentés traînent, indifférents.

Au pied du lit où j'avais attendu le jour, j'ai ramassé la robe rouge de Lara, je l'ai glissée dans mon sac et suis parti. En approchant de la voiture devant l'épicerie encore close, j'avais presque froid. Les arbres immenses répandaient sur moi le silence et l'espace, un vent frais descendait des montagnes et le coup d'aile des hirondelles autour du clocher disait que l'été allait bientôt finir.

ÉPILOGUE

I

Les gaz ont envahi les couloirs du métro et je dus descendre de la rame. Sur le quai, des volontaires de la Croix-Rouge emportaient les blessés à l'air libre, mais c'était pire. Des policiers caparaçonnés les attendaient et ceux qui ne voulaient pas monter dans les bus grillagés étaient battus. Mes yeux brûlaient et j'avais du mal à respirer. Je sortis plié en deux derrière un groupe qui se fit matraquer en haut des marches. Un homme masqué s'avança et brandit une crosse de fusil au-dessus de ma tête mais près du bus quelqu'un tenta de s'échapper et il lui courut après.

Je marchai jusqu'au coin de l'avenue, suffoquant dans une brume formidable. Les manifestants surgissaient comme des fantômes, jetaient des pierres en hurlant puis disparaissaient à nouveau entre les voitures en feu. On aurait dit des troupeaux de buffles chassés par une meute de chiens.

Je m'éloignais mais le vacarme continuait, des grenades explosèrent en grappes serrées. J'allais prendre une rue en biais quand je la vis de l'autre côté de l'avenue entre deux colonnes de fumée. Elle avait un foulard sur le nez et ce n'était qu'une silhouette mais c'était elle, j'en étais sûr. Je criai mais ma voix se perdit. La fumée tourna et elle disparut.

Il y avait des années que je ne l'avais vue mais je savais qu'elle habitait ici, dans ce pays d'où venait sa famille. La famille de sa mère. C'était l'unique raison pour laquelle j'avais accepté cette conférence.

Au milieu d'une place déserte, sur le chemin de l'hôtel, je croisai un vieil homme aux yeux rougis par les gaz. Des panneaux et des bancs arrachés jonchaient le sol, des poubelles brûlées fumaient encore et les rideaux de fer des magasins étaient baissés. Un mouchoir sur le nez, le vieux contemplait cette désolation et répétait un mot que je ne connaissais pas.

La nuit tomba, elle fut brusque, un crépuscule de printemps. À chaque barrage, des hommes en civil escortés de militaires ouvrirent mon sac et demandèrent mes papiers. Ils voulaient savoir d'où je venais et examinaient mes mains et mes yeux gonflés. Je disais « *tourist* », désignais en grimaçant les avenues en contrebas où on se battait encore et ils me laissaient passer en répétant « *tourist, hôtel* », le doigt tendu comme si j'étais un enfant à qui on ordonne de filer dans sa chambre.

Son numéro de téléphone était là, sur la table de nuit. Je pris le papier, le composai et raccrochai sans même attendre la première sonnerie. Je le composai de nouveau et raccrochai encore puis jetai le téléphone sur le lit. Quoi lui dire ? « Bonjour, c'est moi, je suis ici, on peut se voir ? » À la télé je regardai les défilés du matin puis les affrontements de l'après-midi. Peut-être allais-je l'apercevoir dans la foule. Avant de prendre l'avion j'avais regardé tous les reportages sur les émeutes, les vidéos amateur postées sur le net. Aucune image d'elle. Je m'étais peut-être trompé tout à l'heure.

Le Premier ministre parla, condamna les violences, les attribua aux casseurs et aux extrémistes. Je ne comprenais pas mais savais ce qu'il disait, toujours la même chose, à chaque intervention. Ces réformes ne lui faisaient pas plaisir, à lui non plus, mais il le fallait. Il s'y résignait avec courage, pour le bien de tous et du pays. Ce ton me rappelait à chaque fois la voix blanche et désolée de ce discours de Pétain que mes grands-parents avaient entendu en juin 40.

La comparaison m'avait d'abord fait rire, puis je l'avais trouvée terrible : « Je fais à la France le don de ma personne pour atténuer son malheur... C'est le cœur serré que je vous dis aujourd'hui qu'il faut cesser le combat. »

Mais le combat ne cessait pas. Il y a quelques mois, les premières armes à feu étaient apparues. Un policier était mort, on brandissait les portraits des manifestants blessés et depuis je ne cessais de penser à elle dans ce chaos.

« C'est la première dictature économique ! » avait crié quelqu'un cet après-midi pendant la conférence. Sur le moment, je n'avais pas prêté attention à cette formule, traduite en anglais. Mais elle était parfaite : s'acharner à faire le bonheur des gens malgré eux. On m'avait invité pour que je donne mon avis sur cette contestation mais je scrutais dans le public les visages tournés vers l'estrade où nous étions installés et j'avais peur d'y découvrir le sien. Peur, et follement envie.

Lorsque mon tour vint de parler, je fus décevant et heureux qu'elle ne fût pas là. On me posa pourtant les mêmes questions qu'autrefois sur *Les Fantômes affamés* et je répétai ce que j'avait dit mille fois : despotes sympathiques, culture de la jouissance, oubli des pauvres, des malades, de tout ce qui attriste et ne consomme pas pour mieux démanteler l'antique système de protection sociale. Oubli, enfin, de l'ennuyeuse réflexion remplacée par le mot d'esprit, plus séduisant.

J'égrainais mon vieux credo : la droite avait gagné sa guerre culturelle... Une pauvre récitation de ce que disait mon jeu et que tout le monde ici connaissait par cœur. Je transpirais, trouvais la lumière trop crue. Même mon exposé vedette sur la *soft tyranny* et « le marché imposé comme un mode de vie indépassable et promesse de bonheur universel » me fatigua moi-même.

Je n'avais plus rien de l'enthousiasme qui m'avait porté quand *Les Fantômes* étaient sortis. La femme qui distribuait la parole m'interrompit et c'est un jeune orateur qui se chargea d'enflammer la foule avec des slogans simples qui achevèrent de me déprimer. Il fallait se battre, lancer des pierres, désobéir. Ils avaient eux aussi cessé de réfléchir.

En sortant, seule une femme qui parlait bien anglais m'aborda. *Les Fantômes* avaient été pour elle une révélation quand elle avait 17 ans. Elle cita d'autres jeux plus récents, dans la lignée du mien, et me demanda ce que je faisais aujourd'hui. Je fus poli. Cela faisait sept ans que je n'étais pas sorti de ma campagne. Je ne savais même pas qui avait déterré mon nom pour me propulser sur cette estrade. Elle insista. Je répondis honnêtement.

— Le succès du jeu m'a d'abord enivré, dis-je, puis laissé comme mort. Disons, muet.

Mais elle ne comprit pas et demanda si j'avais été malade.

— Non, j'ai essayé de créer d'autres jeux mais ce n'étaient que des redites alors j'ai abandonné. La vérité, c'est que je n'avais plus rien à dire.

Elle rit.

— Vraiment ? Même avec ce qui se passe aujourd'hui ?

— Non, rien de plus. D'ailleurs on parle trop, il faudrait un long silence pour nous purger des images et des slogans. Même ici, dis-je en montrant la salle. On pense que les mots sont différents et que ça suffit : générosité, partage, solidarité, vivre différemment, être soi... et on saute sur place en battant des mains. Mais au fond c'est pareil. Rien de construit. Pas de réflexion, parce que c'est emmerdant, la réflexion. Nike emploie les mêmes mots, faites l'essai ! *Nike : Think Different, Be Yourself...* ha ! ha ! et des millions d'imbéciles se croisent dans les rues chaussés des mêmes Nike, persuadés qu'ils sont uniques et pensent par eux-mêmes parce qu'ils ont dépensé deux cents dollars.

Je la regardai soudain d'un air terrible :

— C'est pour ça qu'on a perdu... Petits mots, petites phrases, petites idées.

— Mais il y a enfin des débats, les gens se parlent, les idées circulent sur les réseaux sociaux.

— Formidable ! Dix ans que ça circule, mais pas la moindre idée. C'est comme s'il y avait quelque part un immense réservoir de formules toutes faites et de citations d'Oscar Wilde ou de Wittgenstein, prêtes à copier/coller sur Twitter,

Facebook et autres. Pas plus de 140 caractères, hein ! sinon personne n'aime ton statut et personne ne vient à ta manif... C'est pareil. C'est juste de la colère, une jacquerie. Sans penser, sans inventer, on perdra encore.

Je vis qu'elle ne savait plus comment me fausser compagnie et partis d'un grand rire pour la libérer.

— Pardon, dis-je, je me trompe peut-être. Je vous retiens. Mais je n'ai vraiment eu qu'une seule idée dans ma vie et je ne sais pas la résumer en un mot : c'est ça l'idée, justement.

Elle sourit, gênée, et s'esquiva en répétant : « C'était un jeu génial en tout cas, vraiment génial. »

Puis j'ai pris le métro. Et les gaz.

II

Midi. Il a plu toute la nuit et la ville sent les ordures et la décharge mouillée. Je n'ose toujours pas appeler. Son adresse à la main, je me bourre de pâtisseries, de café, et traîne près de chez elle dans l'espoir de la croiser. Je sonne enfin et je transpire et je voudrais qu'elle n'habite plus là. Un jeune homme ouvre la porte et demande ce que je veux

— *I'm looking for Lara.*

Il se retourne vers l'obscurité de la maison, il appelle et une voix lui répond. J'entends des pas, c'est David.

Il n'a pas vraiment changé depuis cette soirée au château. Quelques cheveux gris mais toujours ses yeux noirs et profonds. Il lève les bras, pose les mains sur mes épaules et répète mon nom comme si nous étions de vieux compagnons. Puis il se retourne et lance dans le couloir : « Kate ! devine qui c'est? »

Kate ne répondit pas et il me tira à l'intérieur jusqu'au jardin.

Il y avait là une dizaine de personnes occupées à boire du thé et à discuter devant une vieille télé posée sur le rebord de la fenêtre, diffusant les images de la veille.

— Lara est partie travailler, dit David. Elle n'arrête pas. Elle a un énorme bleu derrière le genou mais a quand même voulu y aller.

— Je repasserai.

— Elle ne devrait pas en avoir pour longtemps. Tu veux du thé ? On a vu ton nom sur l'affiche de la conférence hier, mais on n'a pas pu y aller. C'était bien ?

— Pas mal.

Nous sommes restés là, assis sur de vieux transats, aussi mal à l'aise l'un que l'autre. Kate arriva, fit le tour du jardin. Un jardin de terre battue et de sièges d'occasion dont personne ne prenait soin. Elle vint m'embrasser, parla au groupe qui regardait les infos et revint nous dire que c'était décidé, on irait tous au port de Sama pour déjeuner. « Ça sera drôle, on se baignera, et on sera de retour à temps », ajouta-t-elle.

Le soleil était déjà haut et tapait doucement sur le mur. À chaque instant j'avais envie de m'enfuir et à chaque instant j'y renonçais, comme dans ces salles d'attente où on patiente depuis trop longtemps pour s'en aller. Cela faisait huit ans que je ne l'avais pas vue. Depuis la fuite dans le parc du château. Nous ne nous étions jamais dit au revoir, jamais reparlé, et aujourd'hui j'avais encore peur de sa colère.

III

Elle porte un toast, boit un verre de vin blanc et je peux sans crainte regarder ses lèvres. Celles qui m'ont embrassé, que j'ai mordues et caressées et pour lesquelles je me serais fait tuer. Mais devant la mer, sur le port de Sama, elles ne sont plus les mêmes. Ce sont ses lèvres d'ici, le sel les a un peu fendillées et pâlies.

Nos regards se croisent parfois et se détournent aussitôt, gênés. Tout le monde trinque, chacun a quelque chose à dire dans cette langue que je ne comprends pas. La cuisinière apporte le poisson grillé et David emplit les assiettes. Des légumes. Du pain.

David est très gai, raconte une histoire qui fait beaucoup rire et il monterait volontiers sur la table pour la mimer s'il pouvait. Un instant, je le soupçonne de s'agiter ainsi parce que je suis là, pour que Lara ne s'intéresse pas à moi. Mais elle ne lui prête pas attention. Elle attrape une des galettes, un pain craquant, presque sans mie et piqué de minces brûlures. Il y a là, dans cette dentelle noircie, dans cet infime goût de braise et de feu, des millénaires de raffinement. Peut-être est-ce pour cela, pour ce pain-là, qu'elle est revenue dans ce pays après la mort de sa mère.

Dans un mauvais anglais, mon voisin essaie de m'expliquer ce qui se passe ici et pourquoi ils iront tous manifester ce soir. Il me montre au loin le port de commerce. « L'État l'a vendu aux Chinois comme il a vendu des plages, des îles, des musées. Les anciens dockers n'y travaillent plus. Seulement des Chinois. Ils les amènent par bateaux entiers et ils ne sortent jamais. C'est pour ça aussi que les néonazis sont entrés au Parlement. C'est fou. Alors qu'on a inventé la démocratie ! »

Je dis que si ça arrive chez moi, je m'en vais. Il lève les yeux au ciel : « Il faut se battre ! »

Je n'ai pas envie de parler politique. Heureusement, Lara est toujours aussi maladroite et renverse du vin sur la chemise blanche qu'elle a passée tout à l'heure en sortant de l'eau. On l'applaudit, elle éponge vaguement puis parle d'autre chose.

En arrivant sur la plage, j'ai vu ses jambes, son bleu derrière le genou, et puis son dos et ses fesses dans son maillot quand elle est allée vers la mer avec David. Son corps n'a pas vraiment changé mais je la reconnais mal. Seul le souvenir est fidèle quand c'est le passé qu'on vient chercher.

Dans les vagues, elle s'est retournée, m'a crié de venir.

« Elle est bonne, allez ! »

Je n'avais pas de maillot et je ne voulais pas qu'elle me voie sans vêtements. Autour des hanches ma peau commençait à flotter, j'avais maigri et me trouvais vieux. J'attendis qu'elle soit loin pour me mettre à l'eau. J'exagérais tout, la rencontre exagérait tout.

Quand elle est arrivée dans le jardin tout à l'heure, mon cœur a battu. Encore une fois, quoi lui dire ? Puis j'ai vu son vélo, celui que je lui avais offert quand on s'est rencontrés. Le guidon et la selle n'étaient plus les mêmes et je voulus en parler mais elle dit aussitôt :

— Je ne t'embrasse pas, j'ai de la peinture partout.

— Tu viens de ton atelier ?

— Non. Je repeins des appartements.

Elle dit qu'elle ne louait plus d'atelier, elle était peintre en bâtiment. Murs et plafonds avec des frises, des petites fresques et des couleurs chez des gens qui n'en avaient pas les moyens. Elle avait hérité de sa mère assez d'argent pour vivre et faisait ça presque gratuitement. Aujourd'hui, c'était plus difficile, elle travaillait le soir dans un hôtel. Pas comme le mien, non. Il était trop chic pour engager une fille comme elle.

Je répondis que je la trouvais très chic, mais elle ne sourit pas. Elle parlait avec sérieux.

« De toute façon je n'étais pas très douée. » Elle me fit signe de me taire. « Je ne savais même pas pourquoi je peignais. Maintenant je sais : les gens vivent un peu mieux dans les appartements que je repeins. Si tu voyais où ils vivent ! Mais ce n'est pas de la charité. C'est à moi que ça fait du bien. Je repeins ma maison, ce pays, j'offre un peu de couleur et ça suffit à me rendre heureuse... »

En s'éloignant pour aller prendre une douche elle se retourna et dit : « Tu vois, j'ai fini par faire quelque chose avec mes pinceaux et mes rouleaux. » Je trouvais ça un peu angélique mais elle avait disparu et se moquait de ce que je pensais.

Avant de partir déjeuner, elle avait montré le vélo posé contre le mur : « On ne me l'a pas encore volé. Je l'adore. Mais bon, je crois que je vais devoir l'abandonner un moment, avec mon genou. Je suis tombée l'autre jour et je ne sais pas quand je pourrai m'en servir tout de suite. »

J'éclatai de rire. C'était le genre de phrase qui me faisait l'aimer autrefois : « Je ne sais pas quand je pourrai m'en servir tout de suite. » Des phrases d'où s'échappaient ses passions et ses élans comme ce désir enfantin de rouler sans attendre.

Après le café, tout le monde descendit jouer aux cartes sur le port. Lara s'inquiéta pour moi. « Je ne me suis pas ennuyé, dis-je. Tes amis sont gais. » Elle parla de la ville, du pays, des gens. Elle était polie, distante, et je regrettais d'être venu. Puis elle se leva. « Il faut que je marche un peu, pour mon genou. »

Nous sommes allés au bout de la digue. Sur la mer le soleil baissait déjà et au loin les ferries brillaient comme des lingots. Je m'assis à côté d'elle sur les derniers rochers, un nœud dans le ventre. Elle chercha David des yeux, agita le bras pour montrer qu'elle était là puis se retourna vers moi :

— Maintenant, dis-moi ce que tu fous ici.

Elle était dure, mécontente. J'eus l'impression de revivre la scène du château.

— Je suis venu te voir, dis-je. Voir comment tu allais.

Elle a soupiré et a souri.

— Je vais bien, tu vois. Ça te suffit ou tu veux te soulager ? Tu as des regrets, des remords peut-être ?

— Tous les jours.

— Pas moi. Mais bon, allons-y si c'est ce que tu veux.

Elle se tut et attendit. J'avais imaginé tellement de choses que je ne savais quoi dire. Je n'avais plus envie.

Au bout d'un moment, elle dit :

— Tu es toujours avec Alexandra ?

— Non. Ça fait trois ans. On était dans le Sud, mais ça n'a pas marché. Enfin... là-bas j'ai pu m'occuper de *1848*. C'est devenu *Les Fantômes*.

— J'ai vu. J'ai été contente pour toi...

— Vraiment ?

— Vraiment, oui.

Elle avait les pieds posés sur les roches noires et les ongles peints. Elle les peignait quand on s'était rencontrés la première fois, au bord de la mer déjà.

Elle dit :

— Je t'en ai voulu. Longtemps. Maintenant ça me paraît loin.

— Moi, je t'en ai voulu pour Fred.

Elle sourit.

— T'es bête. Ça faisait des années qu'il était amoureux de moi... la fille du patron ! J'ai eu l'impression de te punir. Et de punir Alexandra.

Elle regarda l'horizon comme si elle se voyait là-bas avec Fred et éclata de rire.

— C'est con, non ?

— Si c'est pour ça que tu es sortie avec lui, oui. Mais bon... le con au départ, c'est moi.

Elle pencha la tête et pour la première fois sa voix s'adoucit.

— Je ne sais pas, dit-elle, je ne sais pas ce qui est le plus bête. Je n'avais pas beaucoup vécu, tu sais. Tu étais ma première vraie histoire et c'était tout ou rien : tu m'aimes, tu m'aimes pas, tu me trompes, je te quitte... Aujourd'hui, ça serait différent je crois. Mais j'étais comme ça, oui.

Elle hésita et sourit franchement.

— Par exemple... c'est un peu ridicule ce que je vais te dire... quand je suis partie la nuit où on s'est séparés, eh bien, en traversant le parc pour aller chez Kate, je me suis sentie... je ne sais pas, comme une héroïne de roman ou de film. Comme dans *Tess* ou *Adèle H.* Je pleurais en culotte dans les champs mais en même temps j'étais ça, oui, une héroïne de roman dans sa robe de velours déchirée, qui fuit dans les ronces et qui va mourir d'amour... J'avais mal mais c'était ma grande scène, et pour moi l'amour ça devait ressembler à ça.

Elle s'arrêta et éclata de rire.

— La grande scène, en culotte ! C'est vrai ! Je ne me le suis pas dit sur le moment, mais j'étais vraiment la fille trahie et désespérée qui titube de douleur dans *Orgueil et Préjugés.* Et il fallait que je montre mes larmes à quelqu'un. N'empêche, c'était mon premier chagrin d'amour et j'en ai bavé. Mais je ne suis pas morte. J'ai seulement vieilli.

— Non, tu es très belle.

Je l'ai dit gravement pour qu'on oublie le ton de la blague et qu'on ait le courage de parler vraiment.

— Eh bien moi, ça m'a tué. Ça m'a tué d'autant plus que je me suis tué tout seul en faisant cette connerie.

— Arrête...

— C'est la vérité, Lara. J'étais ton premier amour, mais toi tu étais le dernier. Depuis, il ne s'est rien passé. Enfin si... c'est méchant ce que je dis. Il y a eu des moments bien. Mais depuis tout ce temps je pense à toi.

Elle serra ses bras contre sa poitrine comme si elle avait froid. J'avais peur de ce qu'elle allait dire et pour ne pas voir son visage je fixai les éclats de peinture qu'elle avait encore dans les cheveux.

— J'ai oublié parfois, j'ai travaillé, je me suis acharné pour que ça marche, ma nouvelle vie... mais c'est revenu. C'est toi, qui es revenue. Comme un revenant, un fantôme qui ne me quittait pas ou que je ne voulais pas laisser partir. Comme si tu étais toujours là, à côté de moi.

J'avais peur, mon sang battait.

Après un long silence, elle posa sa main sur mon épaule et dit :

— Je suis là. À côté de toi. Tu n'es jamais vraiment parti, toi non plus. Et je n'ai pas oublié.

Je passai mon bras dans son dos et glissai la main sur sa hanche. Je reconnus enfin le grain de sa peau à la fois inchangé et nouveau, et ce fut comme si le chaos du monde prenait sens et s'éclairait, comme si tout avait conspiré dans l'obscurité pour que nous soyons là, ensemble, sur cette digue.

Nous regardions l'horizon, le menton sur nos

genoux, et j'eus la certitude que chaque geste, chaque parole heureuse ou malheureuse qui nous avait menés ici, en ce lieu précis, en cet instant précis, était absolument nécessaire. Le message et la trahison, la séparation et les années de silence, oui, tout était venu comme il devait, selon un ordre infaillible, pour que cet amour soit enfin vrai. Tout était à sa place, jusqu'à ses ongles peints devant la mer.

Le soleil descendait doucement. Au loin, le port de commerce s'éclaira et les files de camions, comme de longues colonies de fourmis, reprirent leur va-et-vient. Nous les regardâmes un moment et rejoignîmes les autres sur le quai. Des enfants criaient, des familles pique-niquaient devant les bateaux de pêche, la paix du soir était descendue sur ce minuscule bout de terre et un instant on aurait pu croire qu'il en serait ainsi à tout jamais.

IV

Nous marchons maintenant dans l'obscurité sur l'immense avenue qui mène aux bâtiments officiels, nous marchons en cortège le long des boutiques de luxe et des banques et le long des hôtels à colonnes et des cabinets d'assurances. Leurs rideaux sont tirés mais au-dessus de nos têtes les enseignes et les écrans géants font tournoyer les nouvelles voitures et les tablettes multimédias qui doivent changer nos vies.

Souvent Lara me regarde, étonnée et ravie qu'il y ait tant de monde, et je sens autour de nous la puissance de cette foule qui avance. Elle me regarde comme pour dire : « Tu vois, j'avais raison et tu as eu raison de me suivre », et je souris bêtement, heureux de sentir notre existence s'épaissir de celle de milliers d'hommes, de femmes et d'enfants.

« On est combien ? a demandé David quand le cortège est parti. Deux cent, trois cent mille ? » Chacun a donné son avis et répété que cette fois la police et les milices n'oseraient pas intervenir.

La nuit est fraîche mais le flot est si dense que ma chemise est trempée. Le tee-shirt de Lara colle aussi à sa peau et je sens nos sueurs se mêler. Tout à l'heure, j'étais venu pour elle. À présent j'ai confiance. Mes doutes, mes aigreurs et ce sentiment d'inéluctable défaite ont disparu. Je reprends en chœur les slogans et les chansons que crie la foule et que Lara me traduit.

Nous vîmes bientôt le palais, en bas de l'avenue. On avait éteint les projecteurs qui d'habitude l'éclairaient et, au-dessus de la marée des têtes, il semblait flotter, immense et sombre comme un temple interdit. Là-bas, le début du cortège envahit la grand-place devant le bâtiment et nous fûmes bloqués.

Lara nous entraîna sur le côté, où on pouvait encore s'approcher en longeant les immeubles. Elle voulait voir, être aux premiers rangs pour que les députés qui siégeaient encore l'entendent elle aussi.

Arrivés en bas à coups de coude, nous butâmes sur des dizaines de cars de la police. Ils bloquaient l'accès. Soudés à l'avant de leurs capots, des pans de grillage contenaient la foule comme des pare-buffles géants ou les clôtures d'un terrain de jeu.

Derrière nous, la pression devint intense. Une vieille femme tomba et il fallut l'évacuer.

À chaque slogan, une rumeur immense roulait jusqu'à l'autre bout de la ville. Lara regardait les fenêtres aveugles du bâtiment et continuait à crier.

Soudain, de petits groupes d'hommes masqués par des foulards fendirent la foule, tapant sur les têtes pour qu'elle s'écarte. Ils secouèrent les grillages en s'y suspendant. Près d'eux, je crus reconnaître le chauve qui dansait et les encourageait. Le service d'ordre voulut les arrêter mais des pierres venues de l'arrière volèrent au-dessus de nos têtes pour frapper les rangs des policiers qu'on apercevait derrière les cars, sur l'esplanade qui nous séparait encore du palais. On les voyait esquiver, lever leurs boucliers pour se protéger mais ils ne bougeaient pas. Quand l'un d'eux tombait, un autre le remplaçait et les lignes se reformaient sous les projectiles. « Quand on les lâchera, dis-je à Lara, ils vont nous massacrer. Faut pas rester là. »

L'ambiance avait changé. Un policier s'effondra, la bouche ouverte comme un poisson. Les hommes aux foulards hurlèrent de joie et les pierres et les morceaux de goudron volèrent de plus en plus serrés. Lara tourna la tête vers moi : elle avait peur. Je pris sa main et la tirai pour nous dégager. Il fallait faire vite.

Un pan de grillage bascula et on entendit aussitôt les premières détonations. Au même instant les canons à eau balayèrent la foule, juste à côté de nous. Il y eut un mouvement de panique et en quelques secondes les cars reculèrent et les policiers chargèrent. De toutes parts, des corps dans leur course nous heurtèrent en fuyant et la main de Lara m'échappa. Je l'entendis crier, vis arriver d'autres hommes et courus avec eux pour ne pas être piétiné. Je l'avais perdue.

J'étais lancé dans le troupeau sur l'avenue qui descendait vers le port. Une fois ou deux j'aperçus son tee-shirt rouge à quelques dizaines de mètres devant moi mais je ne pouvais pas courir plus vite. Des groupes de policiers débouchaient comme de gros insectes des petites rues où ils étaient en embuscade. Ce n'était plus les mêmes, ils portaient des casques et des carapaces noires où flottait un mince brassard fluorescent. D'autres, montés à deux sur des motos tous feux éteints, remontaient les files de fuyards. L'homme qui était à l'arrière faisait tournoyer une longue matraque et frappait les crânes et les nuques comme dans un jeu de foire.

Je revis Lara, toujours devant, et gagnai enfin du terrain. Son genou ! Nous avions déjà parcouru une distance considérable et allions bientôt entrer dans la vieille ville et ses ruelles. Un piège parfait. Au moment où j'allais la rejoindre un groupe de fuyards a surgi d'une rue perpendiculaire et coupé le passage. Un homme me bouscula, je tombai et me relevai aussitôt. Il y eut des cris, d'autres corps roulèrent sur le goudron, se firent piétiner, puis le petit groupe se fondit dans le flot principal et m'emporta.

Dans la vieille ville, je n'avais plus que les muscles et la peur. Surtout ne pas tomber, courir entre ceux qui courent et tourner avec eux dans les ruelles. J'étais tout entier concentré sur les trottoirs, les panneaux et les marches qu'il fallait éviter. Mes poumons allaient exploser mais une force que je ne connaissais pas m'entraînait à une vitesse folle. Derrière nous j'entendais les motos de la police nous chasser comme des cavaliers avec leurs sabres. J'entendais les moteurs monter en régime pour charger, et mes pieds volaient devant moi. Je courus ainsi jusqu'à ce qu'une jambe accroche la mienne en tournant dans une rue couverte. Et que je tombe à nouveau.

En me relevant, j'aperçus Lara, pliée en deux et les mains sur son genou blessé. Elle avait peut-être été emportée par le même flot que moi.

Elle cria : « Couche-toi ! »

Je tournai la tête.

L'homme à l'arrière de la moto leva le bras, fit voler sa matraque et m'atteignit au visage à pleine vitesse. Tout devint rouge, un rouge éclatant qui fusa devant moi dans un noir infini. Je sentis encore mon crâne heurter les pavés, cela fit un bruit mat. Le rouge fit une nouvelle apparition, douce et timide, puis plus rien.

V

Ici, je l'ai remarqué tout de suite, les chambres sont pleines de bruit, celui des chariots et des voix qui tournent dans les couloirs. C'est ce bruit qui m'a réveillé la première fois et j'ai eu envie de me rendormir. À la fin, dans mon sommeil, j'entendais tout. Ce que disaient les gens qui venaient dans la chambre. Ils parlaient comme si je n'étais pas là. Je ne comprenais rien et je n'ai pas ouvert les yeux malgré l'envie que j'avais de leur réclamer une couverture.

J'ai eu froid longtemps.

Un jour, après plusieurs essais, je me suis réveillé pour de bon et le bruit est sorti de la chambre pour retourner dans le couloir. Je n'étais pas seul. Un homme dormait dans le lit à côté du mien, une perfusion dans le bras et des tuyaux dans les narines. J'ai regardé les appareils qui m'entouraient, senti les bandages autour de ma tête. Je voulus me lever mais c'était impossible. Sur ma table de nuit, il y avait un petit cœur en pâte à sel, un cœur peint rose et bleu que Lara m'avait offert quand nous habitions ensemble et qui avait fini dans un tiroir de notre ancien appartement. Je ne l'avais pas vu depuis dix ans. Il était toujours aussi beau même si les couleurs avaient passé, simple comme un cœur d'enfant.

Je me rendormis en le regardant.

Un autre jour, elle était là. L'infirmière qui l'accompagnait lui sourit et sortit sans un mot. Elle se pencha et demanda si je me sentais bien. Je fis oui en fermant les yeux. Elle me dit surtout de ne pas parler. Ce n'était pas grave si je ne disais rien. Elle dit encore qu'il fallait que je me repose, qu'elle était là et qu'elle reviendrait si je voulais.

Je fermai à nouveau les yeux, elle se rassit dans le fauteuil près du lit et je me rendormis.

Puis elle revint le lendemain et les jours suivants. Elle parlait peu, posait peu de questions sauf pour savoir si j'avais mal ou pas. Je répondais seulement par « oui » ou par « non », parler me faisait trop mal. Elle appelait alors une infirmière pour adapter le débit de la pompe à morphine ou celui de la perfusion, elle apportait et vidait le bassin, humectait mes lèvres. Puis elle s'asseyait, prenait ma main et je sombrais dans un sommeil délicieux.

Je fis des progrès. On avait débranché la ventilation et je pouvais parler un peu sans que ce soit trop douloureux.

J'appris qu'elle avait eu du mal à me retrouver.

Elle avait visité les hôpitaux de la ville, puis ceux de la région et m'avait découvert ici, dans cette ville de montagne au nord du pays où elle avait pris une chambre d'hôtel pour que je ne sois pas seul. Ce soir-là, dit-elle, le soir de la manifestation, la police l'avait embarquée alors que j'étais encore par terre dans une flaque de sang. Elle avait vécu plusieurs jours avec cette image. Personne n'avait pu ou voulu la renseigner et elle m'avait cru mort. Je n'étais pas passé loin, disait-elle, c'était un miracle. Le médecin lui avait confié tout à l'heure que je sortirais dans quelques semaines. Quand elle était arrivée ici la première fois, j'étais en soins intensifs, dans un autre bâtiment. En sortant elle avait appelé l'ambassade, puis son beau-père à qui elle n'avait pas parlé depuis des années, pour attaquer la police en justice. Puis elle avait abandonné.

Elle resta silencieuse un moment et ajouta : « C'est ma faute, je n'aurais pas dû t'embarquer dans cette histoire... » Et elle se mit à pleurer, la tête posée sur le bord de mon lit.

Je la rassurai. Elle n'y était pour rien, j'étais libre, tout à fait libre. Et puis j'étais résistant, l'homme le plus résistant du monde. La preuve, j'étais revenu d'entre les morts. C'était bien ce qu'avait dit le médecin ?

Elle sourit, ne dit rien, mais des jours plus tard, à la veille de ma sortie et avant de rentrer dormir une dernière fois à l'hôtel, elle demanda :

— Tu es revenu pour voir ton fantôme, comme tu me l'as dit un jour sur le port ? pour te débarrasser de lui et qu'il cesse de te hanter ?

Elle s'arrêta un instant.

— Tu veux qu'il te laisse tranquille maintenant ?

Je la regardai, étonné qu'elle se souvienne des mots exacts de notre conversation.

— Disons que... ça dépend de ce que dira le fantôme. Moi, je resterais bien avec lui ce soir, et même demain s'il veut encore de moi... C'est à lui de choisir.

Son visage s'éclaira. Elle se pencha, m'embrassa sur la bouche pour la première fois depuis toutes ces années, m'embrassa à me faire mal et ce fut comme si elle m'avait réveillé d'un long sommeil et délivré des rêves.

Les lumières du couloir se sont éteintes et nous sommes restés longtemps à nous serrer l'un l'autre, ensemble enfin dans la violence, dans la noirceur, mais aussi dans l'infinie beauté de la vie.

La première phrase de ce livre, en italique, est de Marguerite Duras. Je ne sais d'où elle vient, je l'ai entendue un soir au Conservatoire national d'art dramatique, dans un spectacle de fin d'année donné par les élèves. Merci à celle qui l'a écrite, et à ceux qui l'ont dite. Elle a été le point de départ de cette histoire.

Merci à Ludovic Escande et à Pascale Richard pour leur lecture et leur soutien.

Merci enfin à Manon Kneusé qui, comme disaient les antiques pochettes d'albums vinyle, sait pourquoi.

DU MÊME AUTEUR

Aux Éditions Gallimard

TE RENDRE HEUREUSE, coll. « L'Arpenteur », 2013 (Folio nº 5777).

Aux Éditions Grasset

IL M'AIMAIT, 2004.

TEMPS DE CERVEAU HUMAIN DISPONIBLE, 2005.

MÊME PAS MORTE, en collaboration avec Sibylle Claudel, 2007.

RÉSURRECTION, 2008.

Chez d'autres éditeurs

L'ÈRE DU VITE, ESSAI SUR LA VITESSE, DU « GREAT WESTERN RAILWAY » DE WILLIAM TURNER À LA GUERRE DU GOLFE, *Éditions Balland*, 1989.

NOS VIES FORMIDABLES, *Éditions Sonatine*, 2011.

COLLECTION FOLIO

Dernières parutions

5581. Paolo Rumiz	*L'ombre d'Hannibal*
5582. Colin Thubron	*Destination Kailash*
5583. J. Maarten Troost	*La vie sexuelle des cannibales*
5584. Marguerite Yourcenar	*Le tour de la prison*
5585. Sempé-Goscinny	*Les bagarres du Petit Nicolas*
5586. Sylvain Tesson	*Dans les forêts de Sibérie*
5587. Mario Vargas Llosa	*Le rêve du Celte*
5588. Martin Amis	*La veuve enceinte*
5589. Saint Augustin	*L'Aventure de l'esprit*
5590. Anonyme	*Le brahmane et le pot de farine*
5591. Simone Weil	*Pensées sans ordre concernant l'amour de Dieu*
5592. Xun zi	*Traité sur le Ciel*
5593. Philippe Bordas	*Forcenés*
5594. Dermot Bolger	*Une seconde vie*
5595. Chochana Boukhobza	*Fureur*
5596. Chico Buarque	*Quand je sortirai d'ici*
5597. Patrick Chamoiseau	*Le papillon et la lumière*
5598. Régis Debray	*Éloge des frontières*
5599. Alexandre Duval-Stalla	*Claude Monet - Georges Clemenceau : une histoire, deux caractères*
5600. Nicolas Fargues	*La ligne de courtoisie*
5601. Paul Fournel	*La liseuse*
5602. Vénus Khoury-Ghata	*Le facteur des Abruzzes*
5603. Tuomas Kyrö	*Les tribulations d'un lapin en Laponie*
5605. Philippe Sollers	*L'Éclaircie*
5606. Collectif	*Un oui pour la vie ?*
5607. Éric Fottorino	*Petit éloge du Tour de France*
5608. E.T.A. Hoffmann	*Ignace Denner*

5609. Frédéric Martinez — *Petit éloge des vacances*
5610. Sylvia Plath — *Dimanche chez les Minton et autres nouvelles*
5611. Lucien — *« Sur des aventures que je n'ai pas eues ». Histoire véritable*
5612. Julian Barnes — *Une histoire du monde en dix chapitres ½*
5613. Raphaël Confiant — *Le gouverneur des dés*
5614. Gisèle Pineau — *Cent vies et des poussières*
5615. Nerval — *Sylvie*
5616. Salim Bachi — *Le chien d'Ulysse*
5617. Albert Camus — *Carnets I*
5618. Albert Camus — *Carnets II*
5619. Albert Camus — *Carnets III*
5620. Albert Camus — *Journaux de voyage*
5621. Paula Fox — *L'hiver le plus froid*
5622. Jérôme Garcin — *Galops*
5623. François Garde — *Ce qu'il advint du sauvage blanc*
5624. Franz-Olivier Giesbert — *Dieu, ma mère et moi*
5625. Emmanuelle Guattari — *La petite Borde*
5626. Nathalie Léger — *Supplément à la vie de Barbara Loden*
5627. Herta Müller — *Animal du cœur*
5628. J.-B. Pontalis — *Avant*
5629. Bernhard Schlink — *Mensonges d'été*
5630. William Styron — *À tombeau ouvert*
5631. Boccace — *Le Décaméron. Première journée*
5632. Isaac Babel — *Une soirée chez l'impératrice*
5633. Saul Bellow — *Un futur père*
5634. Belinda Cannone — *Petit éloge du désir*
5635. Collectif — *Faites vos jeux !*
5636. Collectif — *Jouons encore avec les mots*
5637. Denis Diderot — *Sur les femmes*
5638. Elsa Marpeau — *Petit éloge des brunes*
5639. Edgar Allan Poe — *Le sphinx*
5640. Virginia Woolf — *Le quatuor à cordes*
5641. James Joyce — *Ulysse*

5642.	Stefan Zweig	*Nouvelle du jeu d'échecs*
5643.	Stefan Zweig	*Amok*
5644.	Patrick Chamoiseau	*L'empreinte à Crusoé*
5645.	Jonathan Coe	*Désaccords imparfaits*
5646.	Didier Daeninckx	*Le Banquet des Affamés*
5647.	Marc Dugain	*Avenue des Géants*
5649.	Sempé-Goscinny	*Le Petit Nicolas, c'est Noël !*
5650.	Joseph Kessel	*Avec les Alcooliques Anonymes*
5651.	Nathalie Kuperman	*Les raisons de mon crime*
5652.	Cesare Pavese	*Le métier de vivre*
5653.	Jean Rouaud	*Une façon de chanter*
5654.	Salman Rushdie	*Joseph Anton*
5655.	Lee Seug-U	*Ici comme ailleurs*
5656.	Tahar Ben Jelloun	*Lettre à Matisse*
5657.	Violette Leduc	*Thérèse et Isabelle*
5658.	Stefan Zweig	*Angoisses*
5659.	Raphaël Confiant	*Rue des Syriens*
5660.	Henri Barbusse	*Le feu*
5661.	Stefan Zweig	*Vingt-quatre heures de la vie d'une femme*
5662.	M. Abouet/C. Oubrerie	*Aya de Yopougon, 1*
5663.	M. Abouet/C. Oubrerie	*Aya de Yopougon, 2*
5664.	Baru	*Fais péter les basses, Bruno !*
5665.	William S. Burroughs/Jack Kerouac	*Et les hippopotames ont bouilli vifs dans leurs piscines*
5666.	Italo Calvino	*Cosmicomics, récits anciens et nouveaux*
5667.	Italo Calvino	*Le château des destins croisés*
5668.	Italo Calvino	*La journée d'un scrutateur*
5669.	Italo Calvino	*La spéculation immobilière*
5670.	Arthur Dreyfus	*Belle Famille*
5671.	Erri De Luca	*Et il dit*
5672.	Robert M. Edsel	*Monuments Men*
5673.	Dave Eggers	*Zeitoun*
5674.	Jean Giono	*Écrits pacifistes*
5675.	Philippe Le Guillou	*Le pont des anges*

5676.	Francesca Melandri	*Eva dort*
5677.	Jean-Noël Pancrazi	*La montagne*
5678.	Pascal Quignard	*Les solidarités mystérieuses*
5679.	Leïb Rochman	*À pas aveugles de par le monde*
5680.	Anne Wiazemsky	*Une année studieuse*
5681.	Théophile Gautier	*L'Orient*
5682.	Théophile Gautier	*Fortunio. Partie carrée. Spirite*
5683.	Blaise Cendrars	*Histoires vraies*
5684.	David McNeil	*28 boulevard des Capucines*
5685.	Michel Tournier	*Je m'avance masqué*
5686.	Mohammed Aïssaoui	*L'étoile jaune et le croissant*
5687.	Sebastian Barry	*Du côté de Canaan*
5688.	Tahar Ben Jelloun	*Le bonheur conjugal*
5689.	Didier Daeninckx	*L'espoir en contrebande*
5690.	Benoît Duteurtre	*À nous deux, Paris !*
5691.	F. Scott Fitzgerald	*Contes de l'âge du jazz*
5692.	Olivier Frébourg	*Gaston et Gustave*
5693.	Tristan Garcia	*Les cordelettes de Browser*
5695.	Bruno Le Maire	*Jours de pouvoir*
5696.	Jean-Christophe Rufin	*Le grand Cœur*
5697.	Philippe Sollers	*Fugues*
5698.	Joy Sorman	*Comme une bête*
5699.	Avraham B. Yehoshua	*Rétrospective*
5700.	Émile Zola	*Contes à Ninon*
5701.	Vassilis Alexakis	*L'enfant grec*
5702.	Aurélien Bellanger	*La théorie de l'information*
5703.	Antoine Compagnon	*La classe de rhéto*
5704.	Philippe Djian	*"Oh..."*
5705.	Marguerite Duras	*Outside* suivi de *Le monde extérieur*
5706.	Joël Egloff	*Libellules*
5707.	Leslie Kaplan	*Millefeuille*
5708.	Scholastique Mukasonga	*Notre-Dame du Nil*
5709.	Scholastique Mukasonga	*Inyenzi ou les Cafards*
5710.	Erich Maria Remarque	*Après*
5711.	Erich Maria Remarque	*Les camarades*
5712.	Jorge Semprun	*Exercices de survie*

5713. Jón Kalman Stefánsson — *Le cœur de l'homme*
5714. Guillaume Apollinaire — *« Mon cher petit Lou »*
5715. Jorge Luis Borges — *Le Sud*
5716. Thérèse d'Avila — *Le Château intérieur*
5717. Chamfort — *Maximes*
5718. Ariane Charton — *Petit éloge de l'héroïsme*
5719. Collectif — *Le goût du zen*
5720. Collectif — *À vos marques !*
5721. Olympe de Gouges — *« Femme, réveille-toi ! »*
5722. Tristan Garcia — *Le saut de Malmö*
5723. Silvina Ocampo — *La musique de la pluie*
5724. Jules Verne — *Voyage au centre de la terre*
5725. J. G. Ballard — *La trilogie de béton*
5726. François Bégaudeau — *Un démocrate : Mick Jagger 1960-1969*
5727. Julio Cortázar — *Un certain Lucas*
5728. Julio Cortázar — *Nous l'aimons tant, Glenda*
5729. Victor Hugo — *Le Livre des Tables*
5730. Hillel Halkin — *Melisande ! Que sont les rêves ?*
5731. Lian Hearn — *La maison de l'Arbre joueur*
5732. Marie Nimier — *Je suis un homme*
5733. Daniel Pennac — *Journal d'un corps*
5734. Ricardo Piglia — *Cible nocturne*
5735. Philip Roth — *Némésis*
5736. Martin Winckler — *En souvenir d'André*
5737. Martin Winckler — *La vacation*
5738. Gerbrand Bakker — *Le détour*
5739. Alessandro Baricco — *Emmaüs*
5740. Catherine Cusset — *Indigo*